KB183920

거북이 등을 탄

뻐꾸기시계

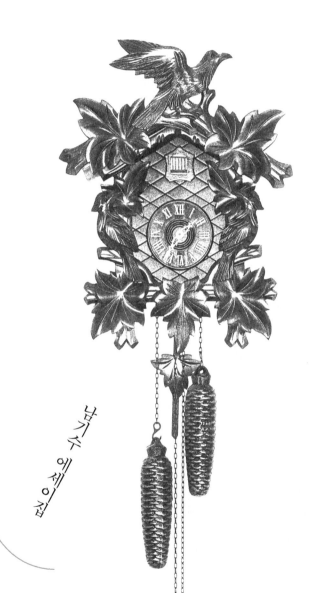

남기수 에세이집

청어 도서출판

거북이 등을 탄 삐꾸기시계

남기수 지음

발행처   도서출판 청어
발행인   이영철
영업   이동호
홍보   천성래
기획   남기환
편집   이설빈
디자인   이수빈 | 김영은
제작이사 공병한
인쇄   두리터

등록   1999년 5월 3일
         (제321-3210002510019990000063호)

1판 1쇄 발행 2025년 2월 5일

주소   서울특별시 서초구 남부순환로 364길 8-15 동일빌딩 2층
대표전화 02-586-0477
팩시밀리 0303-0942-0478
홈페이지 www.chungeobook.com
E-mail   ppi20@hanmail.net

ISBN   979-11-6855-311-8(03810)

거북이 등을 탄 뻐꾸기시계

남기수 에세이집

금혼여행 프롤로그

건강수명이라는 말이 있다. 질병이나 장애 없이 건강하게 생활하며 여행이나 취미 활동을 즐길 수 있는 기간을 의미한다. 2023년 통계청에 따르면, 한국 남성의 건강수명은 71.3세, 여성은 75.0세, 기대 수명은 평균 83.6세로 발표되었다. 이는 OECD 국가 평균인 80.3세보다 높은 수치다. 결혼 50년 이상을 함께한 75세 이상 생존 커플은 약 8만 쌍이며, 80세 이상 커플은 약 3만 쌍으로, 전체 기혼자 수 2천2백15만 쌍 중 0.135%에 불과하다. 이들의 관심사는 개인에 따라 다양하지만, 경제력과 건강이 허락된다면 여행을 가장 선호한다고 한다.

인생 말년에 새로운 경험을 통해 즐거움을 얻고자 하는 희망 때문이다. 70대 중후반에서 80대 초반의 한국인들은 이러한 희망을 원하지만, 막상 실현된다고 해도 어디서 무엇을 경험하고, 그 지식을 어떻게 활용해야 할지에 대한 예비 지식이 부족한 실정이다. 이 책은 서유럽으로 금혼여행을 시도하는 부부에게 예비 지식을 갖는 데 도움을 드리고자 한다.

제1부 〈금혼여행 서유럽을 가다〉에는 프랑스 파리, 스위스 뮈
렌, 융프라우, 이탈리아 밀라노, 로마, 시에나, 피렌체, 베네치아 등
서유럽의 주요 관광지의 풍경과 직접 체험한 새로운 지식, 역사, 인
물, 문화, 전설 등을 연도와 출처, 해설과 함께 수록했다. 이는 여행
을 계획하는 독자, 특히 회갑, 고희, 금혼여행을 준비하는 사람들에
게 여행지에 대한 이해와 즐거움을 장문의 기행수필 형식을 빌려 기
록했으며, 독자층을 중·장년으로 잡았기에 단어 및 문장을 쉽게 쓰
려고 노력했다.

　　제2부 〈하늘바람〉은 오랫동안 모아온 단문 중에서 자연과 인
간, 특히 우리 사회를 넓은 시각으로 바라본 글들을 선별하여 수록
했다. 당시 나의 시각을 담아내고자 노력한 수필 형식의 산문이다.

　　제3부 〈푸른 전쟁〉은 유무형의 사물 사건이나 의견에 대한 개
인적인 항변과 반성을 자전적 수필 형식으로 담았다. 2부와 3부에
실린 글들은 신문, 문예지, 잡지 등에 게재된 것 중에서 추린 것도 있
으며, 내 인생의 정신적 과정을 반영했다.

차례

제2부
하늘바람

제3부
푸른 전쟁

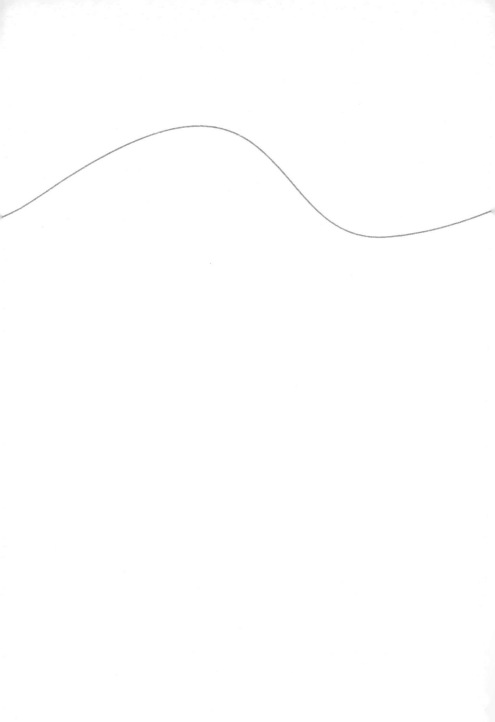

금혼여행
서유럽을 가다

☾ 1일 차
생소한 문화를 찾아서

아내와 함께 서유럽 여행을 결심한 대는 나름대로 이유가 있었다. 옥탑 글방 앞에 놓인 작은 화분에 낙화된 동백꽃 때문이었다. 동백꽃은 피어 있을 때도 싱싱하지만, 낙화된 것도 그것에 못지않게 멀쩡하다. 그러나 낙화에겐 생명이 없다. 그때 문득 떠오르는 영감이 있었다. 생각보다 빠른 시간의 속도였다. 언제 겨울이 왔을까? 했더니 벌써 살가운 봄기운이다. 자식 키워 대학 유학 공부시켜, 결혼 분가시키고 나니 칠십 중반이 된 금혼 나이다. 생각컨대 반세기를 같이 산 우리 내외를 위해 무엇을 어떻게 해왔는지 뚜렷한 기억이 없다. 이쯤 해서 문제가 생긴다. 아내가 오래전부터 무릎 통증으로 계단을 오르내리는 것이 어렵다고 한다. 이러다가 낙화된 동백꽃처럼 겉은 멀쩡한데 건강이 문제가 되어 주저앉지 않을까 싶다. 아직 3년이 남은 금혼을 미리 당겨 금혼여행이라는 핑계로 유럽 여행을 떠나기 결심했다.

서유럽을 여행지로 택한 것은 동양적인 풍경과는 다른 생경한 풍광과 그들의 역사, 문화, 정서를 경험하고자 했다. 아내가 유럽 지역을 경험하지 못한 것도 이유 중 하나였다. 난 정년을 하고 교통 관광 전문지 기자로 10여 년을 일하며 동유럽 체코의 프라하와 여러 도시 그리고 오스트리아의 빈과 잘츠부르크, 헝가리 부다페스트, 북유럽 핀란드, 노르웨이 등을 취재 여행한 일은 있으나, 서유럽 지역은 로마에 출장차 잠깐 들러본 경험밖에 없었다.

　　그러기에 서유럽 르네상스 문화를 보다 깊게 알고 싶었다. 여행 수단을 정할 때도 패키지로 할 것인가? 아니면 FIT(개별자유여행)로 할 것인가를 두고 고민을 했다. 아내는 FIT라는 용어조차 모르지만, 여행사들의 숙소, 식사, 쇼핑 등에서 발생하는 부조리를 알고 있는 나로서는 패키지여행은 선뜻 마음에 들지 않았다. 하지만 아내로서는 첫 유럽 여행이고, 숙소, 지리, 건강, 특히 언어 문제를 고려해 패키지로 선택하는 것이 좋을 것 같았다. 반면에 가이드를 따라다니기만 하는 깃발부대는 되기 싫었다. 동행하는 모두의 규범에 어긋나지 않는 범위 내에서 나름대로의 경험을 통해 그곳의 역사, 문화, 예술 등을 이해하는 감성 여행을 하기로 했다. 경비를 아끼기 위해 다소 불편하고 시간이 걸리기는 하지만, 인천 출발 카타르(Qatar) 도하(Doha)에서 파리행 비행기로 갈아타는 프로그램을 선택했다.

☾ 1일 차

카타르행 밤비행기

5월 마지막 날. 새벽 1시 30분, 인천 공항을 출발해 도하로 향하는 비행기에 올랐다. 구름이 엷게 낀 포근한 하늘, 여행하기에 딱 좋은 날씨였다. 비행기 엔진의 요란한 폭음이 활주로를 힘차게 밀어냈다. 몸의 균형이 뒤로 쏠리는 느낌이 오더니 밤하늘을 향해 성급히 비상했다. 난 비행기 여행을 할 때마다 이 시간은 별로다. 요란한 엔진 소리와 몸의 불균형에서 오는 어지럼증 같은 것이 괴로웠다. 이럴 때면 눈을 감는 것이 최상의 처방이었다. 기창 아래로 보이는 도시의 조명들이 별빛처럼 반짝였다.

이륙 후 3시간 정도 지났을까!

기내식이 나왔다. 제복을 입은 중동 여성 스튜어디스가 닭고기 요리와 돼지고기 요리 중 어느 것을 선택할 것인지를 묻는다. 난 돼지고기와 화이트 와인 한 잔을 선택했다. 지루한 시간을 보내기 위해 와인의 도움을 청하고 싶었다. 아내는 닭고기 요리를 선택했다.

은박지에 감싸진 도시락 음식이 중동 맛이 났다. 비행기 여행을 자주 하다 보면 기내식에도 많이 익숙해진다. 어느 나라 음식이건 잘 먹어야 견딘다는 것을 안다. 식사 전에 와인부터 마셨다. 와인 본연의 맛이 식도를 소리 없이 자극했다. 식사 시간이 지나고 얼마간 시간이 흐르자 기내는 점점 조용해졌다. 좌석 전등이 여기저기 소등이 되고, 일부 승객들은 앞 의자 등받이에 붙은 TV를 보기도 했다. 나도 눈을 감았다. 아내도 눈을 감았다.

파리*Paris*의 지붕은 우수에 젖었다

카타르 도하에서 현지 시간 새벽 5시 5분에 출발한 비행기가 파리 공항에 도착한 것은 출발 후 약 6시간 50분 후, 현지 시간 오전 11시 55분이었다. 도하에서 대기시간 2시간 10분을 포함하면 인천 출발 파리 도착까지 대충 19시간 걸린 셈이다. 좁은 이코노미 좌석에 꼼짝없이 견뎌야 하는 시간치고는 장난이 아니었다. 장시간 온몸이 뒤틀리는 출발 1일 차는 하늘 숙박으로 때웠다.

첫 관광지인 파리는 2일 차가 된 셈이다. 기창 넘어 보이는 파리의 하늘은 강한 비가 내렸고, 습도마저 삼류유행가처럼 끈적였다. 여행자라면 누구나 여행 기간만은 순조로운 날씨를 원한다. 우리의 금혼여행은 여행지 도착 첫날부터 날씨 기대는 어긋났다. 계획할 때만 해도 아내와 함께 파리를 대변하는 샹송처럼, 맑은 하늘 아래 샹젤리제 거리를 걷고 싶었다. 센 강변을 따라 사랑 이야기를 나누는 젊은 남녀들의 낭만스런 모습을 상상했다. 그랬던 것이 굵은 빗줄기가 시야를 가리는 파리의 지붕은 무거운 우수에 젖었다. 여행자로서는 유쾌한 일은 아니었다. 그러나 비가 오든 말든 일행의 스케줄은 이미 정해져 있었다.

여행의 진정한 의미를 찾으려면, 그곳의 역사와 문화, 그 땅을 밟고 사는 주민들의 삶의 방식을 알아두는 것이 중요하다. 특히 여행을 기록해야 하는 임무를 가진 나로서는 여행지의 사전 지식만이 더 좋은 여행을 만든다는 것을 알고 있었다. 이번 여행에도 습관 같은 임무감은 변함없이 자극하고 있었다.

프랑스 파리는 물론 스위스, 이탈리아에 포함된 여러 방문지에 대한 지식을 책과 매스컴, 강의 등으로 사전에 익혔다. 특히 이탈리아 방문에 대비해 K 교수의 르네상스 인문학 강의를 경청하기도 했고, 밀라노, 로마, 피렌체, 베네치아와 같은 역사적인 르네상스 문화에 대해서는 도서관을 드나들며 공부하기도 했다.

파리 땅을 밟으면서 이 나라의 근세 역사를 떠올렸다. 18세기 세계사를 바꾼 유럽의 대혁명을 말한다면, 하나는 프랑스의 민주화혁명과 영국의 산업혁명이다. 혁명 이전의 프랑스의 주체는 국민이아니라 국왕이었다. 국왕은 절대권력자로 국가를 통치했다. 사제, 왕족과 귀족 같은 특권층은 사치와 향락으로 일삼았지만, 서민은 노예처럼 노동에 시달렸다. 암흑의 시대를 종식시키고 왕과 왕비를 단두대로 처형하는 대혁명을 이끈 힘은 민중이었다.

프랑스 혁명하면 빅토르 위고(Victor Marie Hugo)의 레미제라블

이 떠오른다. 위고는 1802년 프랑스 브장송에서 태어나 낭만주의 문학을 대표하는 시인이자 소설가였다. 그의 대표작 『레미제라블』은 1832년 6월 항쟁을 배경으로 빈부격차와 굶주림, 신분제에 대한 불만이 극에 달한 시대상을 주인공 '장발장'의 삶을 통해 인간의 죄와 구원에 대한 근본적인 질문을 던진 서사시다.

작품 속의 파리는 단순한 배경이 아닌, 살아 숨 쉬는 역사의 증인으로서의 땅이었다. 6월 봉기는 과거의 사건이 아니라, 오늘날에 울려 퍼지는 자유와 평등, 인류애의 함성이었다. 작가 위고는 장발장이 자신의 정체를 밝히고, 죽어가는 판틴의 딸 코제트를 구해내어 돌보는 순간은 장발장의 인간성 회복과 희생적 사랑을 강렬하게 보여준다. 또 판틴이 절망 속에서 〈I Dreamed a Dream〉을 부르는 대목은 그녀의 꿈과 현실을 절실하게 표현한다.

파리의 새벽은 안개에 싸여 있었지만,
그 속에서도 희망의 빛이 번쩍이고 있었다.
바리케이드 너머로 들려오는
자유를 향한 젊은이들의 외침,
그것은 억압에 맞서는 용기의 노래였다.
장발장의 눈물은 죄의 무게를 씻어내고,
그의 손길은 코제트의 삶에 따뜻함을 더했다.
판틴의 절규는 잃어버린 꿈을 애도하며,

그녀의 목소리는 시간을 넘어 우리에게 닿는다.

파리의 거리는 혁명의 흔적으로 남아,

여행자의 발걸음을 이끌고,

그들의 마음속에는

인간의 아픔과 희망이 깃든다.

위고는 이 작품에서 인생에는 3가지 싸움이 있다. 하나는 자연과 인간의 싸움, 또 하나는 인간과 인간의 싸움, 또 하나는 나와 나의 싸움이다. 이 중에서 가장 중요한 싸움은 나와 나의 싸움이다. 이러한 문장들은 『레미제라블』의 감정과 파리의 역사적 배경을 전달하는데 단순한 설명을 넘어서 감성적인 지식을 제공하는 동시에 시대의 정신과 갈등과 희망을 마음 깊이 이해할 수 있다.

프랑스를 유럽의 대국으로 이끈 세기의 영웅 나폴레옹도 프랑스 르네상스를 만드는 데 크게 공헌한 인물이다. 역사만큼이나 유적도 많고, 값진 예술품도 풍부하다. 노트르담 대성당, 루브르 박물관, 샹젤리제 거리 등은 파리의 대표적인 역사 유적지고, 몽마르트 언덕은 예술가들의 성지다. 이런 이유로 파리는 세계의 여행자들이 가장 선호하는 도시 중 하나로 꼽힌다.

철의 여인 에펠탑

　파리에서 첫 방문지는 에펠탑이었다. 에펠탑은 센강 서쪽 강변에 있는 '샹 드 마르스 공원(Champ de mars)'에 세워진 철탑이다. 1889년 프랑스 혁명 100주년 기념으로 개최된 만국박람회 때, 구스타프 에펠의 설계로 만들어졌다. 높이가 무려 324m 나 되고, 무게는 9,700톤, 철기를 잇는 리벳만도 약 250만 개가 사용되었다. 당시로도 세계 최고의 높이를 자랑했으며, 현재는 파리를 상징하는 랜드마크로, 파리를 방문하는 관광객의 제일 코스가 됐다.

　탑의 전망대에 올라서면 파리시 중앙을 통과하는 센 강과 함께 시가지 전역을 관망할 수 있다. 에펠탑 앞에 섰다. 생각했던 것보다 어마어마하게 큰 철탑이었다. 비는 내렸지만, 탑 전면에 입장 티켓을 들고 기다리는 관광객이 줄을 이었다. 매일 이렇게 많은 사람이 기다려야 하는 이유 중 하나는 오르내리는 엘리베이터의 한정된 인원도 있겠지만, 안전상의 이유로 많은 사람을 한꺼번에 입장시키지 않는 당국의 규정도 있었다. 그것보다 더 중요한 것은 관광객이 너무 많다는 거다.

맑은 날이면 티켓을 구입하고도 3시간 이상을 기다려야 입장할 수 있다고 한다. 우린 티켓을 미리 구입해 두었기에 30분 정도만 기다리면 될 것 같다고 현지 가이드가 말해준다. 비를 맞아 몰골이 된 아내도 내 뒤를 바짝 따르고 있었다. 말 한마디 통하지 못하는 아내가 북적이는 관광객 속에서 서로 놓치면 생각지도 못한 해프닝을 겪을 수도 있기에 떨어지지 않도록 서로를 신경 쓰고 있었다.

에펠탑은 건축할 당시 철강으로 만든 흉물을 '우아한 파리 도시 한가운데 두는 것이 말이 되느냐?'라며 지식인들의 비난이 빗발쳤다. 당시 프랑스의 소설가 '모파상'은 에펠탑을 두고 '예술적인 가치가 없는 쇳덩어리 괴물'로 여겨 탑이 보이지 않는 내부 레스토랑에서 식사했다는 에피소드도 있다.

준공 후 20년 기한이 끝나는 1909년 해체될 예정이었으나, 무선전신 전화의 안테나로 사용할 수 있다는 이유로 취소되었다. 이토록 푸대접을 받던 철탑은 연간 700만 명의 관광객을 끌어들이는 관광자원이 되었다. 경제적 가치로는 약 616조에 이르고, '에펠탑이 없는 파리는 생각할 수 없는 파리다.'라는 정부 슬로건이 있을 정도로 높이 평가되고 있다. 어떤 사안을 두고 미래를 예측한다는 것은 수학공식에 넣은 해답처럼 쉬운 것이 아님을 이를 통해 알 수 있다.

나와 아내는 탑에 입장해 탑 2층 전망대에 올랐다. 파리 시내가 시원스레 전개되리라고 생각했던 기대가 안개와 비에 묻혀 무참히도 깨어졌다. 몽마르트 언덕도, 사랑과 낭만의 센 강도 그 형체조차 찾을 수 없었고, 보이는 것은 뿌연 구름과 빗줄기뿐이었다.

아내는 3번째 전망대에 오르자고 했다. 3번째 전망대는 높이가 지상 270m나 된다고 한다. 서울 아파트로 환산하면 80층에서 100층 정도의 높이다. 다행인지 불행인지 그날은 날씨 관계로 출입이 통제되어 더 이상 올라가지 못한다고 관리인은 팔로 X자 표시를 만들었다. 아내는 2번째 계단에서 이곳에 오른 것을 누구에게 알리려는 듯 팔을 들고 흔들며, 더 높이 오르지 못한 아쉬움을 달래며, 만세를 부르는 사진 한 장으로 에펠탑 방문은 만족해야 했다.

굵은 빗줄기가 파도처럼 출렁이는 센강을 태풍처럼 두들겼다. 우린 유람선을 타기로 예약되어 있었기에 선착장으로 향했다. 선착장에는 호우로 인해 유람선 운행을 중단할 수도 있다는 소문이 돌았다. 강물은 점점 불어났다. 물결은 세차게 흘렀다. 그래도 이 기회에 센강의 유람선 타지 않으면 다시는 못 탈지도 모른다는 조바심이 생겼다. 유람선 측에서 제공되는 우의를 입었다. 객실 유리창에 굵은 빗방울이 작은 북소리를 냈다. 혼탁한 강물은 선수에 부딪혀 소용돌이쳤고, 갑판에 부딪친 빗방울은 날카롭게 비산 됐다. 센강 둔치에 주차된 자동차가 반쯤이나 물에 잠겼다. 가끔 다른 유람선이 지나가는 것이 유일한 움직임이었다. 강물의 흐름도 해일처럼 강했다.

서울의 한강이야말로 규모와 아름다움에서 결코 센강에 뒤지지 않는다. 하지만 센강이 세계적으로 유명한 것은 강 자체의 대소장단이 아니라, 그것이 흐르는 도시의 역사와 문화의 가치 때문이다. 우리가 한강을 사랑하는 마음은 파리 사람들이 센강을 사랑하는 것과 다르지 않다. 다만 강이 지닌 의미와 추억, 그리고 그 강이 흐르는 도시의 삶과 문화에 대한 애정이 다를 뿐이다.

궂은 날씨 때문에 유람선은 예정된 코스를 다 돌지 못하고 선착장으로 돌아왔다. 여행객은 안타까운 마음이었지만, 자연의 힘 앞에서 인간이 얼마나 작은 존재인지를 일깨워주는 사건이다. 파리 시민들이 폭우와 강의 범람을 걱정하는 것은 도시와 강을 얼마나 소중히 여기는지를 보여주는 것이다. 우리도 내 조국의 장래를 위해 한강을 소중히 보호해야 할 책임과 의무가 있다.

☾ 2일 차

소띠에*sortie*를 기억하세요

"여기가 그 유명한 베르사유 궁전입니다. 궁정에 들어가면 사람이 많아 복잡합니다. 또 궁전이 넓어 사방을 분간 못 해 길을 잃을 수가 있습니다. 그때는 소띠에를 찾으세요, 꼭 잊지 마세요."

현지 가이드가 궁전 조감도가 그려진 안내판 앞에서 1시간 동안 자유 시간을 준다며 전시된 그림과 조각품 등 보물들을 잘 보고 나오라고 한다. 만약 방향을 잃어 출구를 모를 때는 '소띠'를 찾으라고 한다. 쥐띠, 소띠, 범띠 우리 민족이 사용하는 출생 띠를 연상하라고 했다. 소띠는 프랑스어로 출구다.

"뭐야! 겨우 1시간 만에 세계적인 궁전과 보물들을 다 보고 오라고? 기가 차구먼!"

패키지여행에 안내원 깃발만 따라다니는 한국적인 관광 풍속도가 여기에서 작용했다. 비는 다소 수그러들었다. 그래도 실비는 끈적였다. 이곳 6월 초 기온이 한국의 초봄 기온처럼 10도 전후다.

우산을 든 아내의 모습이 겨울비를 맞은 사람처럼 춥고 초라하게 보였다.

베르사유 궁전은 프랑스 절대왕정의 상징인 태양왕 루이 14세가 지은 바로크 양식의 U자형 초호화 궁전이다. 길이만 2.5km 넘는 장대한 정통 프랑스 정원과 마리 앙투아네트의 트리아 농정원, 수많은 그림과 조각, 보물들이 보관되어 있으며, 1979년 유네스코 세계문화유산으로 지정된 궁궐이다. 황금빛 창살로 된 울타리와 육중한 출입문을 통과, 궁 마당으로 들어섰다. 우선 호사롭고 어마어마한 궁전 규모에 입이 딱 벌어졌다. 건물 외부의 기둥 같은 중요 부분은 금으로 장식되어 있었고, 황금으로 된 왕가의 문양은 가문의 위엄을 상징했다. 입구엔 관람객으로 몹시 붐볐다. 아내에게는 나를 놓치지 말라는 말을 하고 팔짱을 잡았다. 방마다 전시된 그림과 조각품을 보는 관람객이 많아 뒷사람들은 작품을 보기가 어려웠다. 보는 듯 마는 듯, 인파에 밀려 그저 흘러가고 있다는 표현이 맞을 것 같았다.

베르사유 궁전의 내부는 각기 독특한 이름을 지닌 공간으로 되어 있었다. 왕실 예배당부터 헤라클레스의 방, 풍요로운 방, 비너스의 방, 다이애나와 마르스의 방, 아폴론의 방, 전쟁의 방, 거울의 방, 평화의 방, 왕비의 침실, 귀족의 방과 대기실, 만찬실, 경호원의 방, 나폴레옹의 방, 그리고 마리 앙투아네트 마을에 이르기까지, 방마다 명화와 조각품, 시대를 초월한 보물들로 가득 차 있었다. 특히 나폴레옹 방에는 프랑스 역사의 영광스러운 장면들이 재현되어 있었고,

프랑스 국민의 애국심과 충성심을 자극하는 공간이었다. 이 방에는 총 33개의 그림이 있는데, 그중 7개는 오스트리아에서의 바그람 전투와 프로이센 군과 싸운 예나전쟁에서 대승을 거둔 나폴레옹의 모습을 담고 있었다.

이 방 저 방을 사람 따라 밀려다니다가 거울의 방에 발을 멈췄다. 전체 길이가 73m, 너비 10.4m, 높이 13m로 정원을 향해 17개의 창문이 있었다. 반대편에는 17개의 거울이 반사되어 그 모습이 화려함의 극치였다. 거울의 방은 왕족들의 결혼식이나 외국 사신의 접견 등을 행하는 자리였다. 보불 전쟁에 승리한 프로이센 국왕인 빌헬름 1세가 독일 제국의 황제로 이곳에서 등극했다. 그 밖의 여러 방은 시간도 없었지만, 사람에 치여 소띠를 따라 궁 밖으로 나오고 말았다. 밖에는 비가 주룩주룩 내리고 있었다.

☾ 2일 차

비극의 왕비 마리 앙투아네트

여기까지 와서 마리 앙투아네트를 등장시키지 않을 수 없다. 마리 앙투아네트(Marie Antoinette, 1755~1793)는 프랑스 루이 16세의 왕비이자, 오스트리아의 여왕 마리아 테레지아의 막내딸이다. 당시 유럽에는 두 가문의 힘이 대결하고 있었다. 프랑스 쪽은 브르공 왕가, 오스트리아 쪽은 합스부르크 왕가다. 두 왕가는 치열한 권력투쟁 끝에 화해의 의미로 가문끼리 정략결혼을 하게 된다. 그때 마리의 나이는 겨우 열네 살이다. 마리가 오스트리아에서 프랑스로 시집갈 때, 프랑스 왕이 보내준 화려한 마차를 타고 프랑스로 향했다. 마차를 끄는 말이 수백 마리였고, 수백 명의 시종이 따랐다.

오스트리아와 프랑스의 국경도시인 '스트라스부루'에 도착했을 때, 양국 결혼의 세리머니로 신부는 오스트리아 옷을 벗고, 다음 방에서 프랑스 옷으로 갈아입었다. 이로써 그는 정식 프랑스인이 된다. 그때 행사에 참여했던 청년 대학생 괴테가 벽에 걸린 그림을 보고 화를 낸다. 그림은 〈메데이아(Medeia)〉라는 그림이었다.

　메데이아는 그리스 신화에 등장하는 콜키스 왕국의 공주로 아름답고 지혜로운 공주였다. 하지만 때로는 잔인하고 폭력적인 면모를 보이는 마녀이기도 했다. 그녀는 아르고호의 선원 '이아손'에 반해 그를 황금 양털을 손에 넣을 수 있도록 도와주고, 자신의 아버지인 콜키스의 왕 아이에테스를 배신한다. 하지만 '이아손'이 그녀를 버리고 코린토스의 왕 크레온의 딸 클라우케와 결혼하려 하자, 메데이아는 복수심에 불타 이아손의 약혼녀와 이아손과 자신과의 사이에서 태어난 두 아이를 살해한다. 이 그림은 에데이아가 자신의 아들들을 칼로 살해하는 장면을 생생하게 묘사하고 있다. 그때 괴테가 하는 말은 이랬다:

　"아! 이럴 수가! 저 어린 왕비의 눈앞에 그것도 결혼이란 굴레를 만들려는 순간, 저런 끔찍한 그림을 보여줘도 된단 말인가?"

　괴테다운 행동이었다. 그녀의 암울한 미래를 괴테는 예감했는지도 모를 일이다.

　마리 앙투아네트는 프랑스 혁명기에 사치와 낭비로 국고를 낭비했다는 죄명으로 남편 루이 16세와 함께 단두대에서 처형된다. 민중들이 빵이 없어 굶주린다는 말을 듣고 그녀는 "빵이 없으면 케이크를 먹으면 되잖아요." 했을 정도로 민중의 아픔엔 관심이 없었다. 비정하고, 방탕한 사생활이 민중의 분노를 일으켜 혁명을 자초했다는 평가를 받기도 했다. 심지어는 아들과 근친했다는 누명까지 씌워 처형될 때는 단두대에 걸린 칼이 보이게 하고 처형했다는 설도 있다.

마리 앙투아네트의 삶은 겉보기에 화려한 베르사유 궁전에서의 호사스러운 생활로 보였지만, 실제로는 어린 나이에 가족을 떠나 이국에서 외로움과 고통을 겪었다. 그녀에게 무관심한 남편 루이 16세와 궁정의 시기와 질투, 모략하는 사람들 사이에서 그녀는 고립되고 괴로웠다. 겉으로는 행복해 보였을지 모르지만, 내면은 지옥과 같은 불행이었다. 현대의 많은 역사가는 마리 앙투아네트에 대한 전통적인 평가를 재고하고 있다.

그녀가 죄목에 적힌 것처럼 큰 실책을 저지르지 않았으며, 사치와 방탕, 비정함을 보이지 않았다는 새로운 주장이다. 심지어 유명한 케이크 발언도 사실무근일 수 있다는 견해다. 새로운 평가가 사실이라면, 마리 앙투아네트는 비극의 여인이다. 자신의 이익을 위해 남을 모략하고 중상하는 현대인에게 경종을 울리는 대목이다. 역사는 때때로 잘못된 정보와 오해로 얼룩질 수 있다. 진실을 찾기 위해서는 지속적인 연구와 검증이 필요함을 일깨워 준다.

석식은 파리에 있는 한식집에서 하기로 했다는 말을 가이드가 전해 준다. 메뉴는 김치찌개 백반이라 했다. 중동식 기내식만 몇 끼 먹었더니, 김칫국 말만 들어도 반가웠다. 날씨가 서늘하고 비까지 내리니 따끈한 이천 쌀 밥과 얼큰한 김치찌개가 생각나 벌써부터 입안에 침이 고였다. 하지만 파리의 한식집에서 나온 김치찌개는 김치 잎 서너 조각이 떠 있는 국물이 전부였다. 패키지여행의 속성인 여행객에게 바가지 씌우는 부조리가 여기에도 숨어 있었다. 숙소로 돌아왔을 때, TV 뉴스에 폭우로 인해 루브르 박물관에 보관된 보물들을 다른 곳으로 옮길 준비를 하고 있다는 속보가 화면에 떴다.

☾ 3일 차
파리 보물 찾는 날

파리 관광의 설렘 때문인지, 아침 일찍 눈을 떴다. 창밖은 아직 진한 회색이다. 아내는 나보다 먼저 일어나 화장을 하고 있었다. 뉴스를 들으려고 TV를 켰다. 범람 직전인 센 강의 세찬 강물 그림이 특종으로 나왔다. 파리의 5월 강수량이 150년 만에 최고치라며, 대통령이 센 강 주변을 자연재해 선포를 검토하고 있다고 한다.

오늘은 파리 시내와 루브르 박물관, 에투알 개선문, 콩코드광장을 거쳐 스위스로 가는 일정으로 서두를 수밖에 없었다. 빵 한 조각에 커피 한 잔으로 아침 식사를 대신하고, 가방을 챙겨 버스에 올랐다. 가이드가 뉴스를 전한다며 모두 자리에 앉으라고 한다.

프랑스 정부의 노동법 개정을 반대하는 철도 노조가 파업에 들어갔다. 때문에 오후 테제베 기차를 이용, 스위스로 이동하기로 한 것이 어렵게 됐다. 대체 수단은 버스밖에 없다는 내용이다. 기차로는 오늘 묵을 벨포르(Belfort)까지는 4시간이 걸리지만, 버스로는 6시간 이상 걸릴 것이라며, 만약 도로가 정체되면 8시간까지 걸릴 수 있다. 그래서 파리 시내 일정인 루브르 박물관 관람이라던가. 파리 개선문, 콩코드광장 등의 관광 시간을 줄이기로 했다라고 말한다.

버스는 샹젤리제 거리를 통과하여 파리 관광의 하이라이트 루브르 박물관으로 향했다. 샹젤리제 거리는 파리 8구역 콩코드 거리에서 개선문이 있는 샤를 드골 거리까지 이어진다. 작은 부티크부터 하이 스트리트 숍에 이르기까지 다양한 럭서리 매장이 횡대로 자리하고 있었으며, 샹젤리제 거리를 지날 때는 샤넬, 구찌, 겔랑, 루이뷔통 등 귀에 익은 브랜드 간판이 눈에 띄었다.

건물들의 간판이 수직 돌출 간판은 거의 보이지 않고, 고전 건물에 어울리게 상호 간판만 부착되어 있어 거리나 건물이 깨끗하고 돋보이게 했다. 서울의 형형색색 무질서한 간판과는 대조적이었다.

버스는 샹젤리제 거리를 지나 루브르 박물관에 도착했다. 루브르 박물관은 프랑스 파리의 중심가인 리볼 시가에 위치한 국립 박물관으로, 세계에서 가장 규모가 큰 박물관 중 하나다. 박물관 건물 자체가 역사적인 건물로, 12세기에 필립 2세의 명으로 건설되어 왕궁으로 사용됐다. 그 후 수차례의 확장 공사를 거쳐 현재의 모습이다. 박물관은 루브르 궁전을 개조한 것으로, 파리의 센강 주변을 포함하여 세계문화유산으로 지정되었다. 1793년에 처음 문을 열었으며, 그 때부터 지금까지 수많은 예술작품과 유물들을 소장 전시하고 있다.

소장품의 질로 따지면 미국 뉴욕에 있는 메트로폴리탄 미술관과 영국의 대영박물관과 함께 세계 3대 박물관으로 꼽힌다.

박물관 규모가 커서 3개 동으로 나누어 보물들을 전시하고 있는데, 그중 레오나르도 다빈치의 〈모나리자〉, 밀로의 〈비너스〉, 테오도르 제리코의 〈메두사의 뗏목〉은 세계적으로 유명한 작품들이다. 박물관 앞에 유리로 만든 큰 피라미드가 있었다. 일행은 유리 피라미드 앞에서 잠깐 모여 가이드로부터 이곳 관람의 유의 사항을 듣고, 각자의 방식으로 관람하기로 결정했다. 그런데 여기서 가이드가 하는 말이 놀랍다.

"1개 동을 찬찬히 관람하는 데만 해도 반나절이 걸리는데, 3개 동을 보려면 이틀이 넘게 걸립니다. 여러분은 2시간 만에 돌아와 이 자리에서 만나기로 합시다." 한다. 철도 파업 때문에 다음 목적지까지 버스로 이동하기로 되어 있어 서둘러야 한다는 거다. 우선 유리 피라미드에 관한 설명을 들었다.

"유리 피라미드는 근대에 건설된 것으로, 한때는 이를 두고 박물관의 조형물로 어울리지 않는다는 비판을 받았어요. 그러나 지금은 이 박물관을 대표하는 조형물로 인정받고 있습니다."

루브르 박물관은 궁전 내부에 있었다. 35,000점의 작품과 380,000점의 전시물이 전시된 방대한 공간이다. 작품을 전혀 보지 않고 갤러리를 모두 돌아다니기만 해도 하루가 꼬박 걸린단다. 박물관은 1793년 8월, 537점의 회화를 전시하며 그 첫 문을 열었다. 그때 전시된 작품 대부분은 몰락한 귀족과 교회에서 징발된 수집품들이었다. 그 후 나폴레옹이 통치하던 시기에 소장품 규모가 급속히 늘어났는데, 이는 나폴레옹이 점령지에서 강탈한 작품들이 대부분이다.

우린 박물관 내부로 들어갔다. 고색 찬란한 미술품들과 도록에서나 본 조각품들이 수백 년이 지났는데도 색채 하나 변하지 않고 그대로다. 인물들의 표정과 움직임도 살아 숨 쉬는 실물 같았다. 어떤 석조 조각품에는 의상이 막 바람에 팔락이고 있는 것으로 착각할 정도였다. 전시물의 중압감 때문인지 내가 선 위치조차 망각할 것 같았다.

작품 하나하나를 볼 때마다 가슴이 뛰었다. 그리고 입이 벌어지도록 경탄하지 않을 수 없었다. 박물관의 소장품은 고고학적 유물과 그리스도 전래 이후의 서양문명, 중세 예술, 르네상스 예술, 근대 미술 및 극동 지역 예술품으로 나누어져, 리슐리외(Richelieu) 관, 쉴리(Sully) 관, 드농(Denon) 관, 3개의 전시실로 분산 전시되고 있었다.

나와 아내는 관람객 인파에 밀려 강물에 뜬 부유물 같았다. 움직이는 것도 마음대로 할 수 없었다. 서로의 손을 놓치지 않으려고 애를 썼다. 이리저리 밀려다니다가 겨우 모나리자 그림 앞에 섰다. 유독이 그림 앞에는 사람들이 많이 모여 있었다. 경비원들이 그림과의 거리를 3m를 유지하라고 통제한다. 모나리자 그림은 생각보다 크기가 작았다. 빽빽한 인파 때문에 사진 한 장을 찍을 공간도 허락되지 않았다. 그런 와중에도 나와 아내는 이곳의 백미 3점을 놓치지 말자고 다짐했다. 모나리자, 밀로의 비너스, 메두사의 뗏목이었다. 루브르 박물관의 소장품 소개는 서적이나 인터넷에 많고 또 지세하게 나와 있어서 여기에서는 생략해도 될 것 같아 이만 줄이기로 하자.

우리가 허둥지둥 인파에 밀려다니다가 두 시간을 맞춰 유리 피라미드 앞에 나왔을 때 비는 다소 진정된 듯했지만, 하늘은 여전히 잿빛이었다.

C 3일 차

샹젤리제 거리에 태극기가

　에투알 개선문 광장에 나왔을 때, 이따금 구름 사이로 햇살이 비치기도 했다. 저만큼 떨어진 곳에 에투알 개선문이 커다랗게 나타났다. 개선문은 프랑스 혁명과 나폴레옹 전쟁에서 전사한 이들을 기리기 위해 세워진 기념물이다. 파리의 샹젤리제 거리 끝에 위치하고 있으며 높이는 50m, 너비는 45m, 깊이는 22m이다.

　신고전주의 양식으로 1805년 나폴레옹의 아우스터리츠 전투의 승리를 기념하기 위해 건축되었는데, 1836년 나폴레옹이 죽은 후에 완공됐다. 지금은 세계 1차 대전, 나폴레옹 전쟁, 프랑스 혁명에서 목숨을 잃은 프랑스 병사들을 추모하는 기념물이 되었다. 샤를 드골 광장의 샹젤리제 서쪽 끝에 위풍당당하게 서 있는 개선문 벽에는 프랑스가 승리한 모든 전쟁과 장군의 이름이 새겨져 있었으며, 구조물 아래에는 무명용사비가 있었다.

　이는 프랑스 역사의 상징물이 되어 이곳 관광의 명소로 자리

잡았다. 난 이 건축물을 보고 서울의 독립문을 생각했다. 서울 독립문의 규모는 이곳 개선문보다는 작지만, 36년간 일제의 압제로부터 독립을 기념하기 위한 기념물이 아닌가. 또 프랑스의 개선문은 승전을 기념한 의미도 있는 것이지만, 우리 독립문은 민족이 압제에서 독립함을 기념했기에 모양은 비슷하지만 그 뜻은 다르다. 실은 서울 독립 기념문도 이 건물을 본 따 만들었다.

개선문을 중심으로 샹젤리제 거리가 시작되어 부채꼴 모양으로 12개의 도로가 펼쳐진다. 이것을 두고 별이 빛나는 모양을 닮았다 하여 '별의 광장(La place de l Etoile)'라 부른다. 광장에서 본 샹젤리제 거리에 태극기가 휘날리고 있었다. 한불수교 150주년에 박근혜 대통령이 국빈으로 이곳을 방문한다는 환영의 깃발이었다.

샹젤리제 거리에 태극기가 휘날리고 있으니 이국땅 프랑스를 방문한 한국 사람인 나에게는 가슴이 뿌듯했다. 이런 것도 조국을 사랑하는 애국심일까? 아내와 난 에투알 개선문이 있고 프랑스 청백홍 삼색의 국기와 대한민국의 건곤감리 태극기가 펄럭이는 게양대를 배경으로 가슴 뿌듯한 금혼여행 기념사진을 촬영했다. 그리고 난 후 콩코드광장으로 향했다.

콩코드광장은 1793년 프랑스 혁명 당시 루이 16세가 이곳에서 단두대로 처형됐고, 10월 16일은 왕비인 마리 앙투아네트가 참수된 형장이다. 1795년 이곳을 콩코드광장이라 했는데 큰 의미로는 화합의 광장이라는 뜻이다. 광장을 둘러보는 듯 마는 듯 버스를 타고 프랑스, 스위스 국경지대 도시 벨포르로 떠나야 했다.

버스에 올라 자리에 앉았다. 안내원이 사각으로 된 플라스틱 도시락이 나누어 주었다. 점심 식사는 버스 이동 중 적당한 곳에서 도시락으로 한다고 가이드가 말했다. 버스는 서둘러 출발했다.

소풍 간 기분으로 유럽 도시락 여행

파리 시내를 벗어나 고속도로로 가는 길에 센강 다리를 건넜다. 차창 너머로 보이는 파리는 물에 흠뻑 젖어 있었다. 파리의 명물 에펠탑도, 센 강변에 우뚝 선 자유의 여신상도 비구름에 잠겨 어렴풋했고, 다리 밑을 흐르는 강물이 위험 경계선에 출렁이고 있었다. 뉴스에 루브르 박물관에 있는 보물들을 홍수에 대비해 옮긴다고 한다. 센강 유람선 운행도 중단되었고, 에펠탑 입장도 통제되었다. 이번 여행이 비 때문에 즐거움이 반감되었다고 하던 아내가 "그나마 우리는 행운이다."라고 했다. 그러니 사람 팔자 지나고 봐야 안다는 옛말이 그르지 않다.

버스는 도시 외곽에 나섰다. 하늘도 걷히기 시작했다. 마침 휴일이라 고속도로는 붐비기 시작했다. 어떤 곳에서는 주차장처럼 자동차가 꼼짝 못 하고 서 있었다. 그러나 차창 넘어 풍경은 유럽의 목가적인 평원과 흰 구름을 허리에 두른 알프스산맥이 이곳 정취를 잠시나마 즐기게 한다. 정체 또는 소통을 반복하며 시간은 흘렀다. 모두 다 시장기가 흘러 초췌한 얼굴들이다. 아내는 아예 눈을 감았다. 피로감과 배고픔이 함께 온 모양이다. 돈을 내고 이국의 이 풍광을 보러 왔는데 경치는 보지 않고 눈을 감아 버렸으니….

☾ 3일 차
아버지란 위상을 먹고 사는 아버지

　　여행을 떠나기 전에 파리 샹젤리제의 화려한 거리, 루브르 박물관의 고고한 예술품. 파리지앵의 멋진 모습, 몽마르트 언덕의 낭만 뒤에 가려진 파리 뒷골목의 서민의 애환을 알고 싶었다. 그런 지식을 쌓고 싶어 이것저것 해당되는 책자를 뒤지기도 했다. 그러던 어느 날 오후였다. 영화 한 편 보려고 영화관을 찾았다. 혼자 영화관을 찾는다는 것이 궁상맞고 또 기분 좋은 일은 아니었지만, 그래도 혼자만의 호젓한 시간을 갖는 데는 괜찮은 장소다.

　　영화는 〈아버지의 초상〉이라는 프랑스 영화였다. 제목부터 뭔가 아쉽고 착잡했다. 내용은 이 시대를 살아가는 평범한 아버지이자 생계를 책임진 가장이라는 이름의 한 남자의 나상(裸像)이었다. 2015년에 공개된 프랑스 영화로 프랑스 배우 '뱅상 랭동'이 제68회 칸 영화제에서 남우주연상을 받은 작품이다.

　　내용은 대충 이랬다. 51세의 가장인 티에리(뱅상 랭동)는 평생을 다니던 회사에서 구조조정 바람이 불어 퇴직당한다. 그는 퇴직 후 구직을 하려고 노력하고, 장애인 아들을 대학에 보내려고 노력하고, 그 와중에도 부인과 함께 사교춤을 배우려고 노력하는 성실한 가장이다. 그런 가장이 자신에게 주어진 현실에 대처하는 과정을 그렸다. 주인공은 직장에서 쫓겨나 15개월 동안 열심히 직업 재교육을 받는다. 프랑스는 재교육을 받아야 실업수당이 나오기 때문이다. 실업수당은 24개월까지 받을 수 있으며, 24개월이 지나도 취업이 되지 않을 시는 월 500유로(우리 돈 약 80만 원)만 나온다. 그 돈으로 생활이 되지 않는다. 본인은 퇴직 전 번듯한 사무직이었다. 퇴직한 뒤로 사회 재교육을 받아 다시 취직하려는 직장은 창고 재고 관리를 하는 직책이거나 경비원으로 일하는 직장만 남아 있었다. 그런 곳도 자격증을 갖추고 몇 달을 교육받았지만 '경력이 없다, 경험이 부족하다' 등 이유로 퇴짜를 맞았다.

그는 51세 나이로 블루칼라 직장 새로운 환경에 적응은 얼마나 어려운가를 깨닫는다. 이후 경험으로 보아 면접하는 순간 자세나 자존심을 버리고 얼마나 버티느냐 하는 인내의 게임이었다. 실업은 생활비가 끊어진다는 것도 있지만 사회에서 능력을 상실했다는 의미도 있다. 특히 중년의 가장이 실업하였을 때, 가족들이 쳐다보는 가장의 비참함이 고통스럽다. 이런 과정을 견디며 한 마트에 취업하게 된다. 그것도 정식 직원이 아닌 수습 경비 보안 직책이었다.

그가 일을 시작하고 처음 벌어진 사건이 물건을 훔치는 젊은 사람을 잡아내는 데서부터다. 젊은 사람은 경찰에 넘어가지 않으려면 물건값을 배상하라는 얘기까지는 버틸만했다. 다음에는 나이가 든 한 할머니가 고기를 훔쳤는데, 할머니 주위 사람 누구도 고깃값을 지급할 수 없었다. 결국 그 노인은 경찰서로 연행된다. 티에리는 이런 상황이 닥치면서 마음의 갈등을 일으킨다. 자신은 살아가려고 경비직으로 취직했는데, 하루에도 수많은 사람을 잡아낸다.

그다음 사건은 물건 대금을 받는 수납원이었다. 쿠폰을 훔치다가 잡힌 거다. 고객들이 일정 금액 이상의 물건을 사면 해당한 만큼 서비스로 주는 쿠폰이었다. 그 탓에 수납원은 퇴직당한다. 수납원은 자신을 퇴직시키지 말아 달라고 애원했다. 30년 가까이 근속하고 퇴직이라는 명목으로 간단히 인사말 한마디 남기고 쓸쓸히 떠난다. 경비직에게 주어진 임무는 한 사람이라도 더 퇴직시켜야 하는데 감시를 철저히 하라는 지시뿐이었다.

티에리는 정신장애를 앓고 있는 아들을 대학에 보내기 위해 돈이 필요했다. 어느 날 그는 사회복지사와 상담하게 된다. 사회복지사의 대답은 티에리가 현재 살고 있는 집을 팔아라 한다. 은행에 대출받아 산 집, 그것도 5년만 더 할부금을 넣으면 자기 집이 되는 집을 팔라고 냉정한 말투로 내뱉었다. 티에리의 대답은 "안 돼요"였다. 이 집은 그의 평생을 바쳐서 만든 하나 남은 재산이었다. 집을 팔면 가족을 데리고 월세방으로 전전해야 한다. 그 과정에서의 뼈저린 상실감은 죽음과도 같았다. 마침내 쿠폰을 훔친 직원이 회사가 주는 모욕감과 동료들이 던지는 의심에 못 이겨 자살을 택했다.

그의 장례식에 참석한 티에리는 '자신이 살기 위해 그녀를 죽음으로 몰아넣었지 않았는가.' 하는 자괴감에 빠진다. 그래도 억지로 출근했다. 모든 일이 지긋지긋하게 하기 싫어졌다. 이번에는 여직원 하나가 포인트를 훔쳤다. 살려달라 애쓰는 여직원의 사연을 외면한 채 회사는 그녀를 자른다. 이런 것을 본 티에리는 탈의실로 걸어가 근무복을 벗어 던지고 타고 다니는 고물 소형화물차를 몰고 어디론 가 사라진다.

자본주의 사회에서 부와 가난의 세계, 기업과 종업원의 관계는 어느 나라도 마찬가지다. 한국의 50대 이상 실직한 가장들도 자신 이 지닌 기본적인 인간성마저 버리고 어떠한 일이라도 하려고 한다 취업 과정에서 또는 취업을 알선하는 과정에서 당하는 수모와 면접 과정에서 온갖 창피를 견딘다. 그러고도 일할 수 있는 일이 있다면 뭣이든지 하겠다고 한다.

천신만고 끝에 마트의 경비직으로 들어간 티에리도 노인을 경 찰에 잡혀가게 하고, 같이 근무하던 동료를 자살케 하고. 이것이 살 아야 할 과정이라면 차라리 모든 것을 버리고 떠나야겠다고 맘먹었 을 것이다. 화면에는 허름한 소형화물차를 운전하고 구부러진 길을 떠나는 것으로 끝나지만 그와 아내 그리고 정신장애를 앓고 있는 아 들의 장래도 비극으로 끝날 수밖에 없다.

이 영화는 프랑스 파리의 화려한 모습에 가려진 중상류층의 한 가정이 가장의 실직으로 인간의 최소한의 인간성과 양심까지 버리고 바닥으로 몰락해 가는 서민의 애환을 그렸기에 많은 애호와 주목을 받았다. 돈이란 건 인간 생활에 중요한 존재다. 아니 곧 살아가는 원동력이다. 영화 속의 주인공이 목적지 없이 떠나는 뒷모습에서 이 시대 우리들의 쓸쓸하고 야윈 아버지를 발견한다. 이는 우리 세대의 서민 대부분의 아버지가 주인공이 아닐까?

영화를 보는 내내 왜지 모를 쓸쓸함과 먹먹함만이 목구멍을 넘나들었다. 상영시간이 임박해 급히 넘긴 날 숙주 뻣뻣한 월남 국수가 창자를 자극했다. 어쩌면 내 속을 뒤틀리게 하는 것은 국수의 숙주나물이 아니라, 영화 속 아버지의 초라한 모습 때문이 아닐까? 우리나라에서도 구조조정, 노동유연화 등의 이름으로 직장에서 그만두게 되는 일이 비일비재하다. 그냥 숫자로만 몇천 명, 몇만 명으로 표시되지만, 이면에는 한 가정의 가장이 시장의 법칙에 따른 투쟁이 따른다.

난 파리를 떠나면서 화려한 도시의 모습만 보고, 또 맛있는 음식을 먹고 어렵게 번 돈을 쓰고 가는 것이 과연 잘하는 것일까? 자본주의 사회에서 돈이 있어야 잘 산다고 하지만 인간의 기본적인 인간애와 최소한의 양심마저 버린다면 우린 무엇 때문에 사는 것인가? 멜랑콜리에 빠지기 시작했다.

오후 2시가 가까워 고속도로 간이 휴게소에 도착했다. 마침 휴게소 옆 넓은 초원에서 도시락을 거기서 먹자고 한다. 그 장소엔 시멘트로 만든 식탁과 의자도 있었다. 아마 우리 일행과 같이 야외에서 음식을 먹고 가는 여행객이 많은가 보다. 하늘은 뭉게구름 사이로 햇살을 보냈다. 일행은 소풍 나온 기분으로 저마다 도시락을 들고 푸른 미루나무 그늘에 앉았다. 도시락을 열어 보았다. 하얀 쌀밥에 김치와 마늘장아찌, 멸치볶음, 우리 입에 길들여진 반찬들이었다. 그때 누구인가 튜브 고추장을 들고 "고추장 여기 대령이요" 한다.

잠깐이나마 햇살이 내리고 푸른 초원과 그늘이 있고, 밥과 김치, 고추장이 있고, 한국서 가져온 소주 한 잔이 있다. 이국에서의 소풍치고는 그 이상 무엇을 바라겠는가. 파리 여행의 피곤함이 한꺼번에 달아났다. 초등학교 때 소풍 같은 유럽 여행, 이것도 낭만 있는 여행의 한 토막이 아닌가.

☾ 4일 차

상상 속의 융프라우를 보며

벨포르에서 1박 하고 아침 일찍 스위스 뮈렌으로 떠났다. 뮈렌 산에 오르기 위해서다. 하늘은 비가 오다 햇볕이 났다. 갈피를 잡을 수가 없었다. 더구나 알프스산맥이 가로 놓인 이곳의 날씨는 예측이 어려울 정도로 변덕스럽다. 사방이 높은 산맥이 병풍처럼 둘러쳐 있고, 흐르는 강물은 옥빛이었다. 초원에 방목된 여러 마리 소가 여기 저기 풀을 뜯는다. 차창을 열었다. 들어오는 공기부터 달랐다. 서늘 하리만치 신선하고 맑았다.

아내에게 신선한 공기를 마시며 심호흡을 하라고 권했다. 나도 숨을 크게 들이마시며 고개를 끄덕인다. 눈앞에 전개되는 산하도 그 렇다. 상상만 하던 스위스의 목가적인 풍경이 눈앞에 다가오고 또 지나갔다. 나라는 작지만 풍요로운 나라. 농목축업이 조상 대대로 전해 온 가업이었지만, 눈이 많이 내려 가내공업이 발달해 세계 최 고 품질의 시계를 제조하는 나라. 국민 소득 7만 불, 국민 복지 세계 최상급, 알프호른(Alphorn)의 자연음과 요들 송을 부르는 아가씨들의 앞치마가 찰랑거리는 스위스에 온 것이다.

뮈렌은 아주 작은 산골 마을이었다. 높고 긴 산맥 따라 강물이 휘돌아 흐르고, 뒤쪽에는 언뜻 보아 200m가 넘을 깎은 듯한 절벽에서 떨어지는 무지개 폭포가 장관이었다. 여기서 잠깐 뮈렌 마을을 소개하고 넘어가야겠다. 뮈렌은 스위스 베른 고원에 위치한 전통적인 산악마을로 해발 1,638m에 자리 잡고 있다. 공공도로는 접근하기 어려운 이 마을의 인구는 약 450명 정도. 오래된 목조건물과 좁은 골목길 그리고 평화로운 분위기가 전통적인 스위스 산간 마을의 모습을 간직하고 있다.

특히 라우터브루넨 계곡과 해발 2,970m 높이의 산 쉴트호른 등의 명소가 가까이 있어 경관이 매우 웅장하고 아름답다. 라우터브루넨에서 뮈렌 사이 산악 철도가 연결되어 있어 접근성도 좋다. 중세 시대부터 주민들이 거주해 왔으며, 주로 농업과 목축업으로 생업을 이어 왔다.

최근에는 관광업이 주요 산업이 되었지만, 여전히 과거 전통문화와 생활 양식이 잘 보존되어 있다. 가장 유명한 명소로는 쉴트호른 글로리아로 해발 2,583m의 쉴트호른산 정상에 있는 전망대로 360도 파노라마 뷰를 자랑한다. 제임스 본드 영화 〈007 언리미티드-세계는 충분하지 않다〉의 촬영지로도 유명하다. 쉴트호른 산기슭에 있는 하이킹 트레일 비어페라타(Via Ferrata)와 블루멘탈파노라

마테일(Blumental Panorama Trail) 하이킹 트레일이 뮈렌 마을에서 시작해 아름다운 알프스 산맥을 감상할 수 있는 3.38km 길이의 하이킹 트레일이 있다.

산악용 케이블카에 올랐다. 융프라우를 볼 수 있는 마을로 가서 또 다른 케이블카로 갈아타고, 뮈렌산 입구에 갈 예정이었다. 케이블카 유리 벽 밖의 경치는 구름에 가려 아무것도 보이지 않는 카오스였다. 그저 높은 곳으로, 아니 구름 위를 오르고 있구나 하는 느낌뿐이다. 케이블카는 어떤 지점에서 멈춰서 승객들을 내리게 하더니, 10여 분을 걸어서 오르다가 다시 케이블카를 갈아타고 또 올랐다.

얼마 안 가 내리라는 신호 종소리가 요란하게 들렸다. 약간은 두렵기도 해 아내의 손을 꼭 잡고 조심스럽게 내린 곳이 뮈렌산 입구였다. 구름 사이로 눈 아래 보이는 계곡과 마을이 까마득히 멀어 보이고, 능선은 군마의 행렬같이 웅장했다. 천상에 떠 있는 별천지에 온 기분이었다. 이곳에 오른 기념으로 아내와 함께 맥주 한 잔씩 축배주를 마시기로 했다. 마침 일행 중 한 부부가 맥주를 가져왔다기에 같이 한잔하자고 제안했더니 그들도 선뜻 동의했다. 꿀꺽 꿀꺽 맥주가 목줄을 타고 넘어가는 소리가 고막에 울린다. 서울 도심에서 마시는 맥주 맛과 또 다른 맛이었다. 지구상의 가장 아름다운 산악의 나라 스위스, 그것도 오십 년을 함께해 온 아내와 함께 알프스의 관문인 뮈렌산 입구에서 마시는 맥주 맛은 어느 호사스러운 자리에서 마시는 그 맛하고는 사뭇 달랐다.

4일 차
별 일곱 개의 노인

　이곳에서 좀 더 머물고 싶었지만, 일정 때문에 떠나야 했다. 구름에 덮인 하늘에 가려 융프라우를 보지 못한 아쉬움을 안은 채 하산열차를 탔다. 열차 내의 의자 배열이 4명이 1조가 되어 서로 마주 보는 구조였다. 나이 들어 보이는 서양 영감님과 마주 앉았다. 그는 작고 붉은 배낭과 흰색 별이 일곱 개가 그려진 검은 모자를 쓰고 있었다. 그의 체격은 나이대로 보아 건강하게 보였으며 그의 손에는 산악용 철제 스틱이 들려져 있었다. 나이를 물어보니 80 중반에 들어섰다 한다. 그리고 이곳이 자신이 태어난 고향이라 했다. 영감님은 주머니를 이리저리 뒤지더니 주민등록증 같은 플라스틱 카드를 꺼내어 나에게 내밀었다. 신분증 같은 것이었는데 이곳 뮈렌산이 부여하는 최고의 등산가들에게 국가가 발급하는 산악인 증표란다.

　그는 일주일에 두 번 정도는 이 산을 넘나든다고 했다. 그러고 난 다음 "산은 우리에게 건강을 준다"라며, 자신의 건강을 보란 듯이 종아리 알통을 자랑한다. 그는 나에게 등산을 권했다. 내가 한국에서 왔다고 알려주었더니 고개를 끄떡이며 자신은 중국에서 생활한 적이 있다고 하며 동양인에게 호감을 갖고 있다고 했다. 나는 얼핏 『쟌 모리스의 50년간의 유럽 여행』에 실린 구절을 떠올렸다.

'스위스에 꼬부랑 노인이 어찌나 자주 보이는지 깜짝깜짝 놀라곤 한다. 유럽 다른 나라에서는 이제 그런 노인들의 모습을 거의 찾아볼 수가 없다. 비록 스위스가 유럽의 다른 어느 나라보다도 더 긴 평균 수명을 자랑하는 나라이고, 알프스 외딴곳의 농장이라도 온갖 가전제품을 골고루 갖춘 경우는 많지만, 이런 꼬부랑 노인의 주름투성이 얼굴은 수백 년 동안 흙을 갈아엎던 역경, 고립 경계심을 몸으로 보여주는 듯하다.'

결국 이 말은 스위스 노인들은 역경을 견디는 대신 건강과 장수를 가져왔다는 말이다. 그런 장수의 유전자가 이 영감님에게도 전해진 것인가? 스위스는 2023년 기준으로 국민 평균 수명은 84.38세로, 여성 85.05세 남성 82.13세다. 세계적으로 평균 수명이 가장 높은 국가 중 하나다. 스위스 정부의 발표로는 효율적인 의료 시스템, 더 나은 교육, 건강한 라이프스타일, 높은 소득이 장수의 이유라고 한다.

우린 산악열차를 타고 내려오는 동안 산에 대한 얘기로 꽃을 피웠다. 산악열차가 아랫마을에 도착했을 때 영감님과 헤어지며 언제 다시 만날 수 있었으면 좋겠다고 손을 잡으며, 굿바이~ 굿바이

서로의 행운을 비는 이별의 손을 높이 흔들었다.

뮈렌산에서는 청명한 날이면 융프라우, 아이거 같은 산들이 보인다고 했지만, 구름과 안개에 가려 보지 못하고 돌아왔다. 일생에 좋은 기회를 놓친 아쉬움 같은 것이 남아 있었다.

☾ 4일 차
스위스 뮈렌에서 이탈리아 밀라노로

　뮈렌에서 이탈리아 밀라노로 이동하기 위해 버스에 올랐다. 목적지 밀라노까지는 버스로 무려 여섯 시간 이상 걸린다고 한다. 도로 상황에 따른 교통체증과 스위스 이탈리아 국경을 통과하는 절차에 따른 시간, 중간에 잠깐 화장실 다녀오는 휴식시간까지 감안한 시간이란다. 밀라노로 가는 중에 종(鐘)이 있는 대성당과 사탑이 있는 피사에 들러 휴식 겸 관광 시간을 가질 예정이다. 아내는 시차에 따른 피곤과 70 중반 쇠약해진 기력으로는 지치는 기색이다.

　이탈리아에 도착하기 전에 방문할 도시에 대한 사전 지식을 머릿속에서 새기기 시작했다. '여행은 아는 만큼 보인다는 말이 있듯, 여행지의 풍광과 그곳 사람들의 정서와 문화를 알면 더욱 즐거운 여행이 된다.' 어느 여행가가 말한 구절이 떠올랐다. 나도 그 말에는 동의하는 편이다. 이번 여행지 중 이탈리아를 좀 더 알차게 배우면서 여행할 수 있는 요령으로, 라틴민족인 이탈리아 사람들의 특성을 이해하고 그들에게 접근해 보기로 했다.

이탈리아 국민의 3대 특성으로 그 첫 번째가 '만자레(mangiare)'
다. 이는 '맛있게 먹자'다. 이탈리아 음식의 맛은 세계적이라는 것쯤
은 다 안다.

우선 대중적인 음식으로 피자와 파스타, 젤라토 등도 유명하지
만, 그 외에도 바다를 낀 북동부와 남서부의 해산물 요리, 북서부 알
프스 접경지대의 풍부한 곡물 요리, 중부의 육류 요리 등이 우리나
라 음식과는 근본적으로 맛이 다른 요리다. 곁들어 세계 최대의 와
인 생산지인 이곳에는 질 좋은 와인이 늘 음식에 따라붙는다. 이런
이탈리아 음식의 고유한 맛이 여행객의 구미를 한없이 유혹한다.

두 번째는 '칸타레(cantare)'다. '노래 하자'다.

실제로 이탈리아 국민들은 음악은 천성적이다. 푸치니, 베르디
와 같은 세계적인 작곡가와 성악가를 배출했다. 1598년 밀라노에 지
어진 라스칼라극장은 푸치니, 베르디 오페라를 초연한 벨 칸토(Bel
canto)의 전당이다. 이탈리안들은 극장에서만 노래를 부르는 것은
아니다. 물 위에서도 산 위에서도 노래를 부른다. 이태리 남부에 있
는 물의 도시 베네치아에서는 여행객을 위해 직접 노를 젓는 곤돌라
에서 우리 귀에 익숙한 〈오 솔레미오〉, 〈카타르〉, 〈별은 빛나건만〉 등
의 노래를 부른다. 그렇다고 늘 그렇지는 않고 대가를 지불하고 초
청해야 들을 수 있다.

세 번째는 아모레(amore)다. '사랑하자'다.

아침에도 사랑, 점심에도 사랑, 저녁에도 사랑, 이들은 온종일 사랑을 외친다. 비단 연인뿐만 아니라 가족, 친지, 이웃 누구에게나 아모레다. 심지어는 음식과 패션, 문화와 사물에도 그렇다. 이는 이탈리아 사람들의 천성이라고 한다. 하지만 좀 두고 봐야 할 일 같다. 이탈리아를 여행할 때 '물건 사기를 신중히 하라'는 주위 사람들의 말이 '바가지 씌운다' 또는 '속인다'로 들렸기 때문이다. 그러나 아모레라는 단어는 우리나라에 화장품 회사가 있어 친숙해진 단어다.

뮈렌을 출발한 지 세 시간이 조금 지나 피사(Pisa)에 도착했다. 마침 주차장이 피사 대성당 옆 넓은 광장이어서 차에서 내리자 성당과 사탑(Torre Pendente di Pisa)이 시야에 들어왔다. 두 시간 후에 출발할 예정이니 그간 대성당과 사탑을 다녀오라는 안내원의 말을 뒤로 하고 피사 대성당으로 발길을 옮겼다. 피사대성당(Pisa Cathedral)은 이탈리아 중서부 피사시에 있는 로마네스크 양식의 주교좌 성당이다. 1063년에 착공하여 약 50년간 공사를 진행 완공한 건물로, 중세 이탈리아의 상업도시이며 지중해 무역의 중심지이었음을 증명이나 하듯 보여준다.

우린 긴 회랑(回廊)을 지나 성당 안으로 들어섰다. 내부 벽면과 기둥은 화려한 흑백 대리석으로 장식되어 웅장하고 아름다운 분위기를 자아내고 있었다. 천장에는 무어인의 영향을 받은 높은 란셋아치가 사용되어 공간감을 더해주었고, 중앙 부분에는 타원형 돔이 있어 모스크와 유사한 공간을 연출했다. 2차 대전 당시 심각한 피해를 입었지만 복원작업을 거쳐 현재에 이른다. 부속 건물로는 '피사의 사탑 묘지'가 있다. 대성당에서 나와 피사의 사탑으로 향했다.

사탑은 피사 대성당의 종탑으로 1372년에 건설되었다. 교과서에서 본 것처럼 기울어져 있었는데, 탑의 높이가 55m, 297개의 계단, 무게는 14,453톤이다. 사도(斜度)는 5.5도로 기울기의 진행을 여러 차례 보수공사로 막았다.

세계 7대 불가사의 중 하나로 갈릴레오 갈릴레이가 물체의 자유낙하 시간을 인증하기 위해 피사의 사탑 꼭대기에 올라 크고 작은 물건을 동시에 떨어뜨려 시험했다는 설도 있다. 이를 두고 어떤 학자는 실험 얘기는 갈릴레오의 제자 비비야니(Viviani)가 지어냈다고 한다. 탑이 기울어진 이유로는 건축 당시 지반의 불균형으로 남쪽이 내려가면서 발생했다 한다. 우린 시간 관계상 바쁜 걸음으로 사탑을 돌아 버스로 돌아갔다. 차에 오르기 전에 사탑을 배경으로 하고 아내와 나는 기울어진 탑을 넘어지지 않도록 지탱하는 포즈로 사진 한 장을 남기는 것으로 피사를 떠났다.

베르디와 푸치니 그리고 스칼라극장

피사를 떠난 지 세 시간 남짓 걸려 밀라노에 도착했다. 밀라노는 이탈리아에 있는 세계적인 패션 중심도시다. 실제로 로마가 이 나라의 행정적 수도라면, 밀라노는 경제적 수도라 할 만큼 경제 중심이다. 또 한 밀라노는 매우 유서 깊은 예술의 도시로서 대성당과 극장 라 스칼라(La Scala)는 세계적으로 알려져 있다. 특히 라 스칼라는 밀라노에 있는 유서 깊은 오페라 극장이다. 아내와 나는 라 스칼라를 방문했다. 나는 음악에는 조예가 없지만 이 극장에는 가 보고 싶어 했다.

1778년 8월에 완공한 이 극장은 좌석이 무려 2,800석이다. 오페라의 본고장인 이탈리아에서도 가장 유명한 극장으로, 런던 로열 오페라 하우스, 빈 스타트 오포, 뉴욕 메트로폴리탄 오페라, 파리 오페라 등과 어깨를 겨누는 곳으로, 많은 성악가가 이 극장의 무대에 오르는 것을 영광으로 생각했다. 주세페 포르트노 프란체스코 베르디(Giuseppe Fortunino Francesco Verdi)와 자코모 푸치니(Giacomo Puccini) 같은 명성 있는 음악가들이 이 나라에서 태어났고, 이곳에서 활동했다.

밀라노 라 스칼라에서 공연된 오페라 중 가장 훌륭한 작품을 꼽으라면 언뜻 셈하기는 어렵다. 역사적으로 중요하고 사랑받는 작품들이 워낙 많기 때문이다. 베르디의 〈나부코도노소르〉와 푸치니의 〈나비부인〉 같은 작품이 라 스칼라에서 초연된 명성 있는 작품들이다. 헨델의 〈율리어스 시저〉 로시니의 〈세르비아의 이발사〉 베르디의 〈라 트라비아타〉와 같은 수많은 유명 작품들이 이 극장에서 공연되었다. 세계적인 성악가 마리아 칼라스와 루치아노 파바로티 같은 스타들이 이 무대에 섰다. 이러한 역사와 전통을 자랑하는 라 스칼라극장에서 훌륭한 오페라 및 가수의 공연이 수도 없이 공연됐으며, 그 시대의 관객에게는 특별한 의미로 각인된 곳이다.

베르디의 오페라 〈나부코도노소르(Nabucodonosor)〉는 1842년 3월 9일, 이곳 밀라노 라 스칼라극장에서 초연되었다. 베르디의 예술 인생의 서막을 열었으며, 그의 명성을 높인 작품 중 하나였다. 〈나부코도노소르〉는 바빌로니아의 왕 나부코가 예루살렘의 솔로몬 성전을 공격하고, 예루살렘 왕의 조카 이즈 마이 엘레와 나부코의 둘째 딸 페네나 공주가 서로 사랑에 빠지는 이야기를 다루었다. 이 작품은 민족해방과 독립의 희망을 담고 있으며, 히브리 노예들의 강렬한 합창과 웅장한 무대가 관전 포인트다.

푸치니의 〈나비부인(Madama Butterfly)〉은 1900년대 초 일본 나가사키의 언덕 위, 열다섯 살의 순수한 여자 초초상의 가슴에 핀 커튼이라는 이름의 꽃이 피어 있다. 그러나 그 꽃은 이국의 바람에 흔들리고, 초초상은 사랑의 노래를 부르며 미 해군 중위 핑커턴이 귀환을 갈망한다. 〈어느 맑게 개인 날〉이라는 아리아에 담긴 그녀의 기다림은 관객의 마음을 울린다.

일본인보다 나은 미국인 진짜 아내가 되고자 필사적인 노력을 했지만, 결국은 버림받고 자살이라는 비극적인 선택으로 마무리되는 내용의 줄거리는 오페라의 깊은 여운과 나비부인의 순애보가 가장 큰 관전 포인트다. 현대의 연인들도 종종 사랑과 개인의 의무 사이에서 갈등을 겪는다. 사랑하는 이의 행복을 위해 자신의 욕구를 억누르는 이타적인 사랑, 또는 사랑을 통해 자신의 정체성을 찾으려는 열망은 시대를 초월한 보편적인 감정이 아닐까?

베르디와 푸치니, 이 두 사람 모두 이탈리아 태생이지만 그들의 작품성은 각각 다른 성향을 지니고 있다. 두 작곡가의 차이점은 음악적 스타일과 주제 그리고 감성적인 접근해 보면, 베르디의 스타일은 선율이 이성적이고, 남성적이다. 극적인 힘과 서정성을 결합하여 심각한 주제와 인간의 비극을 전달한다. 그는 사회적 문제와 민족적 갈등을 주제로 다루는 작품을 선호했고, 그의 음악은 친근하고 다양한 음악적, 감성적 부위로 관객에게 다가선다. 반면 푸치니는 감성적이고 여성적인 음악 스타일이다. 인간의 마음에 즉각 반응하는 예술을 위한 예술이다. 푸치니는 일상적인 인물들의 이야기와 감정을 중심으로 작품의 주제를 구성했다. 그래서 그의 작품은 감정적이고 직접 관객의 마음을 울린다.

두 작곡가는 각자의 예술관을 펼치며, 사실주의 접근을 통해 서민들의 삶을 생생하게 그려내는 베리스모 오페라와 같은 새로운 형식을 만들어 냈다. 베르디는 전통을 계승하고 발전시키는 반면, 푸치니는 독창적인 예술관을 통해 음악과 연극을 결합했다. 베르디와 푸치니를 냉정하게 비교한다면 누가 더 시대에 맞는 훌륭한 음악가일까? 각각의 방식으로 오페라의 역사에 지대한 영향을 끼쳤기 때문에 함부로 판단하기는 어렵다.

베르디는 이탈리아 오페라의 전통을 계승하고 발전시키 바며, 푸치니는 대중적인 오페라를 추구하여 대중성과 예술성을 겸비했다. 베르디는 민족적이고 웅장한 음악을 통해 이탈리아의 암울했던 시대상을 반영하고, 애국심을 고취했으며, 지금도 전 세계 오페라 팬들에게 많은 사랑을 받고 있다. 푸치니는 감성적이고 부드러운 선율로, 다양한 문화와 스토리로 세계인의 마음을 사로잡았다. 냉정한 비교보다는 두 작곡가가 각자의 시대에 맞는 훌륭한 음악을 만들어 냈다고 평가하는 것이 적절할 것 같다. 자신의 방식으로 오페라를 재해석하고, 새로운 경지를 개척했다는 점에서, 두 사람 모두 시대를 대표하는 훌륭한 음악가다.

극장에는 오랜 세월이 흐르는 동안 흥미로운 일화도 많았다. 그중 하나는 과거 밀라노에서 유일하게 이곳 극장에서 도박이 허용

됐다. 도박 수익금은 공연 재정 확보에 쓰였다. 또 극장의 박스석이 후원 가족들의 사유지였다. 각 박스의 주인은 자신의 자리를 호화롭게 꾸미는 데 열중했다. 역사적 배경은 라 스칼라가 단순한 공연장이 아닌, 밀라노 사회의 중심지였음을 보여준다. 웃지 못할 우발사건도 있었다. 오페라 공연 중에 때때로 예상치 못한 사건들이 발생해 기억에 남는 일화가 되곤 했다. 일례로 오페라 〈아이다〉 공연에 종종 실제 동물을 무대에 올리기도 하는데, 코끼리가 무대 위에서 예상치 못한 행동을 하여 공연을 중단시키거나, 관객들에게 웃음을 주는 일도 있었다.

기술적 오류도 있었다. 조명이 갑자기 꺼지거나, 무대 장치가 제시간에 작동하지 않아 배우들이 즉흥적으로 대처해야 하는 때도 있었다. 이러한 우발사건은 오히려 오페라 공연의 생생한 현장감을 더해주며, 공연 일부로 기억되기도 했다.

이 극장이 설립 이후 세계적인 예술가들이 이 무대를 통해 명성을 쌓아왔다. 지금에 와서도 여전히 세계 최고의 오페라 극장으로 인정받고 있다. 앞으로 라 스칼라도 지속적인 혁신과 예술적 발전을 추구하며, 새로운 세대의 예술가들에게 영감을 주는 장소로 남을 것이다.

3,519개의 조각상이 있는 두오모성당

우린 두오모성당을 찾았다. 성당 건물은 고딕 양식이었다. 14세기부터 약 500년을 걸쳐 완성된 건물로 유럽 최고의 건물 중의 하나다. 성당의 특징은 135개의 첨탑으로 장식된 흰 대리석의 화려한 건축물이며, 하나하나의 첨탑 위에는 성인들이 조각되어 있다. 성당의 규모는 당시 밀라노 시민 4만여 명을 수용할 수 있을 정도로 대형 성당이다. 두오모성당은 고딕 양식 외에도 다양한 건축 양식의 요소를 포함하고 있다.

성당 내부에 돔을 설치한 비잔틴 양식과 바로크 양식의 요소가 혼합되어 있다. 외부 벽면은 대소의 부벽과 번잡할 정도로 많은 소첨탑으로 장식되어 있고, 이는 성당이 건설 기간 동안 여러 차례 설계 변경이 있었기 때문이다. 따라서 두오모성당은 고딕 양식을 기반으로 하면서도 다양한 건축 양식의 요소를 통합한 복합적인 건축 양식으로 볼 수 있다.

두오모성당의 내부는 장엄하고 화려한 모습이었다. 52개의 기둥으로 다섯 등분된 거대한 십자가 구조였다. 천장은 높게 뚫려 오금이 저리듯 장엄한 느낌을 주었다. 곳곳에 경당이 마련되어 있었고, 화려한 조각상으로 장식되어 있었다. 바닥은 대리석을 잘 끼워 맞춘 문양이 기하학적으로 배치되어 있었으며, 성당 내부와 바깥 외벽 사이에 갇힌 틈을 계단으로 오르다가 돔이 시작되는 지점에 한 층이 성당 내부로 연결되어 있었다. 그 층을 지날 때는 대성당의 가장 높은 지점에서 내부를 한눈에 내려다볼 수 있고, 내부에는 세계에서 가장 많은 조각 작품들로 채워져 있었는데, 총 3,159개의 조각상 중 2,245개는 건물 외부에서만 볼 수 있다. 이러한 예술작품들은 두오모성당의 내부를 더욱 풍성하고 아름답게 만들어 준다.

성당 천장화는 '최후의 심판'을 주제로 그려졌는데, 미켈란젤로의 제자인 조르조 바사리가 스승의 작품을 본떠 그린 프레스코화였다. 이러한 천장화는 성당의 내부를 더욱 풍성하고 아름답게 만들어 놓았다.

로마 신화 속으로

18세기의 로마는 대단한 도시였다. 위대한 국가였다. '모든 길은 로마로 통한다'는 말이 있듯이 전성기의 로마는 유럽은 물론, 중동, 아프리카에 이르기까지 영향력이 뻗쳤다. 로마제국의 초대 황제 '아우구스투스'는 카르타고의 군사전략가 '한니발'과 100여 년 전쟁을 치르고 승리를 거두었다. 그는 전쟁이 끝나고 평화가 찾아왔다는 것을 로마 시민에게 알리며 "나는 진흙과 벽돌로 된 로마를 물려받아 대리석으로 된 로마를 남겼다"라고 말했다. 로마 시민들은 황제의 권위를 위해 로마시를 대대적인 건설을 꾀하였다. 그러나 우주의 법칙은 강과 약의 순환이 있는 법, 지구상의 대 강국이었던 로마도 476년, 1200년의 역사의 소임을 마치게 된다. 제국이 위기에 처했을 때마다 로마를 구했던 신화 속의 쌍둥이 신, 카스토르와 폴룩스의 도움도 소용이 없었다.

결국 서로마 제국은 쇠퇴하고 중세의 시대가 시작된다. 종교는 권력으로 변모했고 교황권은 교회권을 벗어난 지배력이 되었다. 기독교 정신이 유럽 문명을 지배하던 시기에 숭고한 인간은 오직 신의 소유물이 되었다. 인간의 개성과 자율성, 생명의 기본권인 자유마저 신에게 양도되었다. 사람들은 신의 도움을 간절히 바랐다. 교회를 찾고 신을 찾았다. 성직자들은 신이란 배경을 등에 업고 권력을 휘둘렀다. 평민들은 인권마저 없는 노예로 전락했다. 후세의 역사가들은 그 시대를 암흑의 시대라 기술했다.

《 5일 차

바티칸*Vatican*은 또 하나의 나라

　　로마의 번창 시기에 남긴 유적과 문화를 찾아 이른 아침부터 서둘러 바티칸 궁전으로 향했다. 바티칸은 로마에 위치한 나라다. 비록 영토와 인구는 좁고 적은 나라지만, 엄연한 국가였다. 이탈리아에서 바티칸을 방문하면, 한꺼번에 2개국을 방문하는 셈이 된다. 바티칸 투어는 아침 일찍 서두르지 않으면 3시간 이상 기다려야 입장을 한다는 가이드 말에 조금은 긴장했다.

　　지금은 오전 6시, 하늘은 구름은 끼었으나 가끔 구름 사이로 노란 햇살이 보이기도 했다. 여행을 시작한 이래로 비가 계속 내렸기 때문에 구름 사이로 보이는 햇살이 퍽 반가웠다. 하지만 이곳 날씨가 워낙 변덕스러워 햇살이 보인다 해도 비가 오지 않을 것이라 확신할 수는 없었다. 바티칸 궁전은 머물렀던 호텔로부터 버스로 1시간 거리였다. 찌푸린 날씨 때문인지, 시차 때문인지 버스에 오르자마자 의자 등받이에 머리를 얹고 눈을 감았다. 나만 그런 것이 아니라 옆자리에 앉은 아내도 마찬가지였다. 바티칸 궁전 앞에 도착하여 가이드로부터 여러 가지 주의사항을 듣고 미술관에 입장하는 문으로 향했다.

16세기 건축물인 바티칸 미술관은 사람 키 3배나 넘을 절벽 같은 돌담으로 에워싸였다. 담을 쌓은 돌 하나의 크기가 어른 반 키만큼 컸고, 그 무게는 어림잡아 500kg나 될 듯했다. 500년 전 이렇게 크고 웅장한 담장을 쌓았으니 이를 축조하기 위해 노동한 서민들의 피땀은 얼마나 흘렸을까. 유럽의 중세 건축물은 민중들의 골육을 짠 노동의 결과다. 왕족과 사제들은 절대 권력으로 군림했다.

특히 유럽의 여러 국가 중에 로마의 역사는 암울한 피의 역사다. 지금도 바티칸 시국의 인구는 1,000여 명에 지나지 않지만, 지구상의 11억 신도는 바티칸을 믿고 따른다. 이곳을 찾는 관광객이 종교의 유무와 관계없이 연간 600만이 넘는다. 두 줄로 늘어선 입장객들이 담장을 돌아 만리장성처럼 길게 줄을 이었다. 날씨가 궂어 다른 날보다 사람들이 덜 붐빈다는 가이드 말이 거짓이었으면 좋겠다고 느껴졌다. 고의라도 믿지 않으려는 것은 아마도 기다림에서 오는 짜증 때문일 게다. 그렇다고 이를 놓칠 수는 없지 않으냐. 이역만리 로마까지 와서 이곳을 방문하지 않는다면 속없는 만두 같은 여행이 될 것이 아닌가. 하늘은 검게 흐렸지만, 비는 내리지 않았기에, 기다리는 데는 어려움이 없었다.

아내를 앞세우고 그 뒤로 내가 섰다. 줄 주변에도 한국에서 온 여행객이 많이 보였다. 실제로 한국 관광객을 위해 한국어로 만든 여행안내서와 오디오가 있을 정도이니까. 하지만 한국 관광객들의 말소리가 다른 나라에서 온 관광객보다 크고 산만한 것만은 분명했다.

오늘은 바티칸 성당에서 25년에 한 번씩 열리는 자비문이 열려 있어 특별관광을 할 수 있다고 한다. 2시간 가까이 기다린 끝에 바티칸의 첫 번째 자랑인 미술관에 들어섰다. 14세기~16세기에 르네상스의 화려한 회화가 천장과 벽을 온통 장식하고 있었다. 천사에게 둘러싸인 예수의 모습, 베드로가 옥좌에 앉은 모습, 악기를 연주하는 천사들 그림도 있었다. 미켈란젤로의 프레스코 기법 〈천지창조〉는 천장 전체를 장식했고, 그의 조각 작품 〈피에타(Pieta)〉도 있었다. 피에타는 죽은 예수의 시신을 안고 있는 성모의 비탄한 모습을 조각한 것인데, 미켈란젤로가 남긴 서명이 있는 유일한 작품이다. 레오나르도 다빈치의 〈광야의 성 히에로니무스(Hieronymus)〉와 라파엘로 산초의 대표 벽화 〈아테네학당(Scuola di Atene)〉에는 플라톤과 아리스토텔레스 모습도 있었다. 아테네학당의 원본은 프레스코 벽화였기 때문에 가져오지 못해 현재 보이는 것은 사진이었다. 머리 팔다리가 없는 몸통만의 조각 벨베데레의 '토르소(torso)'도 있었다. 토르소는 인체의 아름다움과 힘을 표현하는 작품으로, 미술사에 큰 영향을 미쳤다.

특히 미켈란젤로와 같은 르네상스 시대 조각가들은 토르소 조각에 영감을 받아 자신만의 작품만을 창조했으며, 이후 현대 조각에도 지속적인 영향을 미치고 있다. 토르소의 작가와 제작 연대는 정확히는 알 수 없으나 여러 정황을 보아 기원전 1세기로 추정하고 있다. 바티칸 미술품 중에는 기독교와 전혀 관계없는 고대 이집트와 동양적인 작품들도 여럿 있었다. 이집트 여사제의 무덤 뚜껑도 있었고, 파라오 멘투 하제프 2세의 두상(頭狀)도 있었다. 우린 사람들에게 밀려 건성건성 지나가는 시가이 아까웠다. 그러나 천재 화가 레오나르도 다빈치, 미켈란젤로, 라파엘로 같은 대 작가들의 작품을 나와 아내의 눈으로 직접 보았다는 것은 하나님이 우리에게 내린 축복이었다.

바티칸 궁전의 모습은 듣던대로 하나의 왕국이었다. 교황청 방문객이 연간 700만 명에 달한다. 하지만 대기 오염으로 인한 유물 보전을 위해 이제는 600만 명으로 그 수를 제한한다고 한다. 그렇다면 관광으로 수입되는 경제적인 가치는 얼마나 될까? 이는 바티칸 시국의 조상들이 후손에게 남겨준 엄청난 유산이다. 우리나라에는 왜 이런 관광자원이 없을까. 어떻게 해야 관광 대국이 될 수 있을까. 그런 생각이 머리를 스치기도 했다.

ℂ 5일 차

콜로세움^{Colosseum}의 교훈

콜로세움으로 이동했다 버스 주차장이 마땅치 않아 저당한 곳에서 승객은 내리고 버스는 시간 맞추어 이 장소에 오기로 했다. 가까운 중국식 레스토랑에서 점심 식사를 마친 후 콜로세움으로 발길을 재촉했다. 가는 길에 싸구려 가죽제품이나 기념품을 파는 잡상인들의 외침도 소음이었다. 피부가 검은 이국인이 짤막한 한국말을 하며 여기저기서 "싸요~ 싸요~"를 외쳤다. 그들이 싸다고 하는 물건들은 조잡하고 허접했다. 사고 나면 고장 나는 눈속임하는 것들이다. 이탈리아에 와서 싼 물건을 사지 말라는 어느 친구의 말이 생각났다. 아내와 난 싸구려 유혹을 뿌리치고 장엄하게 서 있는 콜로세움 앞에 섰다.

콜로세움은 로마제국 역사를 통해 가장 위대하고 웅장한 건물로 손꼽힌다. AD 72년에 착공하여 AD 80년에 완공된 이 건축물은 최대 지름 188m, 최대 수용인원 5만 명인 원형경기장이다. 반란군에 쫓겨 자살한 폭군 '네로' 황제의 궁전을 밀어 버리고, 그 자리에 '베스파시아누스' 황제에 의해 착공되어 당당 8년 만에 완공됐다. '베스파시아누스' 황제는 왕족이나 귀족도 아닌 평민이었다. 건축 원래의 취지는 로마 시민들이 좋아하는 스포츠인 검투사들의 시합이나, 맹수들의 싸움을 즐기는 공공 오락시설이었다. 그러나 그 뒷면에는 다분히 정치적인 의미가 담겨 있었다.

'네로'의 폭정과 연속되는 패전으로 로마 시민의 민심은 흉흉했다. '베스파시아누스' 황제가 권좌에 오르자, 그는 황폐한 로마를 재건하고 위상을 높이기 위해 콜로세움 건설에 전념했다. 이는 전임자 네로 황제와의 차별화를 목표로 한 것이었다. 당시 로마의 재정 상태는 매우 열악했으나, 콜로세움 건축 비용은 전쟁에서 얻은 전리품으로 충당했다. 콜로세움은 전쟁의 산물이었다.

베스파시아누스의 아들 티누스가 예루살렘을 함락하고, 수많은 전리품과 포로, 노예를 데려와 노동력으로 활용했다. 거대한 이 경기장에서 '악티움 해전'을 재현했다고 하니 그 규모는 말만 들어도 짐작이 된다. 후에 이곳에서 기독교 신자들이 처형되었다는 이야기가 전해지면서 성지로 알려지게 되었고, 연간 600만 명이 넘는 방문객이 찾는 관광 명소가 되었다. 실제로 눈 앞에 펼쳐진 콜로세움의 모습은 2000년 전 건축물이라고는 믿기 어려울 만큼 거대하고 웅장했다. 이는 로마의 역사와 문화를 대표하는 상징적인 건축물로,

시대를 초월하여 남긴 역사적인 유산이다.

시인 마르티알리스 콜로세움을 보고 이렇게 노래했다.

"이집트인들아 피라미드를 자랑하지 말라. 아시리아인들아 바빌론을 입에 담지 말라. 황제의 새 경기장 앞에서는 그것들의 설 자리가 없다. 모든 명성은 이를 위한 것, 모두가 이 그림자에 가려지리라."

그러나 로마가 망하고 세월에 찢기어 건축물 부속들이 도난되고 파괴되었다. 건축물 지탱에 중추적 역할을 한, 남은 건물들은 나폴레옹 군에게 약탈당해 원래의 화려함과 웅장함이 상당 부분 훼손되었다. 오늘날 우리가 보는 콜로세움은 과거의 모습의 약 1/3만이 남아 있어, 한때의 영화를 불완전하게나마 전달해 준다.

나와 아내는 콜로세움 내부로 들어갔다. 5만 명을 수용했다는 경기장 내부는 붉은 흙과 수많은 벽돌이 자신만의 사연을 안고 야윈 얼굴로 앉아 있었다. 곧 들려올 검투사의 피비린내 나는 결투가 끝나고, 황제의 엄지손가락 표시에 따라 죽고 사는 찰나의 절망감, 검투사의 생명은 붉은 피를 토하며 죽어도, 황제와 귀족들은 흥분하고 즐겨 했던 세상, 로마의 멸망은 귀족들의 비인간적인 군림과 억압에서 오는 필연의 죄의 대가가 아니었을까.

거대한 원형극장이 과거의 영광과 잔혹함을 동시에 말해주는 것을 보며, 그때와 지금의 교차점에 서 있는 우리 자신과 견주어 본다. 현대인으로서 우리는 이 역사의 유산에서 영감을 받아 창조적이고 혁신적인 발전을 이루었다고들 하지만, 동시에 과거의 실수로부터 탈피하지 못한 채 같은 잘못을 반복하며 살고 있지 않은가. 그런 의미에서 콜로세움은 인류의 업적과 오만함을 모두 상징하는 살아 있는 교훈이다.

☾ 5일 차

트레비분수에서 헵번을 찾다

우리는 미니밴을 타고 로마 시내에 있는 트레비분수(Fontana de Trevi)를 찾았다. 관광객으로 인산인해가 되어 비산(飛散)되는 분수 가닥도 보기가 어려웠다. 비좁은 사람들 사이로 파고들어 분수가에 섰다. 분수가 고인 물에 동전을 던지면 소원이 성취된다는 전설이 있어 그런지 관광객들이 던진 동전이 물속에 쌓여 있다.

흰 대리석으로 만들어진 폴리 궁전 앞의 분수는 영화 〈로마의 휴일(Roman Holiday)〉이 상영되고 난 후부터 이곳을 찾는 관광객이 몰려들었다. 세계적인 여배우 오드리 헵번이 출연한 영화 로마의 휴일에 트레비분수는 중요한 장면에 등장한다. 헵번이 연기한 공주 '안나'는 로마를 개인적으로 경험하고자 이 분수를 지나간다. 그녀는 분수 앞에서 머리를 자르고자 미용실을 찾는 이 장면이 트레비분수를 세계적으로 유명한 관광 명소로 만드는 데 크게 기여했다. 또 이곳 분수와 관련된 이야기 중 하나는 분수에 동전을 던지면 소원이 이루어진다는 거다. 그것도 오른손으로 왼쪽 어깨너머로 동전을 던지면 로마로 돌아올 수 있다고 한다. 또 다른 이야기는 건축가 '니콜라 살비'가 분수를 건설할 때, 그의 작업에 불만을 가진 이발사와의 일화다. 이발사가 살비에게 많은 문제를 일으켜, 살비가 분수에 '에이스 오브 컵스(ace of cups)'라는 모양의 화병을 만들어 이발소를 가리게 했다.

이외에도 트레비분수는 바로크 시대의 예술적 걸작으로, 많은 상징과 이야기를 담고 있다. 이러한 이야기들은 트레비분수를 단순한 물의 근원이 아닌, 예술과 역사가 살아 숨 쉬는 곳으로 만들어 주는 역할을 하고 있다는 증거가 된다. 붐비는 방문객 틈에 아내가 보이지 않았다. 이리저리 눈을 돌려 보아도 없었다. 한참 후에 사람들 사이를 비집고 나타났다. 알고 보니 분수 앞에 가서 주화를 던지고 왔다고 한다. 분수에 동전을 던지면서 아내가 염원한 것이 무엇인가는 아직도 미지수다.

여행을 다녀온 이후 언제인가 로마 트레비분수에 관한 기사를 읽었다. 2023년 5월, 21일, 트레비분수에서 환경단체 '울티마 제네라치오네(마지막 세대라는 뜻)'가 저지른 기습 시위였다. 환경단체 활동가들은 "우리 나라가 죽어가고 있다"라는 구호를 외치며, 분수에 식물성 먹물을 뿌리고 화석연료 보조금 지급 중단을 요구했다. 이들은 기후위기의 심각성을 알리기 위해 이런 행동을 했다고 주장했다. 그러나 로베르토 구알티에리 로마시장은 분수를 비우고 다시 채우는

데 30만 리터의 물이 낭비되었고, 먹물 투입은 오히려 환경에 해를 끼쳤다는 비판과 함께, 예술작품을 훼손하거나 파손할 경우 최대 6만 유로(약 8,740만 원)의 벌금을 부과하는 법안을 승인했다. 유사한 사건이 재발하지 않도록 하기 위한 행정적 조치였다.

관광객 입장에서 이 사건을 바라보면 트레비분수와 같은 역사적이고 아름다운 장소가 훼손된다는 것은 매우 안타까운 일이다. 환경 보호의 중요성을 알리기 위한 것임을 이해는 되지만, 문화유산을 직접 훼손하는 방식보다 더 긍정적이고 건설적인 방법으로 메시지를 전달하는 방법을 택했으면 얼마나 좋을까. 예를 들어, 공공장소에서의 퍼포먼스나 캠페인을 통해 사람들의 관심을 끌 수 있는 방법 말이다. 함께 이러한 사건이 재발하지 않도록 정부와 단체가 협력하여 문화유산을 보호하면서도 환경 문제에 인식을 높이는 방법을 찾아야 하지 않을까 싶다.

스페인 광장을 오르며

트레비분수를 떠나 시스티나 예배당으로 향했다. 분수대에서 자동차로 약 15분 거리였다.

시스티나 예배당은 1473년부터 1481년 교황 식스투스 4세에 의해 건립되었으며, 성모 마리아를 수호신으로 모시고 있다. 지금은 주로 교황의 선출 및 교황청 의식이 열리는 장소로 사용된다.

이 예배당의 예술적 의미로는 미켈란젤로가 1536년부터 1541년까지 제작한 〈최후의 심판〉 벽화가 예배당의 제단 벽면을 장식하고 있다는 거다. 그 외 라파엘로, 보티첼리 등 당시 최고의 예술가들의 작품 12,000개의 이미지가 그려져 있어, 세계적인 명작들이 보존된 예술의 보고다.

스페인 광장(piazza di spagna)은 스페인 대사관이 광장 내에 있었기에 붙여진 이름이다. 이곳에 135개의 계단으로 이루어진 '트리니타 데이 몬티 교회'로 올라가는 계단이 있는데, 이것도 영화 〈로마의 휴일〉에 등장하면서 유명해졌다. 오늘 일정은 트레비분수와 시스티나 예배당 그리고 스페인 광장을 관람하는 것으로 일정을 마쳤다.

이젠 체력이 지쳐갔다. 아내도 힘이 없어 주저앉을 것 같다고 말했다. 나이 때문이었을 것이다.

☾ 6일 차
유럽 문화의 꽃 피렌체

이른 아침, 인문학과 철학, 예술이 숨 쉬는 르네상스의 보금자리 피렌체를 방문한다는 것에 가슴이 벅차올랐다. 가는 길목에 피렌체 남쪽 약 50km 떨어진 곳에 그 시대 또 하나의 문화도시가 있었다. 도시 이름은 시에나였다.

14세기 황금기를 누린 이 도시에 고딕 양식의 진수를 보여주는 시에나 대성당이 있다. 1196년에 착공하여 1215년에 완성된 이 건물은 이탈리아의 조각가 지오반니 피사노(Giovanni Pisano)가 로마네스크 양식을 따라서 디자인한 세계적인 걸작이다. 14세기 시에나파의 독창적인 회화는 이런 문화적인 건물들과 함께 중부 이탈리아의 관광 명소로 등장케 한다. 일 년 내내 햇살이 가득해 품질 좋은 포도가 생산되어 세계적으로 인정받는 포도주를 생산했다. 이런 자연환경이 이 도시를 유네스코 세계문화유산으로 등재케 했다. 안내원이 피렌체에 가기 전에 시에나에 잠깐 들린다고 한다.

로마를 출발해 시에나에 도착한 것은 출발로부터 약 2시간 반 남짓 걸렸다. 수백 년 전에 박아 놓은 검고 각진 돌로 덮여 있는 길을 걸어 중심가로 향했다. 골목이라고 하기엔 넓고, 대로라 하기에는 좁은 도시국가 당시 중심가 도로를 얼마나 걸었을까. 시골 초등학교 운동장 서너 배 크기의 광장이 눈앞에 펼쳐졌다. 이 도시의 중심인 캄포 광장(Piazza det campo)이다. 캄포 광장은 1349년에 건축된 시에나의 역사적 주요 공간으로, 생선 뼈 문양의 붉은 벽돌로 포장됐다. 퍼블리코 궁전을 꼭짓점으로 부채꼴 모양을 하고 있는데, 8개의 석회화 라인이 광장을 9개 부분으로 나누어 놓았다.

퍼블리코 궁전(Palazzo Pubblico)은 1297년에 건축이 시작되어 1310년에 완공된 건물로 세련된 디자인과 장식이 특징이다.

현재는 시청으로 사용되고 있으며, 내부는 시에나의 역사와 예술을 담은 박물관으로 쓰고 있다. 특히 암브로시오 로렌체티(Ambrogio Lorenzetti)의 벽화 〈좋은 정부와 나쁜 정부의 효과〉를 여기서 볼 수 있다. 이 작품은 단순한 미술품이 아니라 좋은 정부가 사회에 미치는 영향과 나쁜 정부가 초래하는 재앙을 비교함으로써, 시민들에게 정치적 선택의 중요성을 일깨우는 메시지를 담고 있다.

13세기로부터 14세기에 걸쳐 약 100년 동안 시에나와 피렌체는 상공업과 예술의 영역에서 치열하게 경쟁했다. 인간 본질을 논하는 학문 등, 르네상스 초기의 씨앗을 어느 곳에 먼저 뿌리느냐는 것도 두 도시 간의 경쟁이었다. 당시의 예술품에서도 시에나는 타 도시에 비해 종교나 권력에서 탈피하려는 시도를 반영했고, 정부가 의뢰한 작품들도 종교적 주제를 벗어난 것들이 많았다. 이는 당시 화가들이 자유롭게 상상력을 발휘했음을 보여주는 증거다. 이러한 역사적 배경은 시에나와 피렌체가 오랜 기간 라이벌 관계에 있었음을 보여주며, 도시 간의 자존심 경쟁은 역사적 기록으로 남아 있다.

검은 닭의 비밀은 와인병에 있었다

두 도시 각각의 방식으로 르네상스 문화와 예술을 발전시키는 데 크게 기여한 것도 사실이다. 이들 도시에서 발전한 학문적 사고와 탐구 방법은 지금의 대학과 연구 기관에서 여전히 중요한 역할을 하고 있고, 오늘날 누리고 있는 문화적 풍요와 지적 발전에 기반이 됐다.

나에겐 이곳 시에나에 들렀다가 피렌체로 간다는 것에 좋아했던 나름대로 이유가 또 하나 있었다. 이곳 특산물인 키안티 클라시코(Chianti Classico) 와인병에 그려진 〈검은 닭〉 그림 때문이었다. 한국에서도 친구들과 어울려 와인을 마실 때 와인병 목에 그려진 닭 그림을 보면서 시에나가 원산지인 와인이라 말하기도 했다.

키안티 와인은 이탈리아의 대표적인 와인 생산지인 토스카나 지역에서 만들어진 와인이다. 이 지역은 중부 이탈리아에 위치하며, 피렌체와 시에나를 정확히 절반씩 끼고 있는 와인 산지였다. 해발

250m에서 600m의 고도에 있는 언덕이 굽이치는 구릉지로, 약 7억 m² 규모 중 10%만이 포도밭으로 사용되고 있다. 나머지는 자연경관을 보호하기 위해 올리브나무를 심거나 숲을 그대로 유지하고 있다. 키안티 와인은 산지오베제(Sangiovese) 포도로 만들어지며, 그 특징은 밝은 루비색을 띠고, 향은 체리와 토마토 향이 난다. 산미가 높고 탄닌이 잘 느껴지며, 음식과 같이 먹기도 좋은 특성을 가지고 있다.

특히 토마토소스 베이스의 파스타, 피자, 라자냐와 잘 어울리며, 치즈와도 잘 매칭된다. 미디엄 라이트 보디에 산도가 높아 이탈리아 음식과도 궁합이 좋다. 검은 닭은 키안티 클라시코 와인 생산자에게 중요한 상징으로, 와인병의 목이나 라벨에 붙어 있다. 이는 키안티 클라시코 영역 안에서 정해진 규칙을 지키며 완성된 와인임을 의미한다. 닭 그림은 원래 피렌체 공화국 시절 키안티 지역을 통제하기 위해 만든 정치 군사기관인 '레가 델 키안티(Lega del Chianti)'가 사용하던 문양이었다.

닭 그림에는 이곳 역사에 얽힌 전설이 있다. 중세 시대에 시에나와 피렌체는 치열한 경쟁 때문에 두 도시국가 간 경계선을 두고도 대립했다. 이의 피해를 막기 위해 두 도시는 협상을 했다. 협상의 결과는 기사 한 명씩을 차출해 새벽닭이 울면 쌍방의 일정한 장소를 출발해 반대편으로 달리다가 서로 만나는 지점을 국경으로 정하기로 했다.

시에나는 흰 닭을 택했다. "일찍 일어나서 울려면 힘이 있어야

해."라며 잘 먹였다. 피렌체는 검은 닭을 선택하고 굶겼다. "배가 고프면 더 일찍 울 것"이라고 생각했다. 결과는 놀랍게도 검은 닭이 먼저 울었다. 닭이 배가 고팠기 때문이다. "배고픈 새가 먼저 모이를 찾는다"라는 우리 격언과 같은 의미였다. 검은 닭의 울음소리를 들은 피렌체 기사는 달려나갔고, 배가 불러 늦게 일어난 시에나의 흰 닭은 늦게 울었다.

기사도 늦게 출발했다. 결국 두 기사는 시에나 국경선에서 12km 지점인 '폰테루톨리(Fonterutoli)'에서 만났다. 이로 인해 피렌체는 키안티 지역의 거의 전체를 통제할 수 있게 되었다. 이 전설은 키안티 클라시코 와인의 품질과 우수성을 상징하는 검은 닭 그림의 기원이 되었으며, 오늘날에도 키안티 클라시코 와인 생산자들에게 중요한 의미를 지니고 있다. 와인이 단순한 음료가 아니라, 풍부한 역사와 전통을 담고 있는 문화적 유산임을 보여준다는 자부심과 검은 닭 그림으로 인간의 속성을 그려낸 전설의 의미를 담고 있어서다. 작은 상점을 찾아 검은 닭이 그려진 와인 한 병을 구입했다. 오늘 저녁 아내와 함께 마시기 위해서였다.

시에나의 밝은 햇빛, 아내와 난 이 세상에 태어나 처음 발을 디딘 부채꼴 광장에 서서 숨을 고르며 하늘을 본다. 붉은 벽돌이 깔린 광장은 역사의 층을 이루며, 멀리 퍼블리코 궁의 탑이 하늘을 찌르고 있었다. 탑의 그림자가 길게 뻗어나가는 가운데, 나와 아내는 50년을 함께한 시간을 이 도시의 예술과 역사가 어우러진 아름다움에 젖어들었다.

단테의 도시, 르네상스의 도시

피렌체는 꽃의 도시라는 뜻을 가진 이탈리아 르네상스 문화의 중심지다. 그리고 천재들의 도시다. 당대의 부호 메디치 가문의 후원으로 미켈란젤로가 그의 예술을 마음껏 불태웠고, 마르실 리오 피치노와 같은 철학자들이 학문의 자유를 누렸다. 단테가 사랑한 베아트리체를 처음 만났던 곳도 이곳 피렌체다.

중세 유럽 신(神)과 왕족이 지배하던 천년의 아포리아(aporia) 시대는 무너지고, 세상을 보는 인간의 눈이 달라지면서 새로운 시대 르네상스는 이곳 피렌체에서 열렸다. 창조의 시대, 빛의 시대, 아름다움의 시대, 천재들의 위대한 걸작들이 분화구같이 쏟아졌다. 피렌체는 역사와 문화, 예술이 찬란했던 시간과 공간 속의 땅이었다. 후세의 역사가들은 피렌체를 두고 "유럽의 르네상스를 꽃피운 곳이며, 인간의 고귀한 사랑이 있는 도시다."라고 말했다.

로마에서 아침 일찍 버스로 출발 시에나를 거쳐 목적지인 피렌체에 도착한 것, 그것도 금혼여행으로 오게 된 것은 나에게는 건강이나 여유 면으로 행운이었다. 마침 일요일이라 성당의 종소리가 청아하게 하늘에 울려 퍼졌다.

아내와 같이 피렌체의 심장인 성 산타마리아 두오모대성당 (Basilica di Santa Maria del fiore : 꽃의 성모마리아 대성당) 앞에 섰다. 모자이크 형식의 흰색, 연두색, 장미색 등의 토스카나 대리석으로 만들어진 웅장한 건물은 말로 표현할 수 없는 아름다움 그 자체였다. 건물 하나가 16세기 피렌체의 르네상스 문화를 대변한다 해도 과언이 아니었다. 서울의 회색빛 건물에 익숙해진 나로서는 이 세상에 이런 아름답고 예술적인 건물이 또 있을까? 하는 감탄이 절로 나왔다.

두오모란 말은 주교좌 성당이란 뜻이다. 각 도시에 두오모가 있긴 하지만, 일반적으로 두오모성당 하면 '피렌체 성 산타마리아 두오모'를 떠올린다. 그만큼 이 성당은 세계인에게 강한 인상을 남긴다. 1296년에 기공 1436년에 완공한 40층 120m 높이로 고대 로마 건축 양식과 고딕 양식이 절묘하게 혼합된 걸작 중의 걸작이다.

대성당 위에 30m 높이의 붉은 벽돌로 축조된 정교한 돔(Dom)이 있다. 필리포 브루넬레스키가 설계하여 피렌체 르네상스 문화의 상징이 된 세계에서 가장 큰 이 돔을 두고, 후세의 건축가들은 아직도 풀리지 않은 건축 미스터리가 남아 있다고 평한다. 성당 내부를 관람하기 위해 기다리는 사람이 줄을 지어 있었다. 1시간 이상 대기 시간을 안내받고, 아내와 함께 광장 맞은편에 있는 요한 세례당의 청동문을 관람하기로 했다.

청동으로 만든 육중한 문 앞에도 많은 관광객이 모여 있었다. 청동문에 대한 설명을 듣기 위해서다. 우린 관광객이 모여 있는 곳에 끼어들었다. 시퍼런 동녹이 오른 육중한 문 표면에 정교한 조각품이 켜켜이 쌓인 오랜 역사의 징표로 군림하고 있었다. 청동문 조각에는 10편의 성서 내용이 위에서 아래로 2열로 배열되어 있었다. 현지 해설자가 조각물 내용을 설명하는 모습은 이곳이 단순한 관광지가 아닌, 살아 있는 역사와 문화의 교실임을 증명하고 있었다. 나와 아내는 설명 내용 하나라도 놓치지 않으려고 귀를 쫑긋 세웠다.

10개의 조각품은 성 가인이 아벨의 이야기로부터 노아의 홍수, 아브라함이 그의 외아들 이삭을 제물로 바침, 에서와 야곱, 요셉과 형제들, 십계명을 받은 모세, 여리고성의 함락, 사울왕과 다윗, 솔로몬과 시바의 여왕까지 다양한 이야기를 담고 있다. 원근법을 사용해 이야기가 될 수 있도록 조각된 무게가 무려 10톤에 달한다.

청동문을 제작하게 된 동기는 대략 이랬다. 15세기 초 유럽에 공포의 흑사병이 휩쓸어 많은 인명이 목숨을 잃었다. 이곳 피렌체도 예외는 아니었다. 흑사병의 재앙을 그냥 두고만 볼 수 없었던 피렌체 직물 업자 협회는, 하늘의 은총을 얻기 위해 청동문을 달기로 결정했다.

제작에는 조각가 '로렌초 기베르티(Rorenzo Ghiberti)'와 '필리포 브루넬레스키(Filippo Brunelleschi)' 건축가이면서 예술가가 서로 경쟁했다. 그러나 '필리포 브루넬레스키'의 중간 포기로 로렌초 기베르티에게 맡겨졌다. 그는 청동문 제작에 착수하여 21년 만인 1424년에 높이 5m에 그리스도전 28면에 있는 내용을 정교한 조각으로 완성했다. 문의 중앙에는 기베르티 자신의 모습이 입체적으로 조각했다. 이는 작가의 사인과 같은 역할을 하는 셈이다. 그로부터 100년 후 미켈란젤로는 이 문을 보고 '천국의 문'이라 극찬했다.

경쟁에서 탈락한 '브루넬레스키'는 무려 4백만 장의 벽돌을 지지대 없이 쌓아 올려 검은 줄을 넣은 희고 화려한 대리석 긴물 두오모성당의 돔을 만들었다. 이는 당시로서는 혁신적인 기술적 성과로 평가받았고, 피렌체의 스카이라인을 정의하는 중요한 요소이자 르네상스 건축의 상징이었다.

두오모성당 앞엔 두 사람의 조각이 앉아 있었다. 하나는 자신이 설계한 돔을 바라보고 있는 필리포 브루넬레스키의 조각상이며, 다른 하나는 이 성당의 초기 설계자인 아르놀포 디 캄비오(Arnolfo di Cambio)의 조각상이다.

캄비오는 대리석 모자이크로 장식된 성당 건축물은 만들 수 있었으나, 돔을 만들 수 있는 건축학적, 미학적 능력은 부족했다. 그들의 동상은 자신이 만든 만큼의 건축물을 바라보고 있다. 하지만 역사적인 문화재가 있는 곳이 관광지가 되면 그에 따른 부작용도 있다.

피렌체도 이런 부작용에는 자유로울 수는 없다. 두오모 광장의 청동문에 대한 주민들의 반응은 만만치 않다. 과도한 상업화로 역사적 분위기와 문화적 가치가 훼손되고 있으며, 주차난, 교통혼잡, 과도한 관광객 유입으로 빚어지는 소음, 등이 주민들의 삶의 질을 저하시키고 있어, 관계 당국이 이를 해소하기 위한 조치가 필요하다고 한다.

1시간 가까이 지나 기다렸던 성당 내부로 들어갈 차례가 왔다. 피렌체의 심장, 성 산타마리아 두오모 대성당 내부로 들어서자, 그 웅장함이 숨이 멎을 듯 허파를 압박했다. 성당은 약 3만 명을 수용할 수 있도록 설계된 공간으로, 내부는 외관만큼이나 엄숙하고 장엄한 분위기다. 관람객으로 붐비는 가운데, 모두의 시선을 사로잡은 것은 돔 천정에 그려진 거대한 프레스코화 〈최후의 심판〉이었다.

C 6일 차

신이 인간을 심판하다

이 작품은 기독교에서 말하는 죽음 이후 신이 인간을 심판하는 내용을 담고 있다. '조르조 바사리'의 작품으로, 미켈란젤로가 바티칸의 시스티나 성당 천장에 그린 〈최후의 심판〉에서 영감을 받아 이 작품을 완성했다고 한다. 미켈란젤로의 〈최후의 심판〉은 단테의 『신곡』을 바탕으로 천상계 튜바를 부는 천사들, 죽은 자의 부활, 승천하는 자들, 지옥으로 끌려가는 무리들 등 5개 부문으로 나누어 그려졌다.

성당 내부 왼쪽에 있는 단테의 그림 앞에서 아내와 함께 발걸음을 멈추고 잠시 숙연해졌다. 1465년 '도메니코 디 미켈리노(Domenico di michelino)'가 단테 탄생 200주년을 기념하여 그린 작품이다. 이 그림에서 단테는 피렌체 성벽 밖에서 왼손에는 그의 작품 『신곡』을 들었고, 오른쪽 손은 지옥을 향해 내려가는 죄인들을 가리키고 있다. 오른쪽 뒤에는 연옥이 그려져 있고, 왼쪽에는 피렌체의 사실적 풍경이 그려져 있어, 이탈리아 르네상스 시대의 분위기를 생생하게 전달해 준다.

성당 본 건물 바로 옆에 조토 종탑(Campanile Giotto)이 높이 솟아 있었다. 종탑은 83m 높이로 걸어서 올라가자면 20분 정도가 소요된다. 종탑에 오르면 이곳 관광의 백미인 시가지를 조망할 수 있어 여행자들이 많이 오른다. 그러나 나와 아내는 아쉽게도 이곳을 오르지 못했다. 아내는 무릎 통증으로 아예 오를 생각을 못 했고, 나는 숨이 찰 것 같아 포기했다. 모두 나이 때문이었다. 그 대신 르네상스 보물창고인 우피치 미술관을 방문했다.

1층 회랑에는 조토 도나 델로, 미켈란젤로, 레오나르도 다빈치, 마키아벨리까지 피렌체를 빛냈던 위대한 예술가들의 동상이 전시되어 있었다. 그들 뒤에는 '코시모 데 메디치'가 있었다. 그의 손자 로렌츠 메디치도 있었다. 미켈란젤로가 설계하고 건축한 세계 최초의 공공 도서관인 라우렌치아나 도서관도 있었다. 이 도서관은 둥근 계단을 만들어 놓아 귀족, 평민 할 것 없이 누구나 출입을 허용했다.

☾ 6일 차

단테가 이루지 못한 사랑

5세기 이후 암흑의 시간을 건너 낸 것은 인간의 사랑이었다. 신의 전유물이었던 사랑이 인간에게 옮겨지는 순간에 이 도시에서 일어난 단테와 베아트리체의 사랑이 그것이다. 비록 그들의 사랑은 이루지 못했으나, 그들의 사랑 자체가 단테의 작품인 『신곡』과 『새로운 인생』에 큰 영감을 주었고, 베아트리체는 이상적인 사랑의 상징으로 묘사되었다. 아내와 나는 두오모성당을 나와 베키오 다리가 있는 아르노강변을 찾았다. 생각보다 규모가 작은 아르노강과 소리 없이 흐르는 맑은 물, 강변에 지어진 고풍스러운 건물들, 멀리 보이는 성당과 종탑들이 이 도시의 고전적인 아름다움을 품었다. 강의 가장 좁은 곳에 축조된 베키오 다리는 피렌체 남쪽을 흐르는 아르노강에 놓인 다리 중에 가장 오래된 다리로 1345년에 건설되었다.

원래 이 다리가 있는 자리에 푸줏간, 대장간을 비롯하여 토스카나 지방을 대표하는 상품인 가죽을 처리하는 곳이었다. 1565년 피렌체 공화국의 통치자였던 '메디치' 가문의 코시모 1세가 악취가 심하다고 가죽을 다루는 상공인을 쫓아냈다. 그리고 우피치 궁전과 베키오 궁전을 연결하는 회랑(回廊)을 건설하면서, 금은세공업자들이 들어서게 됐다. 현재도 보석상점과 미술품 거래상, 기념품 가게들이 진을 치고 있다.

베키오 다리는 피렌체를 대표하는 랜드마크 중 하나로, 예술품이자 다리의 역할을 톡톡히 하고 있다. 이곳에서 만난 단테와 베아트리체의 사랑 이야기는 그 자체로 예술적인 영감을 준다. 단테는 그들의 사랑을 시로 풀어내어 영원하게 기록했다.

이곳에서 단테와 베아트리체의 사랑 이야기를 하지 않을 수 없다. 나와 아내도 피렌체에서 '단테'와 '베아트리체'가 만났던 이곳을 꼭 가보고 싶다고 말을 맞춘 곳이다. 아르노강과 베키오 다리를 배경으로 사진 몇 장을 촬영해 우리 삶에 기록을 남기려 했다.

단테와 베아트리체의 사랑 이야기가 숨어 있는 아르노강 베키오 다리. 1274년 단테가 아홉 살 소년 시절 칼렌디마지오(Calendimaggio, 오월의 첫날 축제) 때 이곳 베키오 다리에서 여덟 살 된 아름다운 소녀 베아트리체를 처음 만난다.

단테는 그녀를 보는 순간 가슴이 요동쳐 숨을 못 쉴 것 같았다. 베아트리체에게 깊이 빠져들어 갔다. 귀족 집안에서 공부하던 소년 단테. 그러나 베아트리체는 그렇지 못했다. 억압의 시대에는 서로 말도 건네지 못할 귀족 가문의 한 소년이 그렇지 못한 한 여자를 사랑하는 평등 시대가 새롭게 열리기 시작한다. 유럽의 중세 사랑은 신이 인간을 사랑하고 인간은 그에 따르는 도구였다. 하지만 '단테'와 '베아트리체'는 신이 주체가 아닌 인간 주체의 사랑이 시작된다.

두 사람의 사랑은 억압의 시대에 있어서도 평등하게 빛나는 순간이고, 사랑이 신으로부터 인간으로 옮겨가는 순간이었다. 그러나 끈질기게 물고 늘어지는 인간의 신분 차이 때문에 자유로운 사랑을 나누지는 못했다. 그 이후 9년이란 세월이 흐른 후, 단테는 아르노강가의 베키오 다리에서 우연히 베아트리체를 보게 된다. 그 순간, 단테는 마치 피가 멎는 듯한 충격을 받는다. 꿈에 그리던 베아트리체가 앞에 나타난 것이다. 열여덟 성년이 된 베아트리체는 여성의 아름다움을 모두 갖춘 숙녀였다. 단테는 베아트리체에게

"내가 당신을 사랑했노라, 당신이 나의 사랑이라고…"

고백하고 싶었지만, 용기가 나지 않았다. 대신 옆에 있는 다른 아가씨에게 말을 걸었다. 그 사이 베아트리체는 조용히 아르노강 길을 걸어갔다. 단테는 가슴이 미어지는 슬픔에 빠졌다. 사랑하는 사람에게 한마디 말도 못 한 그는 쓸쓸하게 아르노강변길을 따라 돌아갔다. 둘에게는 영원히 돌아올 수 없는 이별의 순간이었다.

그 후 그들은 각각 다른 사람과 결혼하게 된다. 베아트리체는 결혼 3년 만인 24살의 꽃다운 나이로 세상을 떠났다. 비보를 접한 단테는 이 세상이 내려앉는 것 같은 슬픔에 잠겼다. 그 결과가 그가 사랑한 베아트리체를 추억하며 쓴 시가 「새로운 인생: Lavita nuova」이다. 단테는 이 책 서문에 "여기 새로운 인생이 시작되도다."

라고 적었다. 이 짧은 문장에서 단테의 베아트리체에 대한 깊은 사랑과 그녀의 죽음으로 인한 깊은 슬픔을 엿볼 수 있다.

단테는 사랑했던 여인에 대한 고뇌와 갈등을 통해 정신적으로 크게 성장했다. 사랑했던 사람의 죽음을 통해 인생의 보편적인 법칙을 경험하고, 이를 바탕으로 그의 필생의 대작인『신곡』을 집필했다.『신곡』은 르네상스 문화의 시작을 알리는 작품으로, 르네상스가 인간의 사랑에서 비롯되었다는 것을 상징적으로 보여준다. 이 작품은 인간 중심의 세계관을 향한 단계적 전환을 나타내며, 인간의 이성과 감정의 깊이를 탐구하는 르네상스 정신의 핵심을 담고 있다. 아울러 단테가 겪은 개인적인 경험을 넘어서, 인간 존재와 운명에 대한 보편적인 성찰을 담은 걸작으로 평가를 받았다.

☾ 6일 차
구원의 서사시 신곡*La Divina commedia*

단테!

그는 평생을 두고 공부한 학자이자 문학가였다. 1265년, 이곳 피렌체에서 명망 높은 가문에서 태어나 고향인 피렌체에서 문학과 정치 활동을 이어 갔다. 그는 항상 군주들과 깊은 대화를 나누었고, 철학자들과 열띤 논쟁을 벌였다. 마음에 드는 시를 읽었고. 다른 사람의 고통을 경청하며, 자신의 고통을 치유했다. 1321년, 정치적 분쟁으로 인해 그는 내륙 도시 라벤나(Ravenna)로 피신하게 된다.

그곳에서 56세의 나이로 세상을 떠났다. 그의 대표작인 『신곡』은 이렇게 시작된다.

"우리 인생길, 반 고비에 올라 나는 어둠에 처했었네. 아~, 이 거친 숲이 얼마나 가혹하며 완강했는지. 얼마나 말하기가 힘 드는지. 생각만 해도 두려움이 솟는다. 죽음도 그보다 쓸 테지만, 거기서 보았던 선(善)을 다루기 위해, 거기서 보았던 다른 것들도 말하려고 하노라. 어떻게 숲에 들어갔는지는 잘 모르지만 진정 난 길에서 벗어나 그때 잠에 취해 있었던 것만은 분명하다. 그러나 내 마음을 무서움으로 적셨던 그 골짜기가 끝나는 언덕 기슭에 이르렀을 때, 나는 위를 쳐다보았고, 사람들은 자기 길을 올바로 걷도록 이끄는 별의 빗줄기로 휘감긴 언덕의 동상을 보았다.”

당시의 이탈리아 국민의 문맹률은 매우 높았다. 어떤 기록에는 문맹률 99%라고 적혀 있는 곳도 있었다. 책도 없었다. 있다 했어도 비쌌다. 신곡은 비유의 언어로 가득 차 있었고, 많은 사람에게 전파를 위해 주로 낭송을 택했다.

이 책이 말하는 주 의도는 무엇이었을까?

그것은 바로 인간의 구원이었다. 어두운 숲에서 홀로 헤매는 단테, 여기서 어두운 숲은 정치적 혼란, 사회적 갈등, 개인적인 어려운 사정 등을 상징했다. 그는 인간은 이성이 멈출 때 죄를 짓고, 이성이 깨어 있으면 죄를 물리칠 수 있다고 주장했다. 그리고 죄를 짓지 않고 저 높은 언덕을 넘으면 하나님의 세계인 이데아로 갈 수 있다고 말했다. 그런데 세 마리의 짐승이 구원의 길을 막는다. 암늑대, 사자, 표범이다. 암늑대는 음욕, 사자는 교만, 표범은 탐욕을 상징했다. 이들은 인간을 유혹하여 죄를 짓게 한다. 단테는 이 유혹에서 패배한다. 그때 ‘베르길리우스(Vergilius)’를 등장시켜 길잡이가 된다. 단테는 신곡에서 인간의 내세를 천국·연옥·지옥으로 분류하고, 죄의 대가를 9가지로 분류했다. 그는 죄의 경중에 따라 내세가 달라진다고 주장했다.

그 첫 단계가 원죄만 남은 상태(Limbo: 善), 둘째가 애욕(Lust), 셋째 대식(Gluttony), 넷째가 탐욕(Greed), 다섯째가 분노(Wrath), 여섯째가 이단(Heresy). 일곱째가 폭력(Violence), 여덟째가 사기(Fraud), 마지막으로 배신(Traitors)이었다. 그는 지옥에 온 너희들은 모든 희망을 영원히 버리라고 했다.

"단테는 유한한 삶을 사는 인간은 영원할 수 없으며, 천국만이 영원한 행복이라고 주장했다."

즉 유한의 세계에는 시간이 있지만, 무한의 세계에는 시간이란 개념조차도 존재하지 않는다는 역설을 제시했다. 그러나 그는 지옥에 떨어질 죄를 단정 짓지 말고 숙고하라며, 인간 스스로 구원의 길을 가리켰다. 지금 우리가 살고 있는 현대 사회는 엄청난 발전과 물질문화를 누리고 있지만, 그것 때문에 죄를 짓고 있다. 그것으로부터 구원하는 것은 인간의 사랑이다. 신곡은 구원의 안내서다. 그것을 보면 단테는 현대 사회의 우리와 동행하고 있다.

우리 부부는 단테의 교회와 생가를 찾아 나섰다. 네모난 돌로 놓인 길을 따라 얼마나 걸었을까. 3층 높이의 노란색 건물 벽에는 단테의 부조가 외롭고 초라하게 매달려 있었다. 건물 아래 좁은 길에 단테의 얼굴이 나타난다고 들었기에 어디에 있는지 살펴보고 있는데, 누구인가 물 한 바가지를 들고 와 관광객들이 서 있는 길에 부었다. 앗! 그랬더니 물이 고인 그 자리에서 단테 얼굴이 서서히 나타나는 것이 아닌가. 자세히 보니 단테의 초상을 양각한 돌을 길에 묻어두고 물을 부으면 음각 자리에 물이 채워져 얼굴이 나타났다. 이것 역시 예술이다.

르네상스는 단순히 예술가의 손에서 흘러나온 것이 아니다. 새로운 시대의 새벽을 알리는 "나는 누구인가?(Who am I?)"라는 울림이었다. 단테의 신곡은

"내 인생 최고의 전성기에 문득 뒤돌아보니 어두운 숲속에서 길을 잃고 있는 나를 발견했다."라는 구절이 그가 쓴 신곡의 시작에서, 어떻게 하면 어둠에서 벗어나 빛의 시대, 창조의 시대, 아름다움의 시대로 나갈 것인가를 고민했다. 현대인이라고 자부하는 우리 인생도 그런 것이 아닌가.

(7일 차
물의 도시 베네치아*Venezia*

마지막 여정의 아쉬움 때문인지 나도 아내도 아침 일찍 눈을 떴다. 호텔 주변을 산책이나 하자고 제안했더니 아내도 따라나섰다. 호텔 문을 나섰다. 여름날 이른 아침을 기억하게 하는 따뜻한 바람이 얼굴에 닿았다. 하늘을 올려다보았다. 아! 이게 어찌 된 일이냐? 진한 코발트색으로 물든 하늘과 목화솜 같은 뭉게구름이 둥실둥실 떠 있지 않은가. 이번 여행 중에 이렇게 청명한 날이 처음이라, 원색의 하늘이 반갑게 느껴졌다.

호텔 주변을 한 바퀴 도는 가벼운 산책길에서, 붉은 담벼락에 넝쿨진 장미꽃이 이곳의 풍미를 자아냈다. 창문턱에 올려진 그라디오 라스의 흰 꽃이 유난히 화려했다. 유럽의 한적한 작은 시골 골목길을 돌아 호텔로 들어오자마자 식당으로 직행 빵 두 조각에다 커피 한 잔으로 아침 식사를 때웠다. 그리고 짐을 챙겨 버스에 오른 것이 현지 시간 8시 5분이었다.

버스는 일행이 차에 오르자마자 곧 출발했다. 차창 넘어 흘러가는 평원은 구릉지 하나 없는 초원이었다. 푸른 보리와 군데군데 보이는 목우 무리들이 지나가는 이방인을 향에 눈을 돌린다. 버스를 탄 지 겨우 30분이 지났을까! 섬을 도는 크루즈 선 선착장에 도착했다. 우린 크루즈 선으로 갈아타고 베네치아 산마르코광장이 있는 곳으로 향했다.

크루즈 선상에서 본 베네치아는 섬의 천국이었다. 여기도 저기도 18세기 유럽의 낭만적인 건축물들이 들어선 그림 같은 섬들뿐이다. 실제로 베네치아는 118개의 섬과 400여 개의 다리로 이어진 수상 도시다. S자 대운하가 도시 중앙을 갈라놓은 바다 위에 떠 있는 거대한 박물관이다. 물의 도시 걸맞게 자동차가 없다. 수심이 얕은 석호에 박힌 길쭉한 말뚝이 초병처럼 촘촘히 서 있는 바다 위의 땅. 베네치아! 물의 도시, 낭만의 도시, 칸초네의 도시, 이 도시를 두고 예부터 이곳 사람들은 '세상의 다른 곳'이라 했다. 세상에서 이런 곳이 또 없다는 뜻이다.

베네치아 사람들은 자신들의 공화국을 고요한 도시 공화국이라고 부르며, 그 자부심을 가슴에 품고 살아왔다. 세계적인 음악가 안토니오 루치오 비발디(Antonio Lucio Vivaldi, 1678~1741)가 여기서 태어나 여기서 활동했고, 세기의 배우 캐서린 헵번과 로사나 브라찌가 주연한 로맨스 영화 〈Summer Time〉이 이곳 베네치아에서 올 로케되어 이 도시의 낭만을 세상에 알렸다. 이런 섬 도시에서 유럽 역사 속의 르네상스가 어떻게 만개했는지, 또는 어떤 역사가 어떻게 전개되었는지에 대한 호기심과 현실로 닥칠 기대감이 가슴을 벅차게 했다. 루치아노 파바로티가 부른 이태리 칸초네 〈산타 루치아(Santa lucia)〉가 낭만의 도시를 자랑하듯 귓전에 파도를 탄다.

Sul mare luccica

L'astro d'argento

Polacida e' l'onda

Propero e'il vento

Venite all'agile

Barchetta mia

Santa lucia

Santa lucia

창공에 빛난 별 물 위에 어리어

바람은 고요히 불어오누나.

아름다운 동산 행복의 나폴리

산천과 초목은 기다리누나.

내 배는 살같이 바다를 지난다.

산타 루치아 산타 루치아

정든 나라에 행복이 길어라.

산타 루치아 산타 루치아

이 노래는 성녀 산타 루치아를 그리는 노래다. 시실리 시라쿠사에 살았던 산타 성녀는 어머니가 병들자 카타나에 있는 교회 묘지에 찾아가 어머니를 낫게 하기 위해 평생 하느님의 종이 되겠다고 다짐하며 정혼한 남자와 결혼마저 거부한다. 그렇지만 그녀는 정혼한 남자로부터 결혼 거부로 고소당했다. 결국 루치아 성녀는 이상한 소굴에 던져져 고문당한다. 이때 성녀는 자기 눈을 스스로 뽑았다. 이곳에 있는 산타루치아 역명도 이 노래 가사에서 땄다. 이런 이야기들이 베네치아의 오늘을 있게 한 낭만이다.

C 7일 차

베네치아 중심, 산마르코광장

크루즈 선이 산 마르코 광장 선착장에 도착했다. 선착장에는 유람선과 곤돌라가 줄을 지어 관광객을 기다렸다. 크루즈에서 내려 산 마르코 광장을 가는 길에 카사노바가 갇혀 있었던 감옥이 있었다. 감옥 창살이 엄지손가락 굵기의 철근이 그물 모양이다. 죄수들이 탈출을 막기 위해서다. 카사노바는 작가이자 모험가로 1756년 간통죄와 신성모독 죄로 5년 형을 선고받고 베네치아의 악명 높은 피옴비 감옥에 수감되었다.

그는 감옥 생활 동안 탈출을 계획하고 준비했다. 간수들을 매수하여 감시를 느슨하게 만들었다. 그는 감방에서 빠져나와 감옥 지붕으로 올라갔지만, 이는 위험하고 실패할 가능성이 높았다. 대신 감옥 창문을 통해 운하로 뛰어내려 탈출에 성공한다. 탈출 직후 카사노바는 역참에서 마차를 타고 멀리 도망갔다. 이 사건으로 카사노바의 명성은 더욱 높아졌으며, 베네치아 감옥에서 유일하게 성공한 탈출 사례로 기록되었다. 더 재미있는 것은 아이러니하게도 감옥에 갇힌 카사노바가 백작 부인이나 귀족 여인과 사랑을 나누었다고 감옥에 갇혔고, 사랑을 나누었던 귀족 여성들의 도움으로 탈출했다는 소설 같은 설이 있으나, 이는 아무 근거가 없는 설에 지나지 않는다고 한다.

작은 수로 위에 만들어진 통곡의 다리도 보았다. 감옥에 갇힌 죄수들이 저 다리를 건너면 자유를 찾을 텐데 하며 탄식했다. 하여 이름한 다리다. 카사노바가 탈출할 때 지나갔던 곳으로, 그의 탈출 사건과 깊은 연관이 있다.

아내와 난 도보로 약 10분이 걸려 산 마르코 광장에 도착했다. 산 마르코 광장은 베네치아 공화국의 정치·종교·사회의 중심지였으며, 현재도 베네치아의 상징적인 장소로 1987년에 유네스코 세계문화유산에 등재되었다. 광장을 둘러싼 건물들은 비잔틴 양식, 고딕 양식, 르네상스 양식 등 다양한 건축 양식이 혼재되어 있어, 독특한 경관을 연출한다. 대표적인 건물로는 산마르코 대성당·도도궁·캄파넬로 종탑 등이 있다. 이곳에 도착한 우리 눈에 먼저 들어오는 것은 산마르코 대성당이었다. 대성당은 832년에 지어진 건물로, 베네치아를 대표하는 비잔틴 양식의 건축물이다.

서기 828년 북아프리카의 도시 알렉산드리아에서 큰 도난 사건이 일어났다. 베네치아 상인들이 성 마가의 시신을 훔쳐 이곳으로 도망쳐 온 것이다. 베네치아 상인들은 성 마가를 이곳 수호신으로 삼고 싶었다. 성 마가를 사자의 모습으로 표현하였고, 그를 기리기 위해 성당을 지어 마르코라 불렀다.

성당 내부와 외부는 황금빛과 푸른빛 모자이크로 장식되었다. 지붕에는 다섯 개의 돔이 있었고, 정 중앙의 돔을 중심으로 4개의 돔이 정사각형 십자가를 이루었다. 이 돔 덕분에 성당의 내부는 완벽한 음향효과를 낸다. 바이올린을 위한 관현악 4계를 작곡한 작곡가 비발디도 아버지와 함께 이 성당에서 바이올린 주자로 활동했다.

산마르코 대성당 파사드 꼭대기에 마르코 동상과 그의 상징인 사자의 동상이 자리하고 있었다. 이 성당을 지키는 수호신이다. 성당을 장식하는 삶아 움직이는 듯한 4마리의 청동 말 조각도 눈에 띄었다. 고대 그리스 시대에 만들어진 것으로, 콘스탄티노플 광장에 있었던 것을 십자군 원정 때 훔쳐 온 것이다.

그 이후 나폴레옹이 베네치아에 쳐들어왔을 때 파리로 강탈되었다가 되돌려 받았다. 성당의 다양한 색상의 대리석 기둥은 당시 활발한 해상력으로 세계 각국에서 수입해 만들었다 하니 지금 보아도 그때 이곳의 부를 짐작게 했다.

성당과 거의 붙은 곳에 두칼레(Ducale) 궁전이 있었다. 이는 9세기에 처음 건설되었지만, 현재의 모습은 14~15세기에 지어진 베네치아 도제의 공식적인 주거지이자, 집무실이고 재판소였다. 현재는 박물관으로 사용되고 있으며, 고딕 양식의 건물로 조형미는 베네치아에서 가장 뛰어난 것으로 알려져 있다.

궁전 내부에는 베네치아의 주요 역사를 그린 그림과 원수 76인의 초상화가 전시되어 있어 개인 미술관 같은 느낌을 준다. 궁전 앞에는 이곳을 지키는 두 명의 거인이 초병처럼 버티고 있었는데, 하나는 바다의 신 포세이돈이었고, 또 하나는 교역의 신 헤르메스 석상이었다.

(7일 차

샤일록은 악마였을까?

베네치아는 오래전부터 부유한 상인들이 대운하를 따라 저택을 짓고 향신료와 실크를 가득 싣고 나르는 무역선을 감시했다. 갈색 피부의 아랍인, 아프리카에서 온 검은 피부의 노예들, 중국산 물건들이 거리에서 팔렸다.

어릴 적, 베니스란 말만 들어도 영국의 극작가 윌리엄 셰익스피어가 쓴 희곡 〈베니스의 상인(The Merchant of Venice)〉을 떠올리곤 했다. 이 광장에 서서 16세기 사람으로 돌아가 아내와 여행 온 기분으로 베니스의 상인에 있는 한 대목을 읊고 싶어졌다.

If you prick us, do we not bleed?

If you tickle, do we not lough?

If you poison, do we not die?

If you wrong us, shall we not revenge?

당신이 우리를 찌르면 우리는 피를 흘리지 않나요?

당신이 우리를 간질이면 우리는 웃지 않나요?

당신이 우리에게 독약을 준다면, 우리는 죽지 않나요?

당신이 우리를 해치면, 우리는 복수하는 것이 정당하지 않나요?

셰익스피어 작품 《베니스의 상인(The Merchant of Venice)》의 이 대목도 이 자리에서 일어난 것이다.

16세기 베네치아는 유대인 고리대금 업자들의 활동 무대였다. 유대인들은 기독교인들에게 돈을 빌려주고 높은 이자를 받았다. 셰익스피어는 당시 사회적 문제와 인종차별에 관심이 많았다.

이 작품은 1594년 베네치아에서 유대인 고리대금 업자와 기독교인 사이에 법적 분쟁이 있었는데 실제의 사건을 배경으로 창작되었다. 젊은 상인 바사니오가 포샤의 사랑을 얻기 위해 친구 안토니오의 도움을 받는다. 하지만 안토니오가 유대인 고리대금 업자 샤일록과 맺은 계약에 문제가 생기면서 위기에 처하게 된다. 샤일록은 안토니오가 기한 내 돈을 갚지 못하게 되자 그의 살 1파운드를 요구하지만 포셜 판사의 판결은 샤일록이 피를 흘리지 않고 살만 가져가

도록 판결한다. 이로써 샤일록의 요구가 거부된다.

그 후 샤일록은 고립되었다. 유일한 혈육인 제시카와 그의 수족이었던 렌슬롯이 떠나 버렸다. 결국 샤일록은 유대인이라는 이유로 전 재산을 몰수당한다. 샤일록이 패한 이유는 잔인한 요구, 법정 판결, 고립된 상황, 그리고 당시 유대인에 대한 차별적 사고가 작용한 결과라고 볼 수 있다.

현재의 자유주의 시선에서 본다면《베니스의 상인》은 더욱 복잡한 고민에 빠지게 한다. 작품 속 인물들의 다양한 인간성과 윤리적, 환경적 이해의 상충 때문이다.

샤일록!

그는 디아스포라(Diaspora)였다. 그에게는 돈이 곧 생명이었다. 돈의 노예로 사악함을 보여주며, 안토니오의 가슴살 1파운드를 떼내는 조건으로 계약을 체결했다. 이 계약은 법 이전의 인간적인 면에서도 적법하지 않다. 적법하지 않은 계약이 왜 성립됐을까? 유대인을 지나치게 혐오하는 감정이 노골적으로 표현된다는 점도 아쉽다. 현대를 사는 우리에게 작품에서 발견된 편견과 모순을 넘어서 다양한 군상들의 모습을 이해와 결단을 고민해야 할 부분을 던져 준다.

어디에선가 칸초네 〈오 나의 태양(O Sole Mio)〉의 바이올린 음률이 흐르고 있었다. 음악이 흐르는 곳으로 고개를 돌렸다. 머리가 흐트러지고 수염이 너저분한 광장의 히피 악사였다. 그는 낡은 청바지에 햇빛가리개 모자를 쓰고 바이올린을 연주했다. 주위에는 몇몇 사람이 서 있었고, 앞에 놓인 악기 가방에는 동전과 지폐 몇 장이 놓여 있었다. 나와 아내도 관중 곁에 끼어 음악을 들었지만, 이내 따가운 햇볕 때문에 그늘을 찾았다. 이런 것도 베네치아 여행의 백미가 아닌가?

산 마르코 선착장엔 곤돌라가 일렬로 정박하고 관광객을 기다렸다. 관광객을 태운 더러는 아코디언 음악에 맞춰 손뼉을 치며 노래를 부른다. 나와 아내도 곤돌라를 탔다. 타는 시간은 생각보다 짧고 비쌌으나 언제 또다시 이곳에 오겠느냐. 이생에서 다시는 못 올지도 모른다는 생각에 타기로 결정했다.

뒤집어질 듯 바로 서는 곤돌라의 복원력, 곤돌라는 아코디언 선율에 맞춰 춤을 추는 무희였다. 노를 젓는 사공도 신이 났다. 아내는 심한 롤링 피칭 때문에 오는 두려움과 멀미도 있어 얼굴색이 창백해졌다. 이곳의 곤돌라는 조선 선진국인 한국 국민의 안목으로는 별것 아닌 것 같지만, 다른 배와는 설계부터 다르다. 아무리 롤링을 심하게 해도 전복되지 않는다. 관광객이 많아 쉴 새 없이 영업하기 때문에 수익도 만만치 않다. 흔히 말하는 살림 밑천이다. 거미줄처럼 엉킨 복잡하고 좁은 수로를 곤돌라는 오래된 붉은 벽돌 건물 사이로 가볍게 미끄러져 갔다.

산 마르코 광장 남쪽 석호 건너편에 산 조르조 마조레(San Giorgio Maggiore) 성당이 우뚝이 서 있다. 이 성당은 르네상스 역사에서 중요한 사실을 간직하고 있다. 1433년 이탈리아의 르네상스 시대, 피렌체의 정치적 통치자인 코시모 데 메디치(Cosimo de' Medici)가 이곳으로 망명을 왔다. 정치적 혼란 때문이었다. 그는 이곳 산 조르조 마조레 성당이 은신처였다. 그때 피렌체의 건축가였던 미켈로초 디 바르톨로메오(Michelozzo di Bartolomeo)가 이곳을 찾아왔다. 그는 메디치가의 건축을 많이 하였으며 메디치는 그의 후원자이기도 했다.

메디치를 보호하겠다고 온 것이다. 그러자 메디치는 껄껄 웃으며 이렇게 말했다.

"자네는 건축가가 아닌가. 내가 여기에 왔으니 베네치아 시민을 위해 건축을 하나 해주게."라고 했다. 그 말을 받들이 지은 것이 노란색의 산 조르조 마조래 성당이다. 이로 인해 피렌체의 건축미학이 베네치아로 이전 전수된 셈이다. 그로부터 베네치아의 르네상스는 새로운 국면을 맞이한다.

작은 도시국가에 불과했던 베네치아가 어떻게 지중해 해상무역을 장악하는 거대한 무역 국가로 변모한 이유가 무엇일까? 그것은 엔리코 단돌로(Enrico Dandolo) 가문 때문이었다.

그는 1193년 베네치아 공화국의 최고 지도자인 도제였다. 90세가 된 노인이었고 실명해 있었다. 당시 4차 십자군 전쟁이 한창일 때 베네치아 시민들을 설득해서 참전케 했으며, 그도 전쟁에 참여해 승리를 거두었다. 그때부터 베네치아는 지중해의 무역을 장악하고 해양국가로 변모하게 된다. 호화로운 건축 자본은 넘쳐났다. 예술가들이 모여 르네상스 시대를 이어 갔다.

하지만 오래 가지는 못했다. 15세기 오스만 튀르크에게 지중해 해상권을 빼앗긴 후 베네치아의 부를 향한 질주는 서서히 역사의 무대로 막이 내려진다. 르네상스가 피렌체에서 시작된 지 100년 만에 베네치아에 도착했고, 그 마지막 물결이 여기서 일어난다.

괴테·루소·스탕달·카사노바가 즐겨 찾던
플로리안 카페

태양의 온기가 산 마르코 광장에 내려앉았다. 아스팔트에 반사된 온기가 따뜻한 느낌이었다. 아내와 함께 산 마르코 광장에 있는 플로리안 카페(Cafe Florian)를 찾았다. 지금부터 300여 년 전 1720년에 개업한 이탈리아에서 가장 오래된 카페로 세계에서도 3번째다. 괴테·루소·스탕달·카사노바 등 유명 인사들이 이곳에서 망중한을 즐겼다고 해 베네치아를 찾은 여행객은 이곳에 들러 커피 한 잔이라도 마시고 간다고 한다.

카페 내부는 온통 금장식으로 화려했고, 벽은 이름난 고화로 장식되어 있었다. 천장에는 아름다운 프레스코화가 그려져 있어 아름다움과 호화로움이 함께 느껴졌다. 전쟁에 지고 자신들의 우울함을 달래기 위해 사람들은 이곳에서 쓰디쓴 에스프레소를 마시며 멜랑콜리에 젖었을 것이다.

카페 안에서는 피아노·바이올린·아코디언을 들고 흰 와이셔츠에다 검은 나비넥타이를 맨 악사들이 그라나다를 연주한다. 카페 앞 광장까지 차지한 테이블에 사람들이 북적거렸다. 멀리서 찾아간 우리 부부에게도 앉을 자리를 허락하지 않았다. 커피값도 그 이름값만치 만만치 않았다. 어떤 이는 세계에서 제일 비싸다고 했다. 말로만 듣던 플로리안 카페를 다녀왔다는 기념으로 아내와 함께 사진 한 장을 찍으려 했다. 마침 지나가는 청년에게 부탁했더니 친절하게 응해 준다. 그는 그리스에서 왔다고 했다.

영화 〈여정(旅情: Summer Time)〉이 플로리안 카페에서 촬영했다. 영화는 미국에서 이곳에 여행을 온 캐서린 헵번과 이곳에 사는 롯사노 브라찌는 플로리안 카페에서 처음 만나 사랑을 시작하고 그들의 사랑 이야기로 끝난다. 영화가 완성 상영된 후 많은 관광객이 영화 속의 장소를 찾아왔다. 오랜 역사만큼이나 수많은 사람에게 추억을 간직하게 하는 플로리안 카페는 이곳 르네상스를 대변하는 대변자였다.

☾ 7일 차

여행이란 다시 돌아오는 것

카타르로 돌아가는 비행기 시간 때문에 아름다운 도시 베네치아를 떠나야 할 시간이 다가왔다. 르네상스 문화가 아직 남아 있는 도시, 금혼 유럽 여행의 마지막 방문지인 베네치아를 언제 또 방문할 수 있을까? 이번 여행에서 얻은 것이 많다. 호메로스가 고민한 것처럼 '나는 누구인가? 어떻게 살아야 하는가?' 죽비 같은 문구를 마음 깊이 생각했다. 그리고 내 삶의 일상에 이 문구를 생각하는 생활로 돌아가려 한다. 50년을 함께해 준 아내에게 감사드린다.

안녕! 베네치아~

일이 우리 삶을 지배한다면, 또 그것이 행복을 찾는 길이라면, 여행은 그것에 역동성을 부여한다. 비록 모호한 방식이지만, 일과 생존의 제약을 받지 않는 삶이 어떤 것인가를 보여준다. 여정에서 발생되는 여러 가지 문제들, 실용적인 영역을 벗어난 또 다른 사고를 제기하기도 한다. 반면에 가야 하는 이유와 무엇을 느끼고 얻을 것인가? 그것은 여행자 개인의 사고 몫이다. 그리스 철학자들이 '에우다이모니아(Eudaimonia)'라는 아름다운 이름으로 불렀던 '인간의 행복'이라는 것도 대단치 않은 것에서 이루어지는 변성이다. 난 그런 이유에서 이번 여행은 우리 부부의 새로운 '에우다이모니아' 창출했다. 여행은 걸어 다니며 공부하는 인문학이다.

3년 미리 실행한 금혼여행에서 돌아온 아내는 그해 12월에 암 진단을 받고 세브란스병원에서 수술 후 아직 투병 중이다.

금혼여행 에필로그

흔히들 여행은 목적지의 풍경에만 초점을 맞추려 한다. 그러나 여행은 장소를 넘어서는 다양한 의미를 품고 있다. 여행지의 역사, 문화, 예술, 인물, 교육, 종교, 풍습, 탐험 등 다양한 측면을 이해하는 것은 여행의 깊이를 더욱 풍부하게 만들어 준다. 또한, 여행의 목적은 여행자 개인에 따라 달라진다. 음악가는 6월 초에 열리는 세계 음악 페스티벌을 관람하기 위해 프라하로 여행할 수 있고, 기독교 신자는 이스라엘의 통곡 벽을 방문할 수 있다. 이처럼 개인의 취향, 관심사, 신념 등에 따라 여행의 목적은 다르며, 이는 단순히 새로운 장소를 방문하는 것 이상의 깊은 의미를 지닌다.

필자는 정년 후, 문단에서 활동하며 여행 전문지 기자로 일했다. 국내외 여러 곳을 다니며 생경한 자연과 환경, 문화, 역사를 직접 체험하고, 그것을 기사화해 독자들에게 전달했다. 경험하지 못한 일을 터득했을 때의 즐거움과 독자들에게 알리는 임무감은 인생 후반기에 자신을 찾는 기회이자 사명이었다.

우리 부부 동행 여행 중 기억에 남는 여행으로는 막 정년 한 후, 아들이 미국 동부 소재 웨스턴 미시간 대학(Western Michigan University)에서 학위를 받는 시기에 맞춰, 미국 서부 LA에서 애리조나, 라스베이거스, 그랜드 캐니언, 콜로라도, 샌프란시스코까지, 샌프란시스코에서 동부로 이동, 워싱턴, 뉴욕, 나이아가라 폭포, 디트로이트, WMU, 미시간 호수, 시카고까지의 여정이었다.

학위 수여 날이었다. 넓은 강당에서 행해진 졸업식에는 학생과 학부형이 만석이었다. 식순에 따라 졸업생이 호명되고 호명된 학생은 학장으로부터 학위증을 받는다. 여기서 문제가 생겼다. 호명된 학생이 무대로 올라선 체구가 모두 컸다. 한국인인 아들은 이들에 비해 중학생같이 작았다. 나와 아내는 눈시울이 뜨거워졌다. 저 작은 체구가 몸집이 큰 서양인 사이에서 인내하며 공부를 했다는 대견함 때문이었다. 또 웨스턴 미시간 대학 캠퍼스의 넓이는 학교 캠퍼스로는 상상도 못 할 넓은 공원이었다. 아내와 캠퍼스를 산책하다 길을 잃어 헤매던 추억은 평생 기억 속에 남아 있을 것 같다.

또 한 곳은 캐나다 밴쿠버에서 시작해 로키산맥을 따라 밴프국립공원까지의 여정이었다. 초가을이었다. 로키산맥의 정상에는 이미 흰 눈이 쌓여 있었으며, 산허리쯤에는 진한 적황색 단풍이 화려하게 펼쳐져 있었다. 산하 평지에 야생화가 만발하여 사계절을 한곳에서 느낄 수 있다. 그때 캐나다의 단풍이 세계적으로 유명하다는 것과 이 나라 국기에 단풍잎이 그려진 의미를 알게 되었다. 산으로 둘러싸인 밴프국립공원 지역에 어둠이 내릴 무렵, 하늘에서 펼쳐지는 오로라는 우주의 신비 그 자체였다. 더욱 인상적이었던 것은 루이스 호수의 영롱한 에메랄드빛과 그를 배경으로 한 밴프 스프링스 호텔에서의 하룻밤이었다.

이 호텔은 영국 왕실을 축소한 건축물로, 영국 왕이나 왕족들이 휴가를 보내는 곳이다. 그날 밤, 아내와 나는 마치 왕족이 된 듯이 호화로운 왕궁에서 잠을 청했지만, 고급스러운 이부자리 속으로 들어가는 것마저도 주저했던 기억이 생생하다.

제2부

하늘바람

한강 북춤

서울에 거주하면서 자주 찾는 곳이 두어 군데 있다. 혼탁한 마음이라두 정리하고 싶을 때 혼자 불쑥 찾고 싶은 충동을 느끼는 곳이다. 그 하나는 북한산이요, 하나는 한강이다. 사는 곳에서 지하철로 두서너 정거장만 가면 북한산이고, 자전거로 30분이면 한강 곁에선다. 산은 계절이 바뀌면 바뀌는 대로 격에 맞는 빛깔을, 강은 강대로 흐르는 소리까지 맞춰 기쁘면 기쁜 대로. 슬프면 슬픈 대로, 영혼을 안아주는 품이 있어 좋다. 젊었을 땐 여가 선용을 주로 산을 찾았으나, 나이가 들어가며 무릎이 시큰대고 완만한 산길에도 힘이 부쳐산보다 강을 찾는다.

요즘 같은 봄날은 날씨도 따뜻하고 강바람도 훈훈해 한강과의 낭만을 찾기에는 그저 그만이다. 지난해 길 건너 자전거포에서 남이 타던 자전거를 싼값에 구매한 것이 내 이곳을 드나드는 교통편이자 강 나들이 벗이 됐다. 그러니까 고물 자전거가 내 강 친구로 제값을 톡톡히 한다고나 할까. 오늘도 새벽바람을 안고 한강을 찾았다. 강

바람은 아직도 조금은 찬 기운을 뱉는다.

한강 곁에 섰다. 유유한 강물이 시야를 덮는다. 거칠게 누운 철교 위에 가로등이 빛을 잃어 가는 시간, 강 건너 무리 지어 늘어선 고층 아파트가 마치 상자를 쌓아 올린 것처럼 어렴풋하다. 막 달려온 햇귀가 강물 위에 앉으며 황금 편린을 만든다. 긴 돛대를 올린 요트에 번거로움이 지난 한가함이 돈다. 어제의 번잡을 지난 도시의 휴식이라고나 할까? 아니면 마지막 타는 촛불이 더 밝듯, 또 다른 번잡을 시작하기 직전의 쉼이라 할까? 도시의 역사는 번잡과 휴식을 윤회하며 창조되는 산물이기에 이 시각의 한강은 그런 철학적 의미가 있어 좋다.

우리 역사에 한강은 힘의 요새(要塞)였다. 한강을 차지하려고 고구려, 백제, 신라가 싸웠다. 강줄기를 따라가면 북으로는 강원도, 남으로는 충청도에 이어지는 수로였다. 이를 반대로 말하면 내국에서 바다 너머 또 다른 세상으로 이어지는 관문이다. 그래서 한강은 민족의 혈맥이요, 새로운 시작이다.

근래 우리나라 문학사 중 한강을 이야기한 문인은 여럿이다. 그들은 저마다 다양한 문장으로 한강을 묘사했다. 나에게 한강을 주제로 한 시구(詩句)를 고르라면 한 20여 년 전에 작고한 제해만(諸海萬 1944~1997) 선생을 떠올린다. 그의 시 「한강소금(漢江小吟)」에서 이렇게 적었다.

강가에 오면 길들을 만나고
강가에 오면 영혼들을 만나고
빛다운 빛, 바람다운 바람을 만난다.
(...이하 생략...)

그는 한강은 우리들의 영원한 의식이며, 과거와 현재 미래까지
도 아우르는 조왕신(竈王神) 같은 존재로 등장시켰다. 신달자 시인
은 그의 시 「아리수 사랑」에서 아침마다 푸르른 강이 태어나고, 천년
생명의 메아리가 울었다. 아리수여 아리수여, 다시 새천년을 잉태하
는 푸르른 여자. 이토록 한강은 우리 가슴에 영원한 어머니처럼 앉
아 있다.

그러나 한강을 감성적인 글귀만으로 표현하기에는 한계가 있
다. 당(唐), 청(淸)의 수탈과 일제 치하의 민족 수난, 동족상잔의 비극
인 6·25, 4·19, 5·16과 그리고 세계 10위권 경제 대국을 일으킨 기적
등은 강을 안고 살아온 우리의 역사가 숱하게 잠겨 있기 때문이다.
하지만 한 시대를 변화시킨 르네상스적 문화 기적은 없다. 새것 하
나를 시작하면 밤낮없이 열심히 끝을 보는 것도 좋지만 때로는 안
전하고 변하지 않는 인간적인 정서와 기대가 우리를 더 만족하게 한
다. 민족의 혼이 담긴 한강이라고 입으로만 떠드는 몇몇 학자들의
입에 발린 소리를 들을 때마다 거부감과 아쉬움이 앞설 때도 있다.

강변 붙박이 장의자에 앉아 유유히 흐르는 강물에 시선을 던진다. 안전을 위한 철제 펜스에 '낚시 금지'라고 쓰인 고딕 글자 밑에 물고기 한 마리에 빗금을 그려 놓은 판자 그림이 걸려 있다. 이 나라 국민이 이 나라 강에서 낚시 좀 하면 어떠랴. 보기에도 흉한 그림을 붙여 놓고 통제하는 것은 정부가 환경오염을 시인하고, 낚시를 할 수 있는 시민의 자유를 무언중에 속박하고 있는 것이 아닌가.

한강에 나설 때마다 아름드리 침묵하는 조국의 긴 역사를 본다. 이 세상을 떠나신 아버지와 어머니의 주름 깊은 얼굴을 본다. 늘 갈구는 아내와 아들딸 손자들도 그려진다. 여태 사는 동안 변해가는 미래의 자화상도 그려진다. 심지어는 넉넉지 않은 나에게 돈 떼먹은 후배를 그것도 그의 딱한 형편을 듣고 남에게 빌려서 준 사정을 외면한 배신감도 한강 물에 삭혔다. 누구에게 사소한 일에 모진 말을 하고서 가슴 아파 반성하고플 때도 한강을 찾았다. 그러고 나면 텁텁한 내장에 냉수 한 잔을 마신 기분이다.

지난해 이맘때 아내와 함께 이탈리아 피렌체를 여행한 적이 있다. 피렌체는 르네상스를 일깨운 '미켈란젤로' '레오나르도 다빈치'와 '단테'가 활동한 도시다. 이 도시에 피사를 거쳐 지중해로 흘러가는 '아르노강'이 있는데, 이곳 토스카나 지방 사람들에겐 생명의 젖줄이다. 강의 규모를 보면 한강과 비교해 게임도 안 될 개천 수준이었지만, 강물은 맑고 주위에 늘어선 붉은 지붕을 한 건물들은 18세기 중세 유럽풍의 아름다움을 조화롭게 노출하고 있었다.

아르노강은 이 나라 역사만큼 다양한 이야기를 간직하고 있다. 피렌체가 낳은 시성(詩聖), 알리기에리 단테는 그와 여덟 살의 숙녀인 베아트리체의 아름다운 사랑을 등장시켜, 중세 유럽의 르네상스를 탄생시킨 『신곡』을 썼다. 한강보다 초라한 강이지만, 단테라는 세기의 시인과 그의 순수한 사랑이 인류 역사를 변천할 수 있게 했다. 사람이 사는 세상은 결국은 신이 아닌 인간의 사랑이다. 800년이 지난 지금도 수많은 사람이 아르노강을 찾아 그들의 사랑과 희망을 기린다. 난 이곳에서 한강을 생각했다. 그리고 인간의 사랑을 생각했다. 왜 우린 아르노강의 기적 같은 문화 기적은 없을까? 왜 우린 단테와 베아트리에 같은 사랑의 기적은 없을까?

사람 사는 것이 순탄하고 희망적인 순간의 연속만은 아니다. 때로는 절망하고 고독하고 울부짖고 싶을 때도 있다. 지난 시간, 한강에 검은 그림자가 드리웠을 때 그 꼴이 보기 싫다 떠나기도 했다. 하지만, 한강과는 핏줄처럼 끈끈한 정이 있어 결국 침묵하는 이 강을 다시 찾았다. 이젠 아르노강의 르네상스 기적처럼 우리의 조국 한강에도 한 시대 역사를 전환하는 인간의 사랑으로 르네상스 계기가 되기를 바란다. 그리고 나서 유유한 한강 물 앞에 서서 우리 모두가 덩실덩실 북춤 추는 그날을 기다린다. 그래서 난 오늘도 한강을 찾는다.

작은방 하나를 갖고 싶다

작은방 하나를 갖고 싶다. 서너 평 남짓한 크기에 그것도 나 혼자만이 쓰는 방을…. 전깃불 휘황한 도심을 벗어나 산벚꽃 향기가 찾아드는 자락에 초라한 공간이라도 좋다. 시, 소설, 수필 같은 책이 가득한 책장이 무겁게 서 있고, 노란 햇빛이 드는 벽 어딘가에 단풍 내린 산길에 괴나리봇짐을 등에 진 나그네의 호젓한 걸음이 있는 그림 한 폭이 걸려 있는 그런 방을…

스파르타쿠스처럼 버틴 책상 위에, 손에 익은 낡은 컴퓨터와 연필·볼펜이 가득한 필통이 무릎을 틀고 앉아 있었으면 한다. 드보르자크의 신세계를 들을 수 있는 허름한 오디오 하나도 곁들였으면 좋겠다. 책을 읽고 싶으면 언제든지 읽을 수 있고, 글을 쓰고 싶으면 얼른 원고지를 잡을 수 있으며, 어질어진 그대로 책상에 꼬꾸라져 한잠 자고 난 몰골에도, 누구의 간섭이 거부된 자유의 공간이었으면 한다.

몹시 추운 겨울날, 얼어붙은 육신을 녹이며, 도시락을 데웠든 작은 무쇠 난로도 하나 두고 싶다. 가끔 정든 친구가 찾아오면 난로 위 찌그러진 양은 주전자에 설설 끓는 물에 둥굴레차 한 잔을 만들어 놓고, 철 따라 갈아입는 북한산 빛깔을 붙잡고 실없는 얘기를 나누고 싶은 여백이었으면 한다. 문을 열고 들어서면 코티 분향보다 더 진한 종이 삭은 향기가 나는 작은방을 갖고 싶은 거다.

내 어린 시절에도 이런 방을 갖고 싶었다. 어렴풋이 생각나건대 중학교 다닐 때였다. 6·25 전쟁은 끝났지만 작은 어촌의 삶은 그리 녹록지 않았다. 검은 무명 학생복에 양철로 만든 중(中) 자 모표를 달고, 노곤한 봄 길이나, 한여름의 더위, 한겨울의 냉기를 맞으며 20여 리나 되는 먼 길을 통학했다. 수업이 끝나고 먼 길 걸은 피곤함과 더위를 피해 훌훌 벗고 쉴 수 있고, 겨울엔 따끈한 아랫목에 깔린 이불 속으로 몸을 감싸고 싶을 때 혼자 들어가 쉬고 싶을 그런 방 말이다. 부모가 시장에서 포목 장사를 하던 같은 반 아이 아무개는 그런 방을 가지고 있었다.

그 방은 콩기름이 반지르르하게 묻은 노란 장판방이었고, 한쪽 모서리에 작은 앉은뱅이책상이 있었다. 벽에는 흰 옥양목에 모란꽃과 나비를 수놓은 횃대보를 쳐놓았다. 방 2개에 일곱 식구가 생활하는 나에게는 그 친구가 부러웠다. 전쟁이 준 가난이 그런 내 방을 갖고 싶어 하는 희망을 무겁게 억압해 놓았다. 억압은 시간이 흐를수록 양파껍질 벗겨지듯 내 마음을 쓰라리게 했다.

소년에서 청년으로 청년에서 장년으로 바뀌면서 내가 원하던 방에 대한 실체는 변하기 시작했다. 단순히 방의 크고 작음에 물리적인 의미뿐만이 아니라, 내가 생각하는 방에는 자유라는 존재가 포함되었다는 것을 서서히 깨달았다. 나이 환갑이 넘어선 판에 기거할 방이 없다고 구시렁거리는 것은 아니다. 서울이라는 큰 도시에서 방 3개 부엌 화장실이 딸린 번듯한 주택의 주인이다.

　　안방은 아내가 쓰고 또 하나의 방에는 컴퓨터가 놓인 ㄱ자형 테이블과 책이 잔뜩 꽂인 책장 두 개가 놓인 방은 내가 쓰고 있다. 방은 작지만 혼자 사용하는 공간이기에, 남이 들어도 그럴듯한 이야기가 아닌가! 그러나 말이 내 방이지 그토록 갖고 싶어 했던 방은 아니었다. 내가 생각하는 나만의 자유가 결여됐기 때문이다. 내 자유란 나의 자발적인 생명력과 내적인 활동성을 근원으로 내 삶을 끌고 나가는 것. 그것이 나의 주인이었다. 왜, 이렇게 방이 지저분하냐? 방에서 구리한 냄새가 난다. 책상 위에 너저분하게 흩어진 책들을 정리하라 등 아내의 간섭이 내 자유의 저해 요소다. 그것보다 더한 것은 그와의 부딪침이다. 나와 아내의 둘 사이에 현실적인 윤리와 가치관의 차이로 오는 냉전이다.

　　이런 때가 괴로웠다. 때로는 서로 떨어져 살고 싶은 충동마저 느꼈다. 그럴 때마다 방문부터 닫아 버리는 것이 버릇처럼 되었다. 방문은 나만의 작은 자유를 지키는 유일한 방패였다. 그러나 문이 닫힌 방은 갈등에 옥죄는 불편한 공간이었다. 그것만도 아니다. 외출했다 들어와 책상 앞에 앉기만 하면, 또는 생각나는 것이 있어 원고지라도 잡으려면, 어린 손자 손녀들이 "할비~" 하며 무릎에 달라붙어 컴퓨터 마우스를 마구 흔들어 대는 훼방꾼이 되곤 한다. 돌이 막 지난 손자 놈은 알아듣지 못하는 뚜 뚜 소리를 내며 아장아장 걸어와 손에 닿는 물건은 야구공으로 착각 난장판을 친다.

　젊은것들 내외가 같이 직장을 나가니 어린것들을 낮에는 우리 집에서 할미가 돌본다. 어미가 없는 그들이 살가워 그냥 두긴 하지만, 나만의 자유가 있어야 할 공간은 여지없이 그것들의 난장판 장소가 되고 만다. 솔직히 말하면 혈육의 귀여움에 내 작은 자유마저 속박당하는 것만은 거부하고 싶다. 또 하나를 말하자면 TV나 라디오 때문이다. 이 시대 서민 가정에서 유일한 동무는 이것들인데, 어느 한 곳에서 기분 좋은 뉴스를 보고 들은 적이 거의 없다. 우파 좌파 갈린 정치로 갈등하고, 사기, 협잡, 돈 욕심으로 서로 반목하고, 온통 거짓 과장으로 보험, 음식, 옷을 선전하고. 그렇게 강제로 보고 들려지는 그레이 스완 공간이 싫었다.

　그로부터 십여 년이 흐른 지금, 일거수일투족에 버릇처럼 간섭하던 아내도 지쳤는지 느긋해졌고, 어린것들도 자라 고학년이 되어 내 방에 들어오지 않는다.

　나에게도 내가 갖고 싶은 자유스러운 방의 의미가 시간과 함께 서서히 변해갔다. 짜증스러운 아내의 잔소리가 있고, 어린것들이 무릎에 앉아 훼방을 놓는 방이 슬슬 그리워지기 시작했다. 그런데 더욱 중요한 것은 아내의 잔소리와 손자들의 훼방이 있는 방이 내가 갖고 싶은 사랑과 자유가 있는 방인 것을 서서히 깨달은 거다.

　이 세상을 사는 사람들은 저마다 자신이 원하는 것을 얻고자 하는 욕망이 있다. 그 대상은 권력, 재물, 명예, 사랑, 건강 미모 등 다양하다. 인간은 태어나면서 탐욕에서 출발하여 무소유의 종점을 향해 일생 동안 모순된 경주를 벌이는 존재다. 나의 작은방 욕망이 현실 사회에서 지나치게 큰 것일지 모르지만, 상상은 자연으로부터 얻은 인간의 자유인지도 모른다. 결국 내가 갖고 싶은 작은방이란 사랑이라는 이유가 공존하고 있는 공간이다. 그 속에서 이루어진 모든 것이 끝나고 난 후의 쓸쓸함에 놓일 나를 관조하고 싶은 타이밍이다.

일출봉 물안개는 봄의 전령인가

후두득, 후두득, 굵은 빗방울이 떨어졌다. 샛바람이 가랑이가 찢어질 듯 사나웠다. 줄지은 열대 가로수가 신 내린 무당 춤사위를 한다. 허연 물거품을 토해내는 줄 파도가 깃발을 높이든 기병대처럼 소리 높이 진격한다. 그러나 바람결은 훈훈하다. 일출봉을 휘감은 물안개는 첫날밤 새 신부가 입은 실크 드레스다. 해녀의 숨비소리에 도 봄 내음이 묻어났다.

아! 봄이 오는구나. 남쪽 섬 제주에~

전령을 앞세운 저 징 소리…. 나팔 소리….

내 조국이면서 남국의 어디쯤인가?

제주의 봄은 멀고 먼 바다를 건너온 점령군의 행렬처럼 저리도 요란하게 오는 건가! 아니 우주라는 측면에서 보면 행렬이 아니라 연지 곤지 찍은 새색시의 연한 살빛이다. 시간이라는 것이 반드시 가야 하고 또 돌아와야 하는 수 없는 경험인데 울컥 가슴이 저린 것 은 저 쿵쾅거리는 진군나팔 소리 때문인가, 아니면 봄 섬에 내린 연한 살굿빛 향내 때문인가.

봄이 오는 올레를 걷기 위해 제주를 찾았다. 섬길 걸음은 비가 와도 좋다. 눈이 와도 좋다. 억센 파도가 치고 바람이 불어도 좋다. 창조에서 여태까지 억 만년을 견뎌 온 '섬의 혼(島魂)'이 하늘땅, 바다, 어디든 흥건히 서려 있어서다. 제주 혼이 곧 이곳 섬사람들이 이어 온 삶이다. 켜켜이 쌓여 무뎌지고 뭉개진 그들의 역사와 신명이 있어서다. 초가집 안방이 보일 듯 말 듯 성글게 쌓인 현무암 돌담길, 그들 이웃끼리 요철로 살아온 진솔한 이야기를 품은 좁은 올레가 있기 때문이다.

N 작가(여기에 작가는 본인)가 쓴 「올레를 아시나요?」라는 수필에 제주 올레길을 이렇게 썼다.

검은 현무암을 성글게 쌓아 놓은 담장 사이로 탯줄같이 구부러진 비좁은 길이었다. 그 길을 한참 따라가다 저만치 안쪽 막다른 곳에 그물코 이엉을 한 작은 초가가 나온다. 마당엔 노란 햇볕이 촘촘히 앉아 있었다. 봄볕이 곰살맞게 내린 초가집 뜨락에 엄마 뱃속 같은 포근함이 일어나더니 끝내는 심저(心底)에 묻어둔 그리움까지 빨대로 끌어낸다. 때늦은 동백꽃, 봉숭아꽃이 숭덩숭덩 피어 있는 좁은 돌담길, 나지막한 초가가 이마를 맞대는 그 길 끝머리에 시퍼런 바다가 보인다.

"성님! 제기 제기 옵써게, 물레 들레 걸음써~"

성근 돌담 너머로 물질 가는 해녀 서넛이었다. 테왁을 옆구리에 낀 채 검은 돌담길 올레를 따라 바다로 나가며 말꼬리를 올린다.

해녀는 용왕님을 사랑했다. 용왕님도 해녀를 좋아했다. 그래서 백년가약을 맺었다. 허구한 날 목숨 걸고 바닷속에서 만났다. 용왕님은 백 척 검푸른 바닷속에서 가쁜 숨을 몰아쉬는 그녀에게 바다 것을 주었고, 그녀는 그것으로 자식들을 키웠다.

그래서 해녀는 죽어도 용왕님의 품에서 죽기로 각오했다.

제사떡이 든 차롱을 담 너머로 기꺼이 넘겨주는 두란두란 사는 이웃 가는 길. 담장 넘어 텃밭에는 흰 무명 수건을 머리에 돌린 할머니가 풋상추를 딴다. 마루엔 단발머리 여자아이가 어머니를 기다린다.

"어멍 보고적 했냐?"

망사리에 담긴 수확물을 등에 올린 해녀가 정낭 넘어 마당으로 들어온다. 아이의 엄니다.

"어멍~!"

아이가 화들짝 일어나 엄마에게 달려간다.

바로 저 모습, 저 길, 저 집. 엄마가 자식을 찾고, 자식은 엄마를 기다리는 고귀한 모습. 도시에는 볼 수 없고 제주에만 있는 저 아름다운 풍경. 녹지근한 정이 드려진 모퉁이, 그건 표현 못 할 지독한 평화였다. 성글게 쌓인 검은 돌담(石), 자식을 찾는 어머니(女), 산방산을 돌아드는 바람(風), 이런 것이 함께 존재하는 제주도 올레, 그래서 어느 건축가는 올레야말로 제주도 공간이 지닌 가장 큰 매력 중 하나'라고 했다. 제주 본래의 올레는 이런 정서가 차곡차곡 축적된 골목이다.

2007년 9월 제주도는 도보로 섬 전체를 돌아보며, 잊혀 가는 시간 속의 참 제주를 찾아보자는 의미로 여러 갈래의 트레킹코스를 개발하고 그 이름을 올레라 했다.

현대 사회가 던지는 고독을 문명의 이기를 떠나 자신을 관조해 보는 시간을 관광자원으로 개발하는 의미도 함께 있었다. 그런 의미의 올레는 추억이 있고 후회가 있고 희망이 있다.

세간의 올레길에 관한 얘기가 여러 미디어를 통해 알려졌다. 관광객 반응도 센세이션이다. 그러나 행여 트레킹코스 올레를 제주 본래의 올레로 해석될까 약간은 두렵다. 두 길은 정서적인 배경이 다르기 때문이다.

트레킹코스 올레는 사단법인 올레가 재작년 9월에 도보 관광 코스로 처음 개장한 이래 작년 12월까지 12개 코스(본 코스 11개, 알파 코스 1개)를 개방했다. 각 코스의 평균 거리는 15~17km 정도로 도보로 5시간 남짓 걸린다.

올레길을 걷는 데는 날 궂음에 상관없다. 그저 하늘과 바다, 한라산과 오름, 그리고 제주 사람들의 정이 있으면 그만이다. 그간 올레 트레킹코스를 다녀간 사람만 3만 명이 넘는다고 대표는 말했다.

바닷바람에 그을린 그의 얼굴엔 큰 주름 몇 개가 그려져 있다. 어쩜 저 주름이 올레를 만든 억척스러운 성미를 말해주는 것인지도 모른다. 그러나 그는 제주 본래의 올레길은 이런 길이 아니다.라고 끝내 말하지 않았다. 그래서 그런지 올레라고만 강조하는 그의 말에 약간의 거부감이 느껴졌다. 그냥 듣고 즐기면 그만이지 괜스레 까탈을 부려 보는 것도 내 병이다. 그렇다고 올레길을 만든 공로를 흠집 내자고 하는 심사는 추호도 없다.

날 궂은 바람을 안고 올레 제1코스에 올랐다. 들머리인 시흥초등학교로부터 말미 오름-알오름-중산간 도로-종다리 회관 목회휴게소-성산 갑문-광치기 해변까지다. 거리와 소요 시간은 15km, 도보로 5시간 내외. 신록에 밀려난 동장군의 심술이 그득한 하늘, 이따금 후둘기는 빗발에도 이미 연한 봄이 녹아 있었다. 출발점인 시흥초등학교에 들어섰다. 빗물 고인 흙 운동장 초입에 1968년 12월 8일 자로 박정희 대통령이 선포한 '국민교육헌장'과 1957년 5월 5일에 선포된 '대한민국 어린이헌장'이 낡은 시멘트벽에 음각으로 굳어 있었다.

'우리는 민족중흥의 역사적 사명을 띠고 이 땅에 태어났다…'

어릴 때 눈 감아 가며 외우던 구절, 지워져 얇아진 글자 속에 지난 시간의 역사가 웅크리고 있었다. 빛바랜 흑백사진 속의 잊어버린 시간이었다.

"그때가 좋았어! 잘 살 수 있다는 희망이 있어서…"

홍얼거리는 입가에 흩어진 미소가 녹아든다. 가난을 없애보자고, 잘살아보자고, 샛별을 보고 일터로, 저녁달을 따라 허리가 아프도록 일했던 그 시절, 비록 물질로는 풍족하지 못했어도 격한 희망이 있어 좋았다. 그보다 더한 것은 젊음이 있어서다. 젊음과 희망! 세상에서 이 글자만큼 아름다운 것이 어디 있으랴!

일생을 두고 찾은 사랑하는 아내도 그때 만났다. 지금 보니 그리 잘나지 않은 소녀였지만 그땐 왜 그리 가슴이 콩닥거리든지! 젊은 욕정 때문이었을까?

뭉클거리는 가슴을 안고 운동장을 지나 두 사람 겨우 비켜 갈 좁은 길을 걸었다. 검고 거친 현무암을 쌓아 놓은 채소밭에 마늘잎이 한껏 푸르다. 군데군데 시멘트로 발라놓은 좁은 농로가 맘에 걸렸다. 푸른 마늘잎과 시커먼 시멘트 길, 그건 어울리지 않은 거야. '흙길이었으면 더욱 좋았을 텐데!'

얼마나 걸었을까.

어디인지 구분 못 할 구릉지 길목 옆에 목까지 덮인 빛바랜 모자를 눌러 쓴 할머니가 봄나물을 캔다. 언젠가 본 듯, 손 맞잡아 안기던 기억 속의 여인처럼 거친 손안에 연한 봄나물이 한 움큼 쥐여 있었다.

적막한 노년!

머지않아 이별해야 할 사랑의 찌꺼기가 남아 있는 어머니라는 이름의 여인, 자갈 깔린 신작로가 환이 보이는 산기슭에 앉아 젖꼭지 품에서 떠난 자식들이 눈에 밟혀 눈물 글썽이며 봄나물 뜯던 늙으신 내 엄마의 모습이 저랬다. 그때 흘린 당신의 눈물은 곁을 떠난 자식의 그리움도 있었지만, 그들과의 영원한 이별을 생각하는 슬픔이었을 게다. 사람들은 나이가 들어가며 저마다의 어머니를 찾는다. 나도 그런 것에서 사랑과 그리움을 터득했다. 맘대로 웃고 싶고 청승스레 울고 싶은 자유를 알았다.

얼른 카메라 조리개를 만졌다.

"할머니, 사진 한 장 찍을게요."

"아이고, 싫수다~"

설레설레 손 흔들며 고개를 무겁게 반대쪽으로 돌린다.

말 머리 모양을 한 두산봉에 올랐다. 성산 일출봉이 눈 아래 둥둥 고여 있었다. 일출봉을 에워싼 물안개가 반투명 실크 옷을 걸친 새색시의 가슴같이 물차 있다.

성산포 들판엔 연초록이 벌써 점령했고 노란 유채꽃이 지나는 길손을 조롱하듯 살랑댄다. 또 얼마나 걸었을까? 파도가 흰 거품을 뿜는 해안 길에 접어든다. 포세이돈이 거느린 높은 파도가 횡대로 구르다 허옇게 부서진다, 그리고 곧 죽음을 맞는 생명처럼 슬그머니 누워버린다. 갈매기가 군무를 추는 길을 따라 성산포 조가비 박물관으로 가는 길에 들어섰다. 저만치 떨어진 곳에 등산복 차림을 한 나이 든 여자 둘이 흰 비닐 우의를 덧걸치고 두런두런 걷는다. 환갑은 지났을 텐데 저 나이에 그것도 비바람 부는 날 왜 저리 걷고 있을까?

무슨 억한 사연이라도 있는 걸까?

손을 흔들었다. 그들도 손을 흔들며 답한다.

시흥 해녀의 집에 들러 전복죽 한 그릇, 소주 한 잔에 한기를 메우려는데 그들이 문을 열고 들어왔다.

"할머니! 이리 오세요."

한번 눈 맞추었다고 정이 생겨 동석을 청했다. 배낭을 벗으며 고맙다는 눈인사를 찔끔하더니 옆자리에 앉았다. 일흔이 가까운 자매란다. 언니가 암 수술 후 올레를 걸으며 건강을 찾는단다. 어쩜 건강을 찾는 것이 아니라 멀지 않아 이별해야 할 지난 시간을 찾는 것이 아닐지….

동생은 언니의 건강을 위해 늘 같이 걷는단다. 저런 모습이 형제의 본질이 아닌가. 또 저런 모습이 제주 사람들의 본성이 아닌가. 그들 자매에겐 도시 생활의 각박함이 아닌 사람과 사람 사이의 여유로움이 있었다. 내가 저런 경우였을 때 나와 동행해 줄 사람이 있겠는가? 하고 자신에게 질문해 본다. 하지만 힘없는 고개가 가로 저어진다. 아무리 생각해도 가슴이 허해지는 것은 그런 사람이 없다는 거다.

"난 정말 잘못 살고 있어…."

그들 자매의 정이 부러웠다. 그들이 부러운 것은 살아온 내 삶의 잘못을 이제야 후회라는 이름으로 깨달은 걸까. 이렇듯 작은 공간의 인연이 이런 후회를 낳는 것이라면 후회가 지나고 난 후에 가는 곳은 어디일지….

성산 갑문에 노랗고 빨간 등대 두기가 우중 길손을 맞이한다. 해풍에 비산되는 파도 분말이 시야를 갈구었다. 그래도 등대가 있는 풍경은 그림같이 평화롭다.

나에겐 등대라는 것이 연민의 대상이다. 등댓불을 따라 바다에 나가고 칠흑 같은 바다에서 실낱같은 등댓불을 타고 포구로 돌아오던 아버지. 그의 폭넓은 등짝 냄새 같은 푸근함이 있어서다. 바다에서 돌아온 아버지의 등에 올라 얼굴을 파묻을 때 땀과 바다 비린내가 엉킨 냄새가 아버지 등에 고여 있었다. 지금 생각하면 그것은 어느 최고급 향수부다 더 진한 아버지만이 가진, 아버지만이 줄 수 있는 지독한 사랑의 향기였다. 그땐 아버지의 진정을 몰랐다. 이만큼 비켜선 시간에서 아버지를 생각해 본다. 그는 나를 지켜온 오래된 등대였다.

동암사를 거처 끝 지점인 광치 해변에 도착했을 땐 장대 같은 비바람이 몰아쳤다. 그래도 봄이 오는 제주 올레는 묵혀둔 삶을 생각해 보는 여유로운 길이었다. 비록 몸은 젖어 축축했지만, 마음만은 날개를 단 듯 개운한 것은 무엇 때문일까?

올레, 얻은 것과 잃은 것買櫝還珠

중국 초나라 사람이 정(鄭)나라로 진주를 팔러 갔다. 값을 높게 받으려고 목란으로 상자를 만들고 주옥으로 장식해 향내까지 나게 했다. 초나라 사람은 진주가 얼마나 귀한 것인지 입이 마르도록 설명한 후 가격을 말했다. 정나라 사람이 앞으로 나서더니 부르는 값에 한 푼도 깎지 않고 이를 샀다. 그리고 상자 안에 든 진주를 꺼내드니 "이건 내게 필요 없소" 하며 던져버리고 상자만 가지고 떠나버렸다. 결과로 보면 초나라 사람은 근본인 보석은 못 팔고, 상자를 판 셈이다. 물건을 산 정나라 사람도 알맹이인 보석에는 관심이 없고 상자에 욕심을 냈다.

근본을 버리고 겉치레에 중시한다는 뜻으로 사자성어 매독환주(買櫝還珠)다.

제주도가 지난 2023년 11월 11일 세계 7대 자연경관 지역으로 선정된 것에 힘입어 미래 제주 관광의 비전이 밝다고 한다. 제주도민 약 70%가 관광산업에 종사 또는 직간접으로 관련하고 있어 관광

산업이 제주 경제에 큰 역할을 한다. 관광객 유치에 크게 기여한 자원 중에는 누가 뭐라 해도 올레길이다. 심지어는 제주에 다녀왔다 하면 으레 올레길을 걸은 것으로 짐작할 정도다. 그런데 제주의 역사와 삶이 녹아 있는 골목길 올레의 원의(原意)가 변질되어 다섯 시간 여섯 시간 걸었다는 제주도의 도보 관광길로만 굳어져 가고 있다. 거기에다 주민들의 집안을 들여다보며 지나는 곳도 한두 곳이 아니다. 처음에는 그러려니 하고 참았지만 이젠 개인 삶의 프라이버시를 침범한다고 항의하는 사람도 있다. 제주 주민 K 씨는 '이제는 더 만들 공간도 없으며 있는 것도 오래 가지 못할 것'이라고 한다.

현대 관광의 추세는 역사, 문화, 정서가 어우러진 감성 관광으로 바뀌어 가고 있다. 지금의 제주 올레길은 관광객을 유치하는 데 엄청난 효과를 거둔 성공작이다. 그러나 수백 년 제주 사람들의 정서가 묻어 있는 올레의 본래 의미는 점점 퇴색해 가고 있다. 재주 관민은 관광객 유치에도 신경을 써야 하지만, 올레의 근본적 의미를 보전하는 것에도 소홀해서는 안 된다. 자칫하면 우리의 소중한 올레가 매독환주가 될 수 있기 때문이다.

우레비

'비가 와야 해. 달궈진 콘크리트와 아스팔트를 식혀야 해. 도시가 불가마야'

길을 걷는 사람, 그늘에 앉은 사람, 일하는 사람 모두가 이구동성이다. 아스팔트 도로가 녹아내리는 듯 아지랑이가 오른다. 35도를 오르내리는 기온이 인구 천만의 대도시 서울 하늘을 폭염 지역으로 만든 지 한 달이 지났다. 기상 전문가에 따르면, 이번 폭염은 지구 온난화로 오는 기후 변화라고 한다. 지난 70년 동안 지구 평균 기온이 1도 이상 상승하면서 앞으로 극단의 기온이 더욱 잦아질 것이라 우려했다.

올여름 가뭄과 더위는 유독 길고도 독하다. 자동차가 뿜어내는 분진과 열기, 빌딩에서 쏟아 내는 복사열이 숨 막힌다. 어쩌다 지나가는 소나기가 잠깐 뿌리기도 하지만, 달궈진 아스팔트를 식히기엔 역부족이었다. 되레 습도만 높여 푹푹 찌는 역작용을 낳았다. 사람들은 플랫폼에서 기다리는 기차처럼 도시 열기를 앗아갈 후련한 비를 기다렸다. 그러든 오늘, 이른 새벽부터 굵은 빗방울이 토닥토닥 떨어지더니 이젠 우레비가 되어 쏟아진다. 기다리던 비였다. 두툼한 먹구름이 하늘을 온통 덮었고, 떨어지는 빗방울이 헤아릴 수 없는 수정구슬이 되어 줄기차게 쏟아졌다. 홍제동 건너편 안산 위에 물먹은 비구름 장막이 두텁게 이어졌다. 공간을 메운 빗줄기가 새로운 시대를 여는 드라마의 가림막이었다.

쏴악~ 쏴악, 쏠린 듯 쏟아지는 물방울, 아스팔트에 부딪혀 깨어지고 엉키더니, 열기와 함께 엉겨 붙은 오물을 끌고 낮은 곳으로 흘러든다. 내 작은 글방 유리창에도 유성같이 꼬리를 남긴 빗방울이 수채하처럼 흘렀다. 그것은 마치 환자 혈관에 주입되는 링기액이 되어 내 사색에 용해됐다. 미지의 물음을 아무 걸림 없는 생각대로 탐닉해 보는 여유 같은 거다. 그러는 순간에 도시 열기에 반항하고 싶은 광기가 올랐다. 입은 옷을 훌훌 벗어 던져버리고, 찌는 열기를 평정하는 빗속을 걷고 싶었다. 돌아오고 싶으면 언제라도 돌아오는 자유를 갖고 싶었다.

우리를 우울케 하는 찌꺼기를 씻어낼 비의 숨 냄새를 환영하고 싶었다. 그러고 보니 비는 우리를 제압하는 부조리를 쓸어 내는 시대의 정의가 아닌가. 그렇다고 무조건 비가 많이 오길 바라는 것은 아니다.

며칠 전 일본이나 중국에 집중 폭우로 가옥이 침수되고, 자동차가 떠내려가고, 도로나 농지가 물 바다가 되는 그런 비는 싫다. 다만 많지도 않고 적지도 않은 중용의 비를 바라는 거다.

내 글방 벽에 고사관폭(高士觀瀑)이라 쓰인 산수화 한 폭이 걸려 있다. 이 그림을 걸어 놓은 것도 10여 년이 넘은 듯하다. 화가 이름이 도촌(稻村)이라 적혀 있지만, 그의 명성은 익히 들어 본 기억은 없다. 실비가 내리는 날, 높이 떨어지는 폭포 곁에 이제 막 빛바랜 고목의 누런 잎이 드문드문 보이는 걸 보면 이른 가을이다. 긴 지팡이 짚은 선비 하나가 떨어지는 폭포를 보며 마지막 더위를 식히는 모습이 평화롭고 한가하다. 폭포 소리까지 흡수하는 실비를 보고 있으면 내 맘이 조금은 너그러워진다. 난 이 그림을 좋아한다.

요즈음은 책이 손에 잡히지 않는다. 읽지도 않고 쓰지도 않는다. 양극화된 사회 불안이 인해 책 읽기와 영화 보기 등 평소 즐기던 활동들을 멈추게 했다. 몸은 편한 줄 모르겠으나, 마음은 무료하고 병든 환자같이 나약해졌다. 어떤 유명 가수의 노래 가사에 고대 철학자의 말을 인용하며, 자신의 상황에 대해 고민하는 것을 TV에서 보았다.

아! 테스 형, 세상이 왜 이래?
왜 이렇게 힘들어.
사랑은 또 왜 이래.
"너 자신을 알라"
툭 내뱉고 간 말을

내가 어찌 알겠소.

그도 지금의 생각이 나와 동질성이 있는 걸까? 그런데도 그 노래 내용 같은 내 삶이 있고, 또 미래로 이어지는 나의 운명이 있지 않은가.

우레 비가 내린다. 음습한 열기를 씻어내고 그것으로부터 해방되게 하는 비, 내가 바라는 비는 이 세상 더러운 오물을 깨끗이 씻어내는 것이다. 물리적인 물방울이 아닌 시대의 모순을 바로잡는 사도다. 지금 이 시각 역병의 불안과 이에 따른 억압, 어수선한 시국에서 해방된 자유로운 삶과 매년 여름 연중행사로 치르는 내 위장 경련까지도 함께 씻어 줄 우레비를 기다리는 거다.

나는 이따금 K 영감을 생각한다

K 영감과 함께 종로 뒷골목 어느 허술한 술집 구석 자리에서 소주잔을 나눈 것이 3년 전 을미년 정초였다. 식당 안은 석쇠 위에 놓인 고등어 굽는 연기와 빈자리 없이 앉은 주당 사이에 혀 꼬부라진 소리가 소음같이 어지러웠다. K 영감과는 바다가 곁에 있는 작은 어촌에서 비린내를 마시며 자란 소꿉친구다. 그는 고등학교를 졸업한 그해 바다를 곁에 둔 고향을 떠났다. 한 40년 왕래가 없다가 다시 만나게 된 것이 두어 달 전이다. 그와의 소주 자리도 어린 시절의 정취를 느끼기 위해 생선구이 집을 택했다. 소주잔을 두어 숨배 비웠을 때다. 그는 거나하게 취한 사람처럼 자신이 지나온 얘기를 시작했다.

"올해가 양띠 해지? 내가 양띠거든! 그러니까 나의 해라는 말이지. 그래서 내 얘기를 하는 것도 의미가 있으니깐 말이야" 하는 말로 입을 연다.

"어이! 괜찮지?"

K 영감은 자신의 얘기를 하려고 벼르고 온 사람 같았다.

"그럼. 너 얘기 좀 들어보자."

그의 얘기를 재촉이나 하듯 맞장구를 쳤다.

K 영감의 아버지는 키가 훤칠한 어부였다. 부산, 포항, 울산, 묵호 등 동해안 물고기 떼를 찾아 이곳저곳 항구를 다녔다. 늘 바다에서 파도와 싸우며 일해 자식들을 공부시켰다. 아버지에게는 자식 공부시키는 것이 삶의 보람이었다. 어머니는 크지 않은 체구였지만 자식은 열하고 둘을 낳았다.

"지금 생각해 보면 아버지는 늘 타향에서 일하셨는데 어머니는 늘 배가 불러 있었다는 거지. 하하…." 하며 K 영감이 호탕하게 웃는다.

그 열두 아이 중 여섯은 죽고 여섯은 살았어. 죽은 아이 여섯은 누구는 전쟁 통에 죽고, 누구는 홍역, 천연두로, 누구는 간(肝) 병으로, 어느 것은 낙태하고…. 그중 다섯째인 K 영감도 그리 실한 편은 아니었다. 그는 양띠 해를 일곱 번 맞았고, 그중 청양의 해가 두 번이란다. 그래서 양을 좋아한다고 했다. 그는 백발이 성글었고 이마엔 억센 주름이 그어져 있었다. 지금 K 영감은 올해 우리 나이 일흔다섯이라 했다.

그가 열여덟 되던 해 늦은 봄날, 맑은 노을이 필 때, 파도 소리는 조용히 주황색에 물들고 있었다. 어머니는 주황색 하늘과 잔파도 소리를 들으며 오랜 시간 잊어버린 듯 부르지 않던 아무개야~ 아무개야~ 저승 간 자식들 이름을 입속으로 불렀다.

"자식 농사 반타작했지! 모두 다 내 품에서 보냈다. 진저리칠 새끼들…."

하시며 주름 골 깊은 뺨 위로 굵은 눈물을 흘리셨다. 여태 가슴 속에 뿌옇게 죽은 목숨을 한꺼번에 묻어 놓고 사막같이 살아가던 어머니. K 영감은 그런 어머니를 보고

"엄니. 울지 말어유~"

하고 어머니의 팔을 잡았단다.

가난이 장맛비처럼 온 누리에 내렸던 그 시절. 이 민족을 속박하든 일제 식민지로부터 해방된 것을 두고 어떤 이는 하늘 같은 기쁨이라 했다. 그러나 K 영감에겐 광복의 기쁜 기억은 거의 없다. 너무 어렸기 때문이다. 다만 아홉 살 되던 해에 일어난 전쟁이 무서웠다. 총성이 주고 간 폐허 속의 가난이 힘겨웠다는 기억만은 또렷하게 남아 있다.

"머리에 피를 흘리며 달구지에 실려가던 젊은이, 죽었는지? 살았는지?"

그는 지금도 전쟁은 지옥 중의 지옥이라 했다.

K 영감의 아버지는 일 년 내내 기름 묻은 작업복을 입었고, 어머니의 몸뻬바지에 어린것들이 매달렸다. 이승만이 어쩌고, 김일성이 저쩌고, 경무대에 누가 들어갔고, 장관이 누가 됐다 하는 것에는 아예 무관심이었다. 오직 가족들과 더운밥 먹으며 사는 것과 자식들 학교에 보낸다는 긍지로 희망을 찾았다.

K 영감은 진눈깨비 샛바람에 흩날리던 밤에 허옇게 뒤집어지는 파도 이빨 냄새가 싫었다. 그 냄새에는 가난과 고통이 있었기 때문이다. 책 몇 권을 넣은 보따리를 들고 그곳을 떠났다. 어찌 보면 떠났다기보다 탈출이었다.

민심은 전쟁 통에 무너지고 사회는 무덤같이 불안했다. 그래도 그가 청년이 됐을 때 조국의 산업화 정책에 힘입어 모두가 새로운 희망을 갖기 시작했다. K 영감도 서울에 있는 회사에 취직하고, 아담하고 착실한 아내를 만나 무에서 유를 찾는 국제시장 인생같이 열심히 살았다. 둘만 낳아 잘 키우자는 정부 지침에 호응했다. 아들딸 둘을 낳아 시집장가보내고 친손 외손을 보았다 K 영감은 지치지 않고 이렇게 살아온 것은 가난에서 얻은 힘이라 했다.

"가난은 힘들지만 지나고 보니 나쁜 것만은 아니여!"

하며, 계면쩍게 히쭉 웃는다. 그리고 그는 다시 말을 잇는다.

"그런데 말이여! 이제 자신을 돌이켜보면 앞만 보고 옆을 볼 겨를 없는 외눈박이로 산 것이여."

누구 하나 맘 주고 사는 사람이 하나도 없다는 거였다.

"아내, 자식 모두 내 것이 아니었어. 영원히 내 것이라 착각하며 살았어."

그는 외롭다고 했다.

K 영감의 가족 중 남자들은 단명했다. 할아버지는 쉰아홉 되던 해 천식으로, 아버지는 쉰아홉에 중풍으로. 형은 쉰아홉에 간암으로 세상을 떠났다. 모두 환갑을 못 넘기고 아홉수에 걸린 거다. 어머니

는 예순여섯에 뇌경색으로 하늘나라로 가셨다. 어머니의 죽음은 알고 보니 외로움이 원인이었다. 자식들이라고 키워 놓으니 모두 떠나고, 어머니 혼자 시골에서 살았단다. 그러고 나서 한참 있다가 입을 연다.

"난 말이야, 돌아가신 선친보다 장수하여 칠십 년을 넘게 살았으니 큰 복을 받은 거여~."라고 하며 히쭉 웃는다. 입담 좋게 얘기하던 K 영감은 이 대목부터 풀이 죽어갔다. 마치 마라톤 선수가 끝머리에 지친 표정처럼 눈에 초점이 흐려졌다.

"헌데 말이여. 신은 건강하고 행복하게 살아야 할 인간의 기본 권리에 인색하다는 거지."

어느 철학 구절처럼 말을 뱉는다. 그가 아침저녁 먹는 약이 한 움큼이란다. 혈압강하제, 콜레스테롤 억제제, 당뇨, 간장약, 관절염, 치은염 등에 병원에서 처방받은 약들이다. 거기에다 45년을 같이 살면서 가족과 아이들을 위해 먹을 것 입을 것 아끼던 억척같은 일흔네 살의 아내, 세월이 가면서 자식들에겐 녹록하고, 남편에겐 기세등등해지는 마누라. 핏덩이 손자 손녀를 받아 똥오줌 받아내며 힘들게 키우던 할머니, 한시라도 집안에 없으면 온 세상이 텅 빈 것 같은 철의 여인, 그녀도 이젠 온몸이 쑤시고 아프다며 몸져눕곤 한다. K 영감은 그런 아내를 두고 피도 살도 안 섞인 사람이 내 어머니를 닮았다고 한다. 그도 아침마다 먹는 약이 한 움큼이란다.

어른이 된 자식들도 그렇다. 품 안에 있을 때가 자식이지 키워 놓으면 저 혼자 큰 것처럼 멀어졌다.

뭐! 말이 잘 안 통한다나?

"빌어먹을 놈들…. 한국놈이 한국말을 못 알아들어? 귓구멍에 대못을 박았나."

솔직히 말하면 자신을 모르고 건방 떠는 자식 놈들이 달갑지 않다는 거다. 어떤 때는 저런 것들을 왜 낳고 힘들게 키웠을까! 하는 생각도 들었단다.

"하기야 나도 그랬으니까 할 말은 없지만 말이야. 그래도 가슴 깊은 곳엔 그들이 잘살기를 기원한다."라며 말끝을 흐렸다.

그는 때때로 체코의 유대인 지성 '카프카'의 수설 「변신」을 생각한다고 했다. 가족의 생계를 책임진 주인공 '그레고리 잠자'가 어느 날 발이 무수히 달린 벌레로 변해 버린다. 추한 모양새에다 경제력마저 없어진 '잠자'는 가족의 냉대 속에 죽어갔다. 그런데 '잠자'가 죽은 후 가족은 소풍을 하며 아무 일 없었다는 듯 다시 살 자리를 찾는다. 이것이 이 시대에 맞는 비유라는 것도 K 영감은 알고 있었다.

영감은 양띠가 된 것이 참 다행이라고 했다. 양의 성질이 온순하고 다른 동물과 싸우지 않는다. 착함(善), 아름다움(美), 상서로움(祥) 등이 양(羊)에서 비롯됐다. 그는 양을 닮은 삶을 살고 싶다고 했다. 요즘 정치하는 사람, 권력을 가진 사람, 많이 배운 사람, 많이 가진 사람들의 군림이 사람들을 편 가르고, 서로 싸우게 하고, 마음 슬프게 한다는 것도 잘 알고 있었다. 올해는 우리 모두가 남을 해치지 않는 양의 성품으로 살았으면 좋겠다고 한다. 그러나 양은 일단 성이 나면 참지 못하고 무서운 뿔로 상대를 들이받는 다혈질이기도 하다는 것을 강조하며 싱긋 웃는다. 그의 말에는 그에게 함부로 하지 말라는 최소한의 방어를 암시했다.

그는 이따금 타계하신 아버지, 어머니 얼굴이 떠오른다고 했다.

"아버지 어머니가 먼저 보낸 자식들의 이름을 알고 있듯, 나 같은 엉터리 자식 이름을 알고나 계실까?"

고개를 좌우로 두어 번 흔들더니 엄지와 검지를 눈시울에 갔다 댄다. 그리고 입속말로 중얼거렸다.

"난 잘못 살았어. 나만 생각하고 살았어."

그리고 하늘을 보았다.

나는 그런 그를 보고 있었다. 어쩜 K 영감은 나의 얘기를 하고 있는 것 같았다. 아니 우리 세대 모두의 얘기를 하고 있는 것이다. 그 후로 이따금 그를 생각한다. 종로 3가 허름한 소줏집에서 술잔을 기울이던 근사하고 순박한 K 영감을….

붓꽃

양주 관산리에 사는 여류 서예가 서경(瑞景) 내외가 그의 농가 마당에서 참숯에 구운 삼겹살에 소주 한잔 나누자는 기별을 인편으로 보내왔다. 격조했던 그들의 얼굴이 보고 싶기도 했고, 들녘 봄 향기를 맛보고 싶어 아내와 함께 그의 농가를 찾았던 것이 봄 볕이 도타운 5월 중순이었다. 샛노랗던 개나리는 그 빛이 바래지고 신록과 함께 하얀 아카시아꽃이 조향(早香)을 뿌리고 있었다. 그의 집 뒤뜰엔 가지가지 들꽃들이 봄바람에 살랑이고 있었는데, 그 가운데 이제 막 꽃망울을 터트리는 진남색 붓꽃 몇 송이가 눈에 들어왔다.

서울 같은 복잡한 도심에서는 흔히 볼 수 없는 꽃이라서 그런지 오랜만에 보는 꽃이다. 그도 그럴 것이 도시의 고층 아파트에는 장미나 라일락 같은 모양새 좋은 꽃만 심어 놓는 것이 상례이고, 단독 주택이라 해도 붓꽃같이 볼품없는 야생화는 탐탁지 않아 더욱 가까이하지 못한 것 같다.

좁고 긴 잎이 어찌 보면 난(蘭)과 식물 같기도 하고, 억센 잡초

같기도 하다. 추운 엄동에는 말라죽은 것 같지만 뿌리는 잔한(殘寒)
이 남은 이른 봄에 새싹을 올리는 생명력이 강한 들풀이다. 봄바람
이 겹겹이 쌓일 때, 진남색 꽃망울을 다소곳이 올리는 모습은 먹물
을 잔뜩 먹은 붓끝과 흡사해, 작은 글자를 쓴다든가, 위에서 내려긋
는 획을 마무리할 때 쏟는 선비의 정성이 담뿍 담겨 있는 듯하다, 꽃
잎이 부풀어 막 터트리려는 모습은 갓 시집온 새댁이 입은 얇은 남
치마에 바람을 안은 수줍음이 있고, 꽃잎이 활짝 피면 두 손으로 받
든 듯 성근 모시 무늬가 마치 실구름 타고 하늘로 올라가는 천사의
날개 같다. 내가 태어난 고향 언덕에도 이런 붓꽃이 많이 피었다. 자
갈 깔린 신작로 옆에도 피고, 노고지리 하늘 높이 지저귀는 들판에
도 피었다. 한 뼘이 넘을락 말락 한 볼품없는 이 꽃이 나에게는 아련
한 그리움과 사랑하는 얼굴들을 안겨 주는 정겨운 꽃이다.

　　한국전쟁이 휴전된 후 내가 열서너 살쯤 되었을 때다. 아버지가
경영하시던 정미소는 전쟁 통에 폭격으로 허물어졌다, 공출 방아 찧
었다 하여 '부르주아'로 점 찍혀 눈총받던 무법천지 시대는 지나갔
지만, 소작인을 두고 경작하던 하송리 상답(上畓)도 농지개혁법 발
동으로 소작인에게 넘어가 버렸다. 정미소집이라 불리던 부자 칭호
는 없어지고 그때부터 우리 가족은 전쟁이 준 어려움 속에 젖어 들
었다. 아버지는 가족의 생계를 위하여 고향인 작은 바다마을 구진
(龜津)을 떠나 수백 리 떨어진 강원도 어느 어항에 선적을 둔 어선 기
관장으로 취직되어 간 지 수개월이 지났다.

　　아버지의 객지 생활을 돕기 위해 나보다 열두 살 많은 누나와

나를 남겨 두고 어머니마저 그곳으로 떠났다. 이웃 동네 총각과 혼인한 누나는 일 년 동안 친정에 기거하는 그곳 풍습에 따라 나와 함께 있었다. 아버지, 어머니가 없는 우리 집은 늘 텅 빈 집이었다. 이런 집이 어린 나에게는 외롭고 무섭기도 했다. 금방 올 것이라 하고 떠난 어머니는 몇 달이 지나도 오지 않았다.

서녘 노을이 붉게 피던 따뜻한 봄날, 엄마가 보고파 훌쩍이는 내 손을 잡은 누나는 진남색 붓꽃이 여기저기 피어 있고 자갈 깔린 신작로가 보이는 언덕 풀밭에 앉았다.

"누부야(누나라는 경상도 사투리). 엄마가 왜 안 오노? 날 내 삐리고 죽어능긴가. 아이?" 하며 보채던 나에게 "엄마가 네 잘 묵는 꽈배기 많이 사가지고 올 끼다, 울지 마래이." 하며 보랏빛 붓꽃을 한 움큼 꺾어 쥐여주며, 눈물 흐른 내 뺨을 닦아주던 누나의 얼굴이 생각난다. 그땐 열두 살 많은 그의 가슴이 엄마의 그것같이 포근해 옷고름을 헤치고 파고들기도 했다. 그 후 일 년 남짓이 지났을까. 양친으로부터 나를 그곳 중학교에 보내야 하니 속히 오라는 기별이 왔다.

봄기운이 쏟아지던 이른 아침. 자갈길을 열두 시간 넘게 가야 하는 강원도 강릉행 버스에 올랐다. 누나는 붓꽃 한 움큼을 꺾어 주며 "야- 야. 울지 말고 잘 가래이… 누부야가 보고 싶거든 붓꽃 피는 곳에 가서 누부야 하고 크게 불러라~"

자주 옷고름 흩날리며 보이지 않을 때까지 손 흔들던 누나. 그녀의 후박한 얼굴엔 소리 없는 눈물이 연실 흐르고 있었다.

엄마 품 같은 내 고향, 쪽빛 물감을 들인 잔잔한 바다와 하얀 모래, 발을 핥던 얇은 파도. 그네 타던 내 누나의 치마폭을 파고들던 새하얀 봄바람. 하늘을 날던 갈매기 몇 마리, 은하수가 쏟아지는 밤하늘. 이런 것이 어우러진 그림 같은 작은 어촌. 아버지 어머니와 다섯 형제가 오순도순 살던 곳. 작은 우물에 늘 맑은 물이 넘치고, 창문 너머 푸른 바다가 넘실대는 크고 정든 우리 집. 발동기 소리를 탕탕 내며 흰쌀을 마구 토해내던 우리 정미소, 뒷산에 올라 참꽃을 꺾다 해를 넘기던 개구쟁이 친구들. 이런 것들을 뒤로하고 생소한 곳으로 달리는 버스는 뽀얀 먼지를 토해내며 점점 멀어져 갔다.

아버지, 어머니가 있는 곳에 도착한 때가 해가 서쪽 하늘에 뉘엿뉘엿 걸린 늦은 오후였다. 누나가 준 붓꽃을 꼭 쥔 채로 있었지만, 붓꽃은 이미 따가운 봄볕에 맥없이 시들어져 마치 울며 배웅하던 그의 얼굴 같았다. 그 후로 누나가 보고 싶고, 고향 바다가 그리우면 붓꽃이 피어 있는 들판으로 달려가곤 했다. 진남색 붓꽃을 보면 순박한 매무새를 한 내 누나의 웃는 얼굴, 그리고 나를 보낼 때 서글피 울던 얼굴이 번갈아 그 꽃 속에 담겨 있었다.

서경의 집에서 오는 길에 아직 피지 않은 붓꽃을 뿌리째 두어 삽을 떠서, 영산홍과 수국이 화려하게 피어 있는 우리 집 마당에 심었다. 심고 난 얼마 동안 시들시들해지는 꼴이 행여 잘못될까, 아침 저녁 문안하듯 흙을 돋우고 물을 뿌린 보람인지 진남색의 청초한 꽃을 대여섯 송이나 올렸다. 나는 그 꽃 속에 아롱진 얼굴들을 보기 위해 하루에도 몇 번씩 붓꽃 앞에 가는 것이 일과처럼 되었다.

그러던 어느 날. 바람에 살랑이는 붓꽃을 바라보고 있노라니, 이게 웬일이람! 삼십 년을 같이 살아온, 아니 사귀던 십여 년을 보태면 사십 년이 넘는 세월을 월급쟁이 박봉으로 집안 꾸리고 자식들 공부시킨 아내, 이따금 투박한 몸짓으로 토닥거리기도 하던 실주름 내린 아내의 얼굴이 꽃 속에 떠오르는 것이 아닌가!

"이젠 이놈이 나를 놀리는구나! 낭자 찌른 내 어머니의 자상한 얼굴괴 순박한 내 누나의 연지분 얼굴을 떠오르게 하더니, 이제는 아내의 얼굴을 떠오르게 한다. 그에게 하염없는 사랑을 주라는 것인가?"

이렇듯 붓꽃은 볼품없는 꽃이지만, 꽃 빛 같은 진한 사랑과 맑은 그리움을 깊이 전해주는 전령이 되어 누가 그립거나 사랑하고픈 얼굴이 보고플 때면 내 눈앞에 다가선다.

올해에도 추위가 덜 가신 이른 봄부터 살며시 흙을 열고 한 푼이나 드러낸 새잎을 본다. 머지않아 가녀린 꽃대를 올릴 것이고 또 얼마 후면 진남색의 수줍은 그를 만날 수 있을 것이다. 가슴에 서린 외로움이나, 정겨운 얼굴이 보고 싶을 때면, 더욱 가까이하고 싶은 꽃. 오늘도 붓꽃과의 만남을 기다리련다.

하늘바람

바람이 불었다. 하늘바람이다. 5월의 바람은 평소보다 거세게 불며 동해 잔물결 위에 은빛 거품을 그려냈다. 대관령의 말랭이를 넘어 푸른 하늘에 어스름한 주황빛이 잦아들더니 쪽빛 바다 위에 황금빛 비늘을 흩뿌렸다. 대문 옆에 우뚝 선 늙은 오동나무 가지에서 까치 두 마리가 꼬리를 흔든다. 그것들의 모습은 마치 사랑의 놀이를 연상시킨다. 봄의 숨결이 귓가에 자작거린다.

설영은 창포물이 서글서글 끓는 무쇠솥에서 놋대야로 옮겨 담으며, 실금을 타고 피어오르는 창포 향기를 깊이 들이마셨다. 그 향기는 완숙한 여인의 부드러운 향기와 같아 그녀의 허파를 가득 채웠다. 저고리를 벗은 열일곱 처녀의 가슴은 깊은 호흡과 함께 부드럽게 움직이며, 대관령 골짜기를 닮은 깊은 골이 가슴의 윤곽을 더욱 선명하게 만들었다.

설영은 숱이 많고 치렁치렁한 검은 머리를 똬리 틀 듯 꼬리부터 따끈히 데워진 창포물에 담근다. 물에 잠긴 머리가 마치 생명체가 미역 감듯 물 꼬리를 이리저리 남겼다. 한참을 물오리 자맥질하듯 감은 머릿결을 커다란 면 수건으로 대충 거두며, 수줍은 듯 가슴을 안고 일어섰다. 대관령 그림자가 어둠을 품으며, 검은 물결처럼 다가와 대지를 부드럽게 감싸 안았다. 사각(斜角)으로 열린 하늘에 5월 초승달이 새색시의 눈썹처럼 수줍게 걸려 있다. 비탈진 감자밭은 마치 무명천을 펼쳐놓은 듯, 희고 부드러운 감자꽃들이 칠성신의 춤사위같이 은은하게 떨렸다. 거울 앞에 앉아 머리를 빗던 설영은 윤기 흐르는 검은 머리칼을 집어 코에 가져갔다.

아, 이 비릿한 향기…

설영은 그 비릿함을 감추려는 듯 수줍은 향기에 코를 찡그리며, 혼잣말로 중얼거린다.

"그래! 내일이면 우진이에게 이 향내를 전할 거야. 대관령에서 내려오는 하늘바람 같은 나의 향을 말이야."

설영은 입속말로 중얼거리더니 두 팔로 가슴을 감싸 안았다.

오월의 영동은 점차 더위를 품기 시작한다. 전해지는 말에 의하면, 더위가 기승을 부리면 우주의 음양이 균형을 잃고 악귀들이 춤을 추며 병마가 돈다고 한다. 이 시기에 강릉 사람들은 집집마다 제호탕과 도행병, 앵두화채를 준비하고 준치국을 끓여 신에게 제사를 지내며 병마를 쫓았다. 제호탕은 궁중에서 즐겨 마시던 청량음료로, 오매와 사인, 백단향, 초과를 가루로 만들어 꿀에 섞고 끓인 후 차갑게 식혀 마셨다.

이 음료는 열병을 물리치는 효능이 있다고 전해왔다. 도행병은 복숭아와 살구를 으깨어 멥쌀가루와 찹쌀가루에 버무린 후 말려 가루로 만들어 꿀과 함께 대추, 밤, 잣, 후추, 계피로 고명을 올려 완자 모양의 단자를 만드는 강릉의 별미다. 이는 기력을 회복시키는 데 도움을 준다고 알려져 있다. 주인은 부채를 만들어 이웃과 하인들에게 나누어 주었는데, 부채는 더위를 식혀주는 바람을 일으키고, 줄타기하는 사람의 평형을 잡는 도구로도 사용되며 잡귀를 쫓는다고 했다. 여자들은 창포 우린 물로 머리를 감고 손톱에 붉은 봉숭아 물을 들여, 일 년 내내 머릿결이 곱고 피부가 맑게 유지되리라 믿었다.

영동 지방의 기후를 대변하는 말 중에 양강지풍, 통고지설(襄江之風, 通高之雪)이란 말이 있다. 양양 강릉에는 바람이 많고, 통천 고성에는 눈이 많다는 얘기다. 그것도 그럴 것이 강릉은 봄이 오는 길목에서 늦은 봄까지 서쪽 대륙에서 불어오는 건조한 바람이 령을 넘어 동해로 분다. 이 바람이 령을 넘으면서 압력이 높아져 때로는 아름드리나무를 뿌리째 뽑아내고, 초가지붕을 날려 버린다. 그러기에 이곳 초가지붕 이엉은 그물 엮듯이 엮어 맨다. 사람들은 이 바람을 두고 하늘바람이라 했다. 어떤 이는 바람이 불지 않을 날씨에도 귀신처럼 불쑥 바람이 분다는 뜻으로 귀신 바람이라고도 했다.

강릉 지방의 풍속은 하늘바람 속에서 자연과 더불어 사는 것을 배웠고, 삶의 지혜와 아름다움을 발견해 왔다. 젊어서 과부가 된 귀주할멈에게는 이 바람은 귀신 바람이었다. 멀쩡한 날씨에 바다로 나간 낭군이 갑자기 불어 온 바람 때문에 육지에 들어오지 못해 목숨을 잃었다. 낭군을 잃은 그녀는 봄이 되어 이 바람이 불 때마다 마른 하늘에 벼락을 치듯 온몸이 요동쳤고, 신들린 사람처럼 떨게 했다. 그래서 귀주할멈에게는 이 바람이 귀신 바람이었다.

입하(立夏), 소만(小滿)을 지나 음력 5월로 접어들면 태양의 열기가 하루가 달라지게 더해간다. 그중에도 5월 초닷새는 이곳의 대표적인 명절인 단오(端午)다. 단오는 일 년 중 가장 양기가 센 날이다. 양기를 냄새로 따지면 비린 거다. 비리다는 것은 순박한 거다. 그래서 여린 것이나 새것을 두고 비리다고 했다. 창포 우린 물비린내도 어찌 음기의 조화라 하며, 남자를 찾는 여인의 향기라 했다. 이 모두가 음향의 조화라고 이곳 사람들은 믿었다.

"김 이장 댁 청상과부 며느리 말이 시, 초승달이 뜬 봄날 밤에 행랑에 기거하는 젊은 머슴의 비린내를 따라 갔부렀데이. 젊은 것이 청상과부로 사는 것이 지옥이여. 잘 갔지 뭐유."

여름 저녁 툇마루에 앉은 할머니들의 우스개에 웃음이 돌며 지난 단오 명절 추억을 나누기도 했다.

강릉을 남북으로 가르는 남대천 둑에는 300살이 넘은 금강송이 있었다. 단옷날이면 이 소나무 가지에 그네가 메인다. 그넷줄은 동네 남정네들이 여인들을 위해 밤을 지새며 팔뚝만큼 굵게 꼰 세끼줄이다. 여인들은 그네를 타고 하늘을 날았다. 하늘을 날 때마다 차지도 않고 덥지도 않은 하늘바람이 통치마 속을 부풀게 했다. 송판으로 만든 널을 뛰기도 했다. 남정네들은 씨름판을 벌였고 남사당패가 사물을 치며 흥을 돋우었다. 이런 것들은 먼 옛날부터 내려오는 이곳의 전통적인 풍습이었다.

한해 전, 설영이 열일곱의 봄을 맞이하던 오월 초닷새, 수릿날이었다. 강릉 땅을 휘감는 남대천 제방에는 해마다 그네가 매어졌고, 여인들은 통치마를 펄럭이며 그네를 탔다. 설영은 이웃집 동갑내기 분이와 함께 그네를 타는 아낙들을 구경하러 남대천으로 나갔다. 그네 틀 위에서 남색 통치마를 입은 아낙들이 검은 머리에 자줏빛 댕기를 날리는 모습은 마치 속박을 벗어나 자유로운 하늘로 날아오르는 한 마리 학이었다. 옥죄인 삶으로부터의 탈출이자 자유였다. 그넷줄이 바람을 가르며 앞뒤로 흔들릴 때마다 환호성이 터져 나왔다. 설영도 그네를 타고 싶었다. 5월의 하늘바람이 되어 훠이훠이 푸른 하늘을 날고 싶었다. 백두대간에 갇힌 채, 예절이라는 굴레에 숨죽인 그녀는 가끔 경포 호수 위를 날고 있는 갈매기가 되고 싶었다.

그네에서 한참 떨어진 곳에 크고 흰 천막이 쳐져 있었다. 별신굿을 하는 굿당이었다. 설영은 자신도 모르게 굿당으로 발길을 옮겼다. 하얀 한지로 만든 삼각 모자에 흰 꽃을 단 고깔을 깊이 눌러쓰고 붉은색 목단이 그려진 큰 부채를 살랑살랑 흔들며 길게 내려진 옷고름을 검지로 살짝 들어 올린 무당이 하늘하늘 춤을 춘다.

"용왕님, 용왕님. 처자식 먹여 살리러 바다에 나간 남정네들을 늘 보살펴 주시고, 오징어 명태 꽁치를 만선 시켜 보내주시고…"

강릉은 동해를 끼고 있어 용왕님께 고기잡이 어부들의 안녕과

풍어를 비는 별신굿이 단오절의 히로인이다. 굿당에서 이어지는 징 소리 꽹과리 소리, 장구 소리, 북소리의 장단 고저가 마치 신과 교류하는 연결음 같았다.

설영은 꽹과리 치는 소년을 보고 있었다. 자신보다 한 두서너 살 위로 보이는 유난히 볼이 볼그레한 소년이었다.

"짜장 짜장~~ 짱 짱~~"

그가 내는 꽹과리 소리는 대관령 꼭대기를 단숨에 오르는 전율 이었다. 구름처럼 고비를 넘고 끊어질 듯 가련하게 깔리는 음률과 장단, 그것은 가슴 깊이 잠재된 엑소시스트였다. 거기에다 무언가 갈망하듯 내려감은 눈, 기름한 그의 턱에 박힌 콩알만 한 검은 점. 고개를 살래살래 흔드는 그는 분명 신과 대화하고 있는 신동이었다.

신과 인간, 그리고 사람과 사람의 만남, 설영은 가슴 깊이 묻어 있던 신명이 마치 새로운 생명의 탄생을 뿜어 대는 기(氣)가 되어 갓 태어난 병아리처럼 꿈틀거렸다. 그때 카랑카랑한 우진이의 목소리 가 꽹과리 소리와 함께 들려왔다. 우진이는 꽹과리 치는 소년의 이름이다.

"설영아! 저 산 너머 자유가 있는 땅으로 가자. 거기서 푸른 하늘을 맘껏 날 수 있는 날개를 달자." 하고 소리치고 있었다. 설영은 송정 앞바다에 소용돌이치는 푸른 파도에 빨려들어 허우적거리다 지쳐가는 사람마냥 우진이를 향한 연민이 스멀스멀 스며들어 온몸이 허물어지고 있었다. 그때부터 그녀의 맘속엔 우진이가 떠나지 않았다.

해가 질 무렵 단오 행사가 끝났다. 굿패들이 짐을 꾸려 떠날 때도 설령은 우진이의 뒷모습을 노란 제방 둑 멀리서 보고 있었다. 실은 우진이라는 이름도 실재 이름이 아니다. 설영이 그렇게 부르고 싶어 붙인 이름이다.

　"우진아~! 내년 단오에 다시 만나자. 그리고 우린 그 누구와도 다른 한줄기의 강물을 만들자." 하고 입속으로 중얼거렸다.

　서녘으로 넘어가던 대관령 말랭이에 걸린 봄 하늘, 나른한 주황빛 노을과 함께 막 강릉역을 출발하는 기차의 기적소리가 길고 먼 여운을 남기며 그를 배웅하고 있었다. 내년 단오 때 다시 볼 것을 기약이나 하듯이…

　설영의 집안은 아버지 3대조부터 강릉에 살았다. 아버지도 도회지에 나가 공부하여 춘천에 있는 도청 공무원으로 근무했다. 할아버지가 돌아가시고 나서 아버지는 낙향하여 고향인 강릉에 눌러앉았다. 설영은 사대부 집안은 아니었지만 정직한 농가에서 부모님의 엄한 규범 속에 자란 처녀였다. 그 탓으로 어딘지는 모르지만 또래 아이들보다 여자답게 얌전히 성장했다. 그의 맘속에는 막연하나마 도덕이라는 굴레가 늘 자리 잡고 있었다. 그런 설영에게 우진이는 처음 그려지는 남자였다.

　그로부터 한 해가 지난 오늘, 우진이가 오는 단옷날, 설영이 창포물에 머리 감고 자주 댕기 곱게 매고 남색 치마 흰 저고리를 입었다. 열일곱 처녀의 터질 것 같은 아름다움을 안고 굿당으로 나갔다. 우진이를 보기 위해서였다.

'우진이가 왔을까!'

설영은 내심 우진의 이름을 되뇌며 그의 얼굴에 박힌 검은 점을 떠올렸다. 굿당에는 흰 고깔모자를 깊이 눌러쓴 무당이 장구 소리에 맞춰 사뿐사뿐 버선발을 옮기며 손부채를 활짝 폈다 쥐었다 춤을 추고 있었다. 설영은 굿당에 도착하자마자 꽹과리를 치는 사람에게 시선을 고정했다. 고개를 살래살래 흔들며 꽹과리를 치는 그의 모습이 설영에게 화살처럼 날카롭게 다가왔다.

설영의 가슴은 콩닥거리고, 숨이 차올랐다. 한쪽으로 돌아선 얼굴이 다시 보였다. 그의 뺨에 검은 점을 찾았다. 보이지 않았다. 그는 분명 우진이가 아니었다. 설영은 허탈감에 그만 자리에 주저앉고 말았다. 1년 동안 우진이가 올 오늘을 기다렸는데…

'우진! 왜 안 온 거야, 어디에 있는 거야?'

가슴 속 흐느낌이 천천히 스며들었다. 설영의 귀엔 여전히 우진이 치던 꽹과리 소리가 울리고 있었다.

굿패거리가 남대천을 넘어 떠난 후, 네 번의 해가 바뀌었다. 설영이 스물두 살 어엿한 처녀였다. 그해 가을, 맑은 날이었다. 강릉에서 북으로 50리 떨어진 주문진읍 교향리 조씨 댁 장남 귀동이와 혼례를 올렸다. 귀동이는 설영보다 세 살 많은 총명한 총각이었다. 시댁인 조씨네 어른들과 설영의 부모님은 오래전부터 왕래가 있었지만, 전통에 따라 민구 어르신이 중매를 서 주셨다.

귀동이는 강릉에서 고등학교를 졸업하고 공무원 시험에 합격하여 주문진 읍사무소에 근무 중이었다. 훤칠한 키와 시골 청년답지 않은 하얀 피부, 굵고 진한 눈썹 그리고 낙타 눈처럼 크고 둥근 눈을 가진 그는 요즘 말로 '꽃미남'이었다. 다만 걸음을 걸을 때면 오른손으로 오른쪽 윗배를 감싸는 습관이 있었다.

귀동이와 설영은 혼인 후에도 아이가 생기지 않아 애태웠으나, 3년이 지나서야 아들 보성이를 낳았다. 보성이란 이름은 할아버지가 지어주셨다. '지킬 보(保)'와 '성인 성(聖)'으로 하늘이 준 성인이 되라는 뜻이었다. 귀동이는 집안의 맏아들이자, 아래로는 누이동생 둘이 있었지만 사실상 외아들처럼 자랐다. 시부모님께서는 손주를 기다리셨고, 설영 역시 아이를 가지기 위해 여러 노력을 기울였다. 남편 몰래 병원에서 검사를 받아 보았으나 아무 이상이 없었다. 귀동이도 검진을 받았지만 건강한 남성에 비해 정자 수가 다소 적었지만 아이를 가질 수 없는 정도는 아니었다.

그렇게 오랜 기다림 끝에 얻은 보성이는 주위 사람들로부터 귀여움을 독차지했다. 동그란 눈과 새까만 눈썹은 귀동이를 닮았고, 통통하고 하얀 얼굴은 설영이를 닮았다. 보성이가 깡충깡충 뛰며 "할비, 할미, 아빠, 엄마"를 부를 때마다 온 식구가 귀엽다며 야단법석을 떨었다. 특히 할아버지와 할머니는 보성이를 안고 놓지 않으셨다.

보성이가 초등학교 1학년이 되는 해였다. 그즈음 귀동이는 감기처럼 미열이 오르고 나른한 증상이 계속되어 이따금 동네 병원을 찾곤 했다. 그러던 어느 날 낮, 설영이 집안일을 마치고 툇마루에 앉아 있을 때 읍사무소에서 전화가 걸려 왔다. 귀동이와 함께 근무하는 김 계장이었다. 약간은 다급한 목소리로 귀동이가 근무 중에 쓰러졌다고 한다. 급히 강릉의 큰 병원에 입원하여 검진한 결과 간에 이상이 의심된다는 진단을 받았고, 서울의 큰 병원으로 가야 한다고 권유받았다. 귀동이는 이후 서울 S 대학병원에서 간암 판정을 받고 입원 치료를 받았으나, 6개월을 채 넘기지 못하고 젊은 나이에 허무하게 세상을 떠났다.

설영의 나이 서른하나. 그 나이에 혼자 살기엔 지옥 같은 날들이었다. 외로움이 밀려오면 보성이를 서방처럼 안았고, 아들처럼 사랑하며 살아갔다. 5월 단옷날이 되면 보성이와 함께 남대천에서 열리는 단오 축제를 구경하러 가곤 했다. 실은 그녀는 매년 단옷날 남대천에 차려진 굿당을 찾았다. 혹시라도 우진이가 왔을까 하는 연민 때문이었다. 귀동이가 세상을 떠난 지 4년이 지났다. 설영의 나이 서른다섯, 5월 초나흗날 저녁, 설영은 창포 우린 물에 젖은 흰머리가 섞인 머리채를 잡고 향을 맡아 본다. 18년 년 전의 우진이를 생각했다. 그의 흰 피부, 턱밑에 박힌 콩알만 한 검은 점, 그리고 신과 내통하듯 울리던 꽹과리 소리를 떠올렸다. 멀리 대관령 꼭대기에는 그때

처럼 수줍게 웃는 초승달이 웃고 있었다.

단옷날 한낮, 남대천 행사장은 많은 구경 인파로 장날처럼 북적였다. 그네를 타고 오르는 아낙들은 긴 머리에 붉은 댕기를 팔락이며 학이 날아오르듯 하늘을 오르락내리락할 때마다 통치마가 부풀고 옷고름이 나부꼈다. 여인들은 마치 감옥에 갇혀 있다 풀려난 죄수처럼 몸과 마음이 자유로웠다. 설영은 감자꽃을 연상케 하는 흰 블라우스에 남색 치마를 입었다. 열일곱 꽃다운 젊음을 다시 찾으려는지, 마음마저 산뜻했다.

그러나 어딘가 모를 마음 한구석에는 우진이의 영상이 웅크리고 있었다. 설영은 굿당을 찾았다. 굿당은 예전보다 두 배나 크게 만들어져 있었다.

설영은 우선 꽹과리를 치는 사람에게 시선을 멈췄다. 옥색 고름을 길게 단 흰 두루마기를 입고 단정히 앉아 꽹과리를 두드리는 사람의 머리엔 희끗희끗한 흰 머리가 반짝였다. 그는 고개를 살래살래 흔들며 여리게, 세게, 빠르게, 느리게 소리를 만들어 냈다. 그의 꽹과리 소리는 오래전 우진이의 소리를 영락없이 닮았다. 아니, 그때보다 더 세련되고 고고한 소리였다. 그러나 꽹과리 치는 사람은 설영이 그리던 미소년 우진이가 아니었다.

'우진이는 없구나!'

설영의 가슴에 깊은 구멍이 뚫리기 시작했다. 실낱같은 미련을 붙들고 있었지만, 이제는 놓아야 할 때가 왔다. 우진이를 향한 연민과 젊음이 남긴 아름다운 꿈을 이젠 버려야 한다고 마음먹었다. 그토록 오래 참아왔던 기다림과 안타까움이 한꺼번에 무너져 전신을 엄습했다. 힘없이 고개를 떨구고 돌아서려는 찰나, 설영의 눈에 전광석화처럼 번뜩이는 무언가가 보였다. 고개를 살래살래 흔들며 꽹과리를 치는 백발의 남자, 그의 뺨에 콩알만 한 검은 점이 또렷이 보였다. 설영의 가슴은 출렁이며 맥박이 뛰기 시작했다. 눈에는 눈물이 맺혔고, 주먹에 힘이 들어갔다. 그 순간, 뚜우~ 하고 강릉역을 출발하는 기차의 기적 소리가 길게 하늘을 가르며 울려 퍼졌다. 그리고 하늘바람이 불었다.

20년 애마愛馬를 보내며

　　이 세상에 사는 생명체 중 발로 걷는 동물이 많다. 개나 말같이 네 발로 걷는 것도 있고, 닭이나 타조처럼 두 발로 걷는 것도 있다. 덩치가 큰 동물들은 네발로 걷고, 두 발로 걷는 것들은 날짐승이다. 그런데 사람은 날개가 없으면서 두 발로 그것도 직립 보행을 한다. 인류학자들은 만물의 영장인 호모 사피엔스도 네 발로 걷다가 두 발로 진화했다고 한다. 그러고 보면 몸이 무거운 동물치고 두 발로 직립보행하는 생명체는 사람 이외는 없다.

　　어느 날, 유치원에 다니는 손자 놈이 할비 앞에 앉아 수수께끼를 낸다면서 "할아버지! 처음에는 네 발로 걷다가, 크면 두 발로 걷고, 두 발로 걷다가 세 발로 걷는 것이 뭐게?" 하고 묻는다.

　　할비는 귀찮기도 하고 얼른 떠오르지도 않아

　　"잘 모르겠다."라고 대답했더니 이놈이 입을 삐죽거리며

　　"할아버지는 그것도 몰라요? 사람이지요. 사람…"이라고 핀잔 조로 내뱉는다.

손주 놈의 말로는 엄마 배에서 아기가 태어나서 네발로 기어다니다가, 크면 두 발로 걸어 다니고, 늙어지면 지팡이를 짚고 다닌다고 해서 나온 거란다. 지팡이도 한 발로 친 거다.

인류는 문명이 발달함에 따라 걸어 다니는 것을 불편해했다. 멀리 가거나 바쁜 일이 생기면 말이나 낙타 같은 동물을 이용했다. 그러다가 더 편하고 빠른 것을 연구한 것이 자동차다. 지금이야 인공위성을 타고 달은 물론 화성까지 우주여행을 한다고 하지만, 자동차가 처음 세상에 나왔을 때는 이것이야말로 획기적인 교통수단이었다. 지금은 자동차가 없으면 아무것도 못 할 정도로 우리 생활에 필수적인 존재가 됐다. 반면에 태어날 때부터 부여된 걷는 기능이 쇠퇴해 가는 부작용도 있다.

내 경우만 하더라도 그렇다, 유소년 시절, 자동차라는 물건은 보기조차 수월치 않았다. 거기에다 시골서 자랐기에 더했다. 어쩌다 동네에 자동차가 나타나면 그 뒤를 매연을 마시면서 따라다녔다. 학교에 간다든가 이웃 동네에 심부름 간다 해도 걸어서 가는 것 이외는 다른 방도가 없었다. 여섯 살짜리 초등학교 때부터 왕복 20여 리를 걸어 다녔고, 30여 리 되는 친척 집에 심부름 갈 때도 으레 걸었다. 몇백 미터만 떨어져도 자동차를 타려 하는 요즘 아이들과 비교하면 훨씬 많이 걸었다. 그렇게 다져진 내 다리의 근육은 군에 입대하면서 그 진가를 발휘했다. 매일 하는 제식훈련이나 행군을 하는데도 한 번도 낙오한 일이 없었고, 20km 야간 행군 대열에서 내 다리의 건강을 자랑하기도 했다.

첫 직장을 잡은 것도 자동차 제조 판매 회사였다. 월남 전쟁이 한창일 무렵 자동차는 우리 사회에서 귀한 재산이었다. 지금 생각하면 아주 볼품없는 자동차지만 대문 앞에 차를 세워두면 그 집 자가용 굴리며 산다고 부러워했다. 난 자동차 회사에 근무한 덕택으로 젊은 나이에 승용차를 가질 수 있는 행운이 있었다. 그 첫차가 근무한 회사에서 생산되는 승용차 1,000cc '브리사'였다.

그 후로 새로운 차종이 생산될 때마다 내 격에 맞는 차로 바꾸었는데 재직 30여 년 동안 일곱 번을 갈아탔다. 그것들 중 맨 마지막 차가 포텐샤 2,000cc였는데 재직회사에서 임원으로 승진하고 일선 판매 책임자로 발령을 받았을 때 지급된 차였다. 그때만 해도 그 차가 국산 자동차로는 꽤 고급차였다. 그 차를 타고 자사 제품인 자동차를 팔기 위해 꽤나 많이 돌아다녔다.

사람들은 흔히 정(情)이라 하면 인간과 인간에게 주어지는 감성으로만 여긴다. 그러나 꼭 그런 것은 아니다. 사람과 짐승, 사람과 나무, 사람과 돌, 생물 무생물 할 것 없이 정이 생긴다. 포텐샤 차는 내가 사원으로 입사해 임원으로 승진했을 때 배당된 차라는 의미에서 뿌듯한 정이 든 것이다. 퇴직 시에도 장부가격을 주고 인수해 아직도 쓰고 있는 차량번호 48라 9973, 1996년식 23만km 주행, 나와 20년을 같이한 나의 애마(愛馬)다.

지금도 먼 길을 오고 갈 때면 어쩔 수 없이 자동차를 이용한다. 걷는 일보다 타는 일이 수월하고 편에서다. 하지만 행동반경은 넓어졌지만 내 다리도 땅을 딛고 걸을 때의 그 든든함과 중심 잡힘이 소멸되는 느낌이 들 때도 있다. 내가 아는 의사는 "건강을 지키려면 차를 없애고 많이 걸어라. 걷는 것이 신체의 모든 부분을 조율시키고 우리 몸의 면역력을 증강시킨다. 특히 나이 들어서는 다리가 튼실해야 몸을 지탱하는 힘이 생겨 낙상을 방지한다." 하며 다리를 허약하게 만드는 원흉이 자동차라 했다. 그런 얘기를 들을 때마다. 나와 애마와의 20년 세월을 같이한 충복 사이를 이간질하는 것 같았다.

나의 애마도 이젠 나이가 들어 고장이 빈번하다. 또 고장이 나면 소소한 고장이 아니라 기능성 부품을 통째로 교환해야 하는 제법 큰 고장이다. 정비하는 데 들어가는 비용도 만만치 않았다. 어느 날인가 가족을 태우고 소풍을 다녀오다 중간에서 퍼져 낭패를 당한 일도 있다. 자동차의 두뇌 역할을 하는 전자 제어장치 고장이었다. 부품대와 수리 비용도 많이 들고, 모처럼 가족과 여행은 고생길이 되었다.

정비소에서는 이 고물차에 큰돈을 들여 고치지 말고, 새로 나온 작은 차로 개비 권유를 받은 적이 한두 번이 아니다. 그때마다 고개를 흔들었다. 비록 사람과 사람 사이는 아니지만, 쇠로 만든 나의 애마와의 때 놓기 싫은 정 때문이었다. 불교에서 말하는 중생의 연이 꼭 사람과 사람 사이만은 아니지 않은가.

그런데 그와의 끈을 끊어야 할 일이 생겼다. 퇴직 후 2선으로 물러난 지가 오래되었기에 경제적인 절약을 위해서 내 주위부터 절감하려고 맘먹었다. 소위 자신의 구조조정을 하자는 거였다. 그 1순위가 애마에 찍혔다. 그것도 그럴 것이 1년에 1,000km도 뛰지 않고 차고에 박혀 있는 데다가, 보험료, 자동차세, 기름값, 정비 경비, 주차비 등 그 외 경비가 년에 최소 250만 원이 넘게 든다. 한 달에 20만 원꼴 지출이 부담스러웠다. 그리고 건강을 위해 걷기 운동을 하기로 맘먹었다. 마침 내가 사는 곳에 개천가에 한강까지 도보 길을 만들어 놓아 맘먹고 걸어 볼 생각도 있었다. 오늘 아침에도 왕복 30리꼴인 한강까지 걸었다. 걷고 나면 몸이 가볍고 식욕도 생긴다. 폐차장에 연락 애마 처리를 의뢰했더니 3일 후에 가지러 온다고 한다. 애마와 이별을 맘먹고 있으니 자꾸만 그가 생각난다. 솔직히 말해 건강을 지키려고 정든 애마를 보낸다는 것은 위선 섞인 자위였다.

　한 15년 전의 일이다. 내가 살던 묵은 집을 헐고 그 자리에 새집을 지었다. 구옥을 철거할 때 우직스러운 포클레인 이빨이 용마루를 찍어 내리는 것을 보고 눈물을 펑펑 쏟으며 울었다. 시골에서 서울에 와 결혼하고 처음으로 장만한 집이었고, 추운 겨울날, 내 가족에게 바람을 막아주고, 우리 아이들이 이 집에서 자라며 공부하던 곳, 어머니가 이 집에서 돌아가신 곳 등의 나의 역사를 간직한 집이 우직한 포클레인 이빨에 허물어지는 것이 꼭 내 육신이 찍혀 넘어가는 것 같았다.
　애마도 마찬가지다. 직장에서 활기차게 일을 할 때 오랫동안 그와의 잠긴 역사가 있다. 그 속엔 희망이 있었고, 좌절과 인내가 있었다. 실적이 오르지 않아 괴로운 날은 차 안에서 밤을 새우며 고민하기도 했고, 경쟁사를 제치고 큰 거래처와 자동차 판매 계약을 성사시켰을 땐 차내에서 손을 들고 환호성을 지르기도 했다. 이런 미운 정 고운 정이 엉킨 추억이 나와 애마 사이에 깊은 관계를 설정시켰다.

오늘 아침엔 일부러 차를 타고 서오릉 부근에 있는 화원에 다녀왔다. 옥상에 심을 배추 모종 몇 포기와 진딧물 약을 사기 위해서였다. 당장 필요한 것은 아니었지만 애마와 헤어지기 전에 한 번이라도 더 타보고 싶은 애절한 핑계였다. 일을 마치고 차고에 들어왔는데 며칠 안 있으면 늘 버티고 있던 곳에 주인 없어 텅 빈 자리를 생각하니 벌써부터 마음이 허전하고 아프다. 훗날 그 자리에 모양새 좋고 성능 좋은 자동차가 앉아 있다 해도 그것에는 나와의 속깊은 정이 없지 않은가.

미국의 자연주의 철학자 헨리 데이비드 소로우는 그의 일기에서 "확신하거니와 내가 동반자를 찾는다면 나는 자연과 하나가 되어 교감하는 어떤 내밀함을 포기하는 것이 된다. 무엇과 인연을 가지려 하는 것은 자연을 멀리함을 뜻한다."라고 했다. 그의 말대로 사람은 본질적으로 혼자일 수밖에 없는 존재라면, 나는 이럴 때 소로우의 말을 거부한다. 그와 같이 이성이 깊지 않고 분별력이 냉철하지 않아서다. 그러기에 20년을 같이 지낸 나의 애마와의 이별에 애잔한 미련을 갖는 거다.

아버지란 이름의 전차

    그놈 힘센 놈이여! 그놈 별 힘 없어!

    강자! 약자! 고희를 넘도록 살면서 귓구멍이 아프도록 들어온 말이다. 이런 말을 들을 때마다 언뜻 생각나는 것이 있다. 하나는 그리스 신화 속의 인물인 헤라클레스다. 그는 카이론산(山)의 사자를 퇴치하고 12 공업을 쌓은 강자다. 또 하나는 이씨 조선 다섯 번째 왕 문종이다. 천상부터 나약하여 형인 수양대군에게 밀려 끝내는 왕의 자리까지 내놓은 약자다. 강자, 약자 편 가르는 것 같지만, 이 세상에 발을 디딘 사람은 태어날 때부터 강골로 태어나 군림하며 사는 사람이 있다. 반대로 선천적으로 쇠약해 빌빌대다 일생을 마치는 사람도 많다. 여기에서 강자와 약자의 구분은 주로 몸의 힘 즉 완력으로 정해진다.

    힘의 강약은 완력만 가지고 호락호락하게 정의할 수는 없다. 더구나 자본주의 사회는 돈이나, 권력의 힘이 완력보다 훨씬 강하게 작용한다.

"아는 것이 힘이다."라고 말한 17세기 영국의 철학자 프랜시스 베이컨은 "지식이나 지성의 시대에 이것이 권력과 돈 못지않은 힘을 지니고 있다."라고 했다. 완력이 아닌 정신력도 돈과 권력을 능가하는 막강한 힘이라는 거다. 근세에 와서 배웠다는 힘, 달변의 힘, 사기 협잡의 힘, 총 칼의 힘, 사랑의 힘 등 분야마다 다양한 힘이 존재한다.

힘에는 정의로운 질서가 있어야 한다. 만약 이 질서가 파괴되면 자신은 물론 가정, 사회, 나아가서는 국가까지 나락으로 떨어진다.

대학에 '수신제기치국평천하(修身齊家治國平天下)'란 말이 있다.

먼저 자기를 바르게 가다듬은 후, 가정을 돌보고, 그 후 나라를 다스리며, 천하를 경영해야 한다는 의미다. 여기에 기본적인 질서는 수신제가이다. 한 가정의 가장인 아버지의 건강(완력)과 가족을 위한 정신적인 힘(사랑)을 존경하고, 또 그것을 정점으로 한 질서가 가정 화평에 중추적인 역할이 되어야 한다. 그리고 나서 어머니의 힘(사랑)이 뒤를 받쳐 가정의 힘으로 나타나는 것이 질서다. 그렇다면 아버지와 어머니의 힘을 어떻게 구분할 것인가? 하는 것이 문제로 떠오른다. 물리적으로 양쪽 힘의 양을 구분할 수는 있어도, 학술적 이분법으로 구분키는 그리 쉽지는 않다.

어릴 적에 아버지에게 들은 이야기를 떠올린다.

어느 몹시 추운 겨울밤이었다. 사방은 어두운데 중천에 뜬 반달이 얼음 같았다. 잎 떨어진 나뭇가지 사이로 바람 소리가 바늘쌈처럼 까칠했다. 작은 초가에 약간은 비틀린 문 문풍지가 윙윙 소리를 낸다. 방안에는 엄마와 아이 셋이 있다. 조금 전에 밀어 넣은 솔가지 군불 때문에 방바닥이 따끈해 왔다. 그러나 외풍 때문에 방안은 냉기가 돌았다.

어머니는 막내를 품으며 검은 이불을 머리까지 덮어 준다. 다른 아이들은 엄마의 다리 한 쪽씩을 잡고 이불 속에 들어 있다. 아이들은 따뜻한 이불 속에서 잠이 든다. 추운 날 아이들을 따뜻하게 잠재우는 것은 이불이었다. 어머니는 이불과 같은 존재였다. 어머니가 아니면 감히 누구도 흉내 낼 수 없는 어머니의 힘이었다.

폭풍과 함께 비가 몹시 내리는 여름날이었다. 비는 끝내 집과 아름드리나무를 휩쓸었다. 이곳저곳에서 물난리가 나고 집이 무너졌다. 논과 밭이 없어졌다. 집이 쓰러진 사람들은 딴 곳으로 피난을 갔다. 그런데 이게 웬일인가! 그 난리 통에도 집 모퉁이 하나 다치지 않은 집이 있다. 그 집 뒤에 있는 나지막한 산(山) 때문이었다. 평소에는 별로 느끼지 못했으나 폭풍과 홍수가 있을 때, 바람을 막아주고, 물길을 돌려 수해 방지 역할을 한다. 이런 뒷산이 아버지의 존재다. 결과적으로 아버지는 평소에는 느끼지 못하지만 큰 위기가 닥쳤을 때 집과 가족을 지켜주는 산과 같은 존재다.

미국 작가 아서 밀러(Arthur Miller, 1975~2005)의 『세일즈맨의 죽음(Death salesman, 1949)』을 글방 책꽂이에서 꺼냈다. 주인공 윌리로우맨은 세일즈맨이다. 동료에 비해 나이는 들었지만, 열심히 하면 언젠가는 성공할 것이라는 희망을 안고 일했다. 자그마한 자기 사업을 해 가족과 같이 행복하게 살 것이라는 꿈도 꾼다. 그러나 시간은 자꾸만 그를 빗나갔고, 세일즈 성과급도 줄어들었다. 고객들은 나이든 그를 좋아하지 않았다. 그럴수록 더 열심히 해 만회하려 했지만, 그의 몸과 맘의 무게만 더 해져 갔다. 결국 회사에서 일방적으로 해고를 당한다. 믿었든 두 아들도 무능한 아버지에게 반항하기 시작한다. 배반감, 슬픔, 피로 그리고 깨어진 꿈에 대한 절망감이 그를 거의 정신착란으로 몰고 간다. 그럴 때마다 끝까지 깊은 연민과 이해로 남편을 시키러는 그의 아내 '린다'는 "너희 아버지가 대단히 훌륭한 사람이란 건 아니야. 큰돈을 번 일도 없고, 신문에 이름이 난 적도 없어. 하지만 네 아버지도 다른 사람들과 같은 인간이야. 소중히 대해 드려야 해. 늙은 개처럼 객사시켜서는 안 돼."

그러나 결국 아들에게 보험금이라도 남기기 위해 자동차를 폭주해 자살한다. 그의 죽음으로 수령된 보험금은 겨우 집의 마지막 월부금을 낼 수 있을 만한 액수다. 우리네 아버지는 아버지란 이름으로 가족의 생계라는 무거운 짐을 싣고 열심히 달려가는 전차였다. 더럽지만 굽실거리고, 헐한 술 한 잔에 취해 허공을 향해 소리 질러 보든 위선. 그러나 결국은 과외 인생이 된 위상이 돈의 힘으로 평가되는 오늘의 우리 사회가 아닌가?

'돈 있는 아버지는 힘 있는 아버지, 돈 없는 아버지는 힘없는 사람'이라는 등식이 통용되는 이 시대의 아버지… 몰골을 하면서도 아내 '린다'와 같은 역무원의 깃발을 기다리는 아버지란 이름의 전차. 아무리 어려운 일이 있어도 가족들이 지켜주는 아버지의 위상을 먹고 살아왔고, 앞으로도 그렇게 살아간다. 그런 그들도 행복할 권리가 있지 않은가.

혹한의 겨울이 지나가고 이젠 제법 봄볕이 도탑다. 파고다 공원을 표정 없이 배회하는 아버지들을 본다. 지난 젊은 시절 가족을 위해, 사회를 위해. 월남 전쟁에서, 열사의 땅 중동에서 조국의 달을 보며 〈고향 생각〉을 불렀다. 배경은 다르지만, 자식에게 무감각한 소모품으로 취급되는 현시대 소시민적 아버지들의 삶은 우리 모든 평범한 아버지에게 공감되는 이야기다.

어느 신문이었던가, TV였던가?

보험금을 타내려고 남편을 청부 살해한 부인, 아들이 아버지를 죽이고, 부모가 자식을 굶기고 때려죽이고, 어머니와 딸이 합작하여 은퇴해 돈벌이 못 하는 아버지 괄시하는 사회, 세상 살아가는 모든 생명 중 일부인 그들에게 언제부터인가. 자식들은 뒷산 같았던 아버지는 배척하고, 이불 같은 어머니를 멀리한다. 이 모두가 힘의 질서가 파괴된 결과다. 홍수를 지키던 뒷산과 같은 아버지라는 이름의 전차는 힘없이 뒷모습만 남긴 채 어디론가 떠난다.

동백 시인 그리고 라트라비아타

옥탑 글방에 동백이 피었다. 검은 플라스틱 원통 화분에 심어진 동백나무에서다. 지난겨울 추위에 얼어 죽을까 볕이 잘 드는 옥탑 글방 창가에 들여놓았더니, 이젠 하얀 솜털을 잔뜩 붙인 겉잎 속에 핏빛 속살을 뾰족이 내민 꽃망울도 여럿이다. 잘 익은 살굿빛에다 반 푼이나 열린 꽃송이도 있다. 노란 금가루를 흠뻑 묻힌 초롱초롱한 꽃술을 올린 만개한 놈도 있어 그 꽃송이가 무려 스무 개가 넘는다.

한 시오 년이 지났을까? 아내가 어린 동백 묘목 하나를 시동생이 주었다고 화분에 심었다. 화분이래야 높이가 한 뼘 반, 폭은 겨우 한 뼘이 남짓한 작은 플라스틱 원통 화분이었다. 처음 심을 때는 나무에 비해 화분이 좀 큰 듯했는데, 그리 무심히 한 3년쯤 지나기를 어느 추위가 덜 가신 날, 선홍빛 꽃을 서너 송이나 올렸다. 화분에 심어진 동백으로는 처음 피운 꽃이라 생경하기도 했지만, 꽃빛이 너무 맑고 강렬해 눈시울에 미전 흐르듯 전율마저 일었다.

세월이 한두 해 지나면서 동백도 자랐다. 자란 만큼 꽃도 피었다. 피는 만큼 지기도 했다. 그런데 그 꽃이 질 때는 여느 꽃과 달리 싱싱한 꽃봉오리가 목이 부러지듯 떨어졌다. 처음에는 뉘가 꽃 멱을 땄는가. 싶기도 하고, 새나 벌레들이 쪼고 갉았는가 싶어 이리저리 살펴봤으나 그런 흔적은 없었다. 어떤 사연으로 꽃송이 전체가 떨어진 것일까? 참 이상해라. 전문가에게 물어보았더니 동백의 천성이 그렇다고 한다. 싱싱하게 낙화 된 꽃이 가엽고 불쌍했다. 꽃 빛에의 집착과 미련 없는 소진을 한꺼번에 아우르는 어느 여인의 슬픈 사랑 같아 애처롭기까지 했다. 그로부터 자주 동백 화분을 찾았다.

지난해 잔한(殘寒) 남은 이른 봄 어느 햇귀 좋은 날, 큰 화분으로 분갈이해 주어야겠다고 맘먹었다. 그런데 막상 손을 대려니 화분에 넣을 흙을 5층 옥상까지 올려야 했고, 행여 섣불리 갈아주다 잘못되면 어쩌나! 하는 기우도 있어, 차일피일 미루다 여태 그대로다. 꽃을 보는 것만 좋아했지, 척박한 화분 속 동백의 삶에는 모질었던 거다. 이젠 주지(主枝)가 장정 한 뼘으로 감기에는 빡빡하다. 거기에다 엄지손가락같이 실한 간지(幹枝) 서너 개가 뻗어 올랐다.

키도 많이 컸다. 어느 날 키가 1m 30cm라고 출랑대는 초등학교 2학년인 손녀가 동백 옆에 섰다. 그의 키와 동백이 대충 버금가는 것을 봤기에 동백의 키도 어림잡아 그러리라 생각했다. 그것뿐이랴? 지난여름 세지(細枝)에 피어난 잎이 무성했다. 하지만 토질이 좋고, 넓은 땅에서 자유롭게 자랐다면 잎은 어른 손바닥만 하고, 주지,

제2부 하늘바람   183

간지도 초가 서까래같이 굵었겠고, 키도 엄청나게 컸으리라. 몸에 비해 작은 화분이 족쇄였다. 그래도 모진 날 견디며 날 추운 겨울 선홍빛 고운 꽃을 바리바리 피웠다. 그것도 겨울나기가 힘든 내 감성을 홀가분하게 달래주고 있는 것이 고맙기도 하다. 빛 중에 선홍은 이 세상에 존재하는 어느 빛보다 강렬한 정열이다. 고난에서 자기를 지키는 등불이다. 동백꽃 빛을 두고 이 이상 어떤 수사(修辭)를 가릴 수가 있을까.

그렇게 생각하니 '내가 너의 자유에 등한했구나' 무지렁이 같은 내 마음이 반성의 의미로 숙연해졌다.

'미당 서정주' 시비에 새겨져 있는 「선운사(禪雲寺) 동구(洞口)」가 생각난다.

선운사 고랑으로
동백(冬栢)꽃을 보러 갔더니
동백꽃은 아직 일러 피지 않았고
막걸릿집 여자의 육자배기 가락에
작년 것만 상기도 남았습디다.
그것도 목이 쉬어 남았습디다.

미당(未堂)이 이십 대 중반 젊었던 시절, 부친을 여의고 고향으로 내려가는 길에 선운사를 찾았다. 동백꽃이 보고 싶어서다. 그러나 동백은 아직 피지 않았고, 지난해 동백꽃 영상만 떠올린다. 동구밖 주막에 앉아 마흔이 넘은 연상의 주모와 막걸리를 나눈다. 얼큰해진 그들은 은근슬쩍 은밀한 눈총을 보낸다. 주모는 육자배기를 뽑는다. 미당은 술과 주모와 육자배기에 취한다. 주모도 미당과 막걸리에 취했다. 그들은 술과 노래로 상실의 아픔과 소망의 집착을 한꺼번에 끌어낸다. 주모는 시인의 손을 슬며시 끌어 잡으며 이렇게 말한다.

　　"동백꽃이 피거들랑 또 오시오, 이…!"

　　상실의 아픔! 그것은 중죄를 지은 죄수에게 채워진 평생 풀지 못하는 족쇄였다. 그 아픈 족쇄를 애써 풀어 보려고 육자배기로 탄식하고 있는 거다. 거기엔 인간이 건네는 인간의 사랑이 있으니까….

　　그때 휑한 마당에 봄을 재촉하는 함박눈이 내렸다.

　　그들은 헤어졌다. 그 후 몇 년이 흘러 동백이 필 때 미당은 다시 선운사 동구 밖 주막집 주모를 찾는다.

　　"그 집 주모는 벌써 죽었어라. 살던 집도 불에 탔어라."

　　젊은 주모는 전쟁 통에 빨치산이 된 남편을 찾아가다 총에 맞아 죽었다. 라고 동네 어느 아낙이 말한다. 허물어진 주막 자리에 푸른 실파만 실하게 자랐다. 시인은 가슴이 내려앉았다. 모진 상실이었다. 시인은 죽을 때까지 이 순간을 잊지 않았다. 이것 보면 우리네 인생이 피었다 봉오리째 떨어지는 동백이 아닌가.

알렉상드르 뒤마의 소설 『동백 아가씨(La dame aux camelias : 椿姬)』는 폐결핵으로 죽은 작가의 애인 고티에를 생각하며 썼다. 파리 사교계의 프리마돈나인 마리 뒤플래시(1824~1847)는 뒤마의 실재 애인이다. 직업이 코르티잔인 그녀는 동백꽃을 좋아했다. 작가는 그녀가 죽으며 토해낸 붉은 피를 보고, 그녀가 좋아한 선홍빛 동백꽃을 생각했다. 베르디의 오페라 〈라 트라비아타(La traviata)〉는 뒤마의 동백 아가씨가 원작이다. 오페라 히로인 '비올레타'의 극 중 직업이 코르티잔이다. 그녀는 귀족 청년 '알프레도'를 남몰래 사랑했다. 그들이 처음 만난 파티에서 이중창으로 부르는 노래가 오페라의 아리아 〈축배의 노래(Brindici)〉다.

그들은 청춘의 피가 끓어오르는 동안 사랑을 즐기자고 목청 높여 노래한다. 그렇게 시작한 사랑은 정열적이긴 했으나 얼마 지나지 않아 오해로 헤어진다.

비올레타는 헤어진 사랑 알프레도를 그리며 술로 나날을 보낸다. 그 후 오해였음을 안 알프레도가 다시 찾아왔을 때, 그녀는 이십 대 청춘이었지만, 중병에 걸려 선홍빛 피를 토하며 "착한 여자와 결혼하라"는 유언을 남기며, 알프레도의 손을 꼭 잡고 숨을 거둔다. 그 죽음은 상실의 아픔이었다. 인간이 인간에게 채우는 족쇄의 아픔으로부터 해방되는 자유였다. 한 인간이 인간에게 가지는 사랑이었다. 베르디의 라 트라비아타는 당대 사회의 이중 윤리를 비판했다. 아무도 방해하지 않는 자유를 원했다.

라트라비아타의 〈축배의 노래〉도 미당이 선운사로 동백을 맞으러 갔던 날, 술 취한 젊은 주모의 육자배기 '노세 노세 젊어서 놀아, 늙어지면 못 노나니~.'도 청춘이 가진 자유와 정열을 노래한다. 젊은 주모의 운명도 사랑의 집착과 상실에 의한 좌절을 함께 아우르는 동백꽃 섭리다.

　　오래전 어느 2월이 끝날 무렵 우리나라 서남해의 끝자락 거문도를 찾았다. 원로 문인 십여 명과 동행이었다. 여류시인 서너 명도 함께 했다. 여수에서 하룻밤을 묵고, 이튿날 이른 아침 거문도행 쾌속선에 올랐다. 선실에는 일찍 나온 섬사람들이 여럿 보였다. 보따리 짐이 군데군데 놓여 있었다. 섬사람들이 육지에 왔다 생필품을 사가져 가는 것일 게다. 섬 여행을 가는 사람도 더러 보였다.

　　차림새가 여행 차림이다. 쾌속선은 섬 사이를 미끄러지듯 헤집었다. 물안개 치마를 한 겹씩 벗어내는 다도해의 작은 섬이 신부의 나신처럼 보드랍게 다가선다.

　　아직은 한기가 까칠한 2월이지만 남도의 아침 바다는 봄기운이 완연하다. 얼마큼 시간이 지나자 시합 전 운동선수가 몸을 풀 듯 배는 롤링, 피칭을 거듭한다. 뱃전에 부딪히는 물 파도가 더러는 굵은 우박처럼 선실 유리창에 흩뿌린다. 뱃길로 1시간 40여 분. 가슴이 먹먹해졌다. 뱃멀미였다.

　　제주도와 여수의 중간 위치한 거문도는 고도(孤島)였다. 거문항은 인공 방파제가 없어도 배들이 궂은날을 피할 수 있는 여인의 자궁처럼 생긴 천연 항이다. 이런 천혜의 입지 때문에 예로부터 일본은 물론 영국, 러시아 등 열강의 침입을 받은 아픈 역사가 서려 있다.

일행은 수월산 절벽 위에 우뚝 선 등대를 찾아 뱃머리만 겨우 들여놓을 선착장에 내렸다. 등대로 오르는 길엔 나이 먹은 동백 군락이 목굴(木窟)을 이루었다. 목굴 위로 선홍빛 동백꽃이 선혈이 되어 하늘을 덮었다. 두 사람이 나란히 걸으면 막힐 좁은 동백 숲길엔 노란 꽃술을 움켜쥐고 낙화 된 동백이 지천이다. 마치 비단에 수놓아진 숨 쉬는 심장 같아 행여 밟을까 발길이 저리고 무겁다. 사랑의 집착과 안타까운 상실이 엉킨 동백 아가씨 '비올레타'의 미련 같았다. 수평선에 붉은 황혼이 피더니 막막한 바다에 어둠이 잦아든다. 동백꽃 향기기 해풍에 실린 거문도의 밤은 그렇게 흘러갔다.

이튿날, 이른 아침 해변으로 갔다. 수평선 위로 붉은 태양이 오메가를 만들었고, 바다 위에 드리운 해그림자가 황금처럼 이글거렸다. 거문리 몽돌 해변은 휘어진 활처럼 부드럽다. 거무스레한 몽돌이 스르르락 쉬익~ 스르르락 쉬익~ 파도에 따라 오르내린다. 그 소리가 재즈(Jazz)를 연주하는 타악기 리듬이다. 해변 뒤 언덕에 핀 동백꽃이 바리바리 붉다. 저만치 떨어진 갯바위 위에 동행한 여류시인 한 분이 앉아 있었다. 그녀는 낙화 된 동백 한 송이를 손가락 사이에 꽂고 먼 수평선에 오른 붉은 태양을 본다. 얼굴에 불그스레한 태양 빛이 담겨 있다. 그녀는 나를 보더니 옆에 앉으라고 손짓으로 권한다.

"남편이 해군이었어요. 지금은 고인이 되었지만. 그래서 바다가

188

있는 곳에 오면 그를 찾아 바닷가로 나온답니다. 이렇게…"

그녀는 바다와 동백을 번갈아 보며 눈시울에 습기를 묻힌다. 사랑하는 사람을 상실한 아픔이었다. 시심(詩心)이 이런 거다. 그녀를 위로하고 싶었다. 슬그머니 시인의 손을 잡았더니 깜짝 놀란다.

"누가 보면 어쩌려고 그라요. 이…?" 하며 하얀 미소를 짓는다.

수평선 위의 태양이 한 뼘이나 올랐다.

"이젠 일어서자."

일어서는 그때까지 둘의 손은 풀리지 않았다. 거문도 여행이 끝난 후, 그 여류시인과의 재회를 바랐지만 몇 해가 지난 아직도 기별이 없다. 그때 아침 바다 위에 올려진 붉은 태양과 동백, 여류시인의 촉촉한 손 감촉만 상기도 남아 있다.

옥탑 글방 창 너머로 봄눈이 흩날린다. 겨울 끝 풍경이다. 화분에 핀 선홍빛 동백꽃을 본다. 동백, 시인, 그리고 라트라비아타 상실의 아픔과 인간의 사랑을 생각하며 술 한잔 취하고 싶다. 동구 밖 술집에서의 그 시인처럼…

자전거 타기

　자전거를 탄다. 한강 변을 따라 난지천 공원을 지나 행주산성을 향해 달린다. 며칠 동안 장맛비가 내리고 후덥지근한 날의 연속이더니, 오늘은 하늘 푸르고 바람마저 건들거린다. 이같이 좋은 날. 황혼이 내린 한강 변을 자전거 페달을 밟는 기분은 쾌청 그 자체다. 내가 자전거에 관심을 가진 것이 2년이 좀 지났다. 사는 집 지척에 불광천이 흐르는데, 천변에 자전거 길을 만들어 한강 난지공원과 이어지게 했다. 봄이 오면 개천 뚝에 여남 살이 넘은 벚꽃이 흐드러지고, 여름이면 잘 가꾸어진 장미와 야생화들, 가을이면 노랗고 붉은 단풍과 바람 탄 억새가 한 풍경을 한다.

　작년이었나? 마흔이 훌쩍 넘은 아들이 옥탑 글방(?)에서 원고를 쓰고 있는 나에게 오더니 "아버지 다리에 힘도 올릴 겸 자전거를 타시는 것이 좋을 것 같습니다"라며 흰 봉투를 하나 놓고 갔다. 봉투 안에는 적지 않은 액수의 상품권이 들어 있었다. 요즘같이 널린 것이 자전거인데, 내다 버려도 가져가지 않을 고물 자전거를 이따금 타는 아비가 보기 싫었던 모양이다. 그렇지 않아도 이 고물 자전거를 개비하려던 참이었는데, 마침 아들의 봉투도 받았고, 그의 성의가 고맙기도 해 자전거 판매점에 나갔다.

그런데 이게 웬일이야! 자전거 가격이 생각보다 만만치 않았다. 쓸만하다 눈에 드는 것은 200만 원에서 300만 원이란다. 아니 500만 원, 천만 원이 넘는 것도 있단다. 아들이 준 액수로는 턱없이 모자랐다. 그렇다고 돈을 더 달라고 할 수는 없는 노릇이다. 내 용돈에서 조금씩 저축한 것을 보태어 형편에 적당한 것을 구매해 한강 변을 나다닌다.

사람은 하는 일에 매달릴 때는 그 일에 매력이 있어야 하듯, 내가 자전거를 타는 데도 나름의 매력이 있다. 건강을 위해 운동을 한다는 것도 있지만, 걷는 것에서 느끼지 못한 속도감에도 있다. 물론 내가 가진 자전거는 젊은이들이 속도를 내는 로드용은 아니고, 일반용 자전거이지만, 핸들을 낮추고 흙받이를 없앤 반 로드형이다. 그래도 걷는 것에 비해 속도가 주는 쾌감이 있다. 거기에다 유유한 한강과 강변 주변에 잘 만들어진 공원 풍경을 보는 것 또 한 일품이다.

그것뿐이랴. 자전거 타기 처음에는 20km를 거리 목표로 정했다. 집에서 불광천을 따라 한강을 다녀오는 거리다. 다른 사람이 내 목표를 들으면 "그 짧은 거리를 자전거 타기 목표라고 정했느냐?"라며 실소할지 모르지만, 이것을 달성하고 나면 나름대로 성취감도 있고, 넓적다리 운동이 되는 것처럼 뻐근했다. 이 거리를 도보로 다니기는 나로서는 무리인 것도 사실이다. 그러던 것이 3개월 후에는 20km, 또 그 후에 30km 지금은 40km를 달린다. 40km 면 100리인데, 내 어린 시절 자갈 깔린 도로를 버스로 두 시간 거리다. 아름다운 자연을 보며 운동도 하고, 목표에 대한 성취감도 생기는 이런 것들이 내 자전거 타기의 매력이었다.

그런데 그 후 언제부터인가! 내 라이딩 취향이 달라졌다. 자전거에 올라 페달을 밟는 순간부터 온갖 감성이 머리에 떠올랐다. 무뎌져 있던 내 사색이 날개를 펼친다는 거다. 자전거 타는 긴장감에서 빗이닌 여음였다. 고요한 산사 처마에 매달려 풍겸 여음, 천년을 땅속에 묻혔다가 나타나 법열을 느끼게 하는 침향을 생각한다. 한밤중 은하가 흘러가는 〈대금산조〉가 들린다. 윌리엄 보스워스의 시 「무지개」, 마키아 밸리의 『군주론』, 『손자병법』의 '권모술수', 조지 오웰의 『동물농장』, 3층 서기실의 암호도 생각한다. 특히 요즘 우리 사회에 피를 부를 듯 반목하는 이념적 고함이 들리고, 자신의 영욕을 위해 수십 번 가면을 바꾸는 경극의 주인공이 보인다. 북한 핵의 행방, 진보, 보수로 갈린 불신의 사회, 친구를 시기하고 스승을 모함한다. 듣기 싫은 사건 사고 뉴스 등이 어지럽게 난무(亂舞)한다. 시대가 주는 격동기의 민심이랄까. 그러고 보니 내 요즘 자전거 타기는 이런 혼란스러운 사색의 피안 처가 된 것이다.

지난 저녁에 오랜만에 재독한 『오성과 한음 전』을 생각한다. 자력으로 풀 수 없는 어수선한 시류를 벗어나 볼까 하는 자기 도피적인 기치가 해학을 읽게 했다.

오성과 한음은 조선 중기 대 학자다. 왜란과 당파싸움으로 나라가 어지러운 시대의 명신이다. 어떤 날 맑은 봄날, 한음(이덕형)이 그의 아버지(이민성)에게 드리려고 좋은 누각을 지었다. 한음의 아버지 이민성은 때마침 그의 집을 찾은 오성(이항복)에게 누각의 이름을 지어 달라고 청한다. 오성은 '맑고 푸른 집'이라는 뜻의 '청청당(靑淸堂)'이라 짖고 현판을 걸게 했다. 그날 퇴청한 한음은 현판을 보자 자지러졌다. 한음의 아버지가 이유를 묻자 한음이 대답하기를 청(靑)에는 '푸르고 맑다'라는 뜻 이외에도 '꿀'을 지칭하는 의미가 있다며 '꿀꿀이 집' 소위 부패를 상징하는 당호라고 했다. '청청당'이라는 당호를 본 한음이 즉시 별장을 헐었다. 일화에 따라서는 샘낸 벼슬아치들이 앞다투어 별장을 지으려 하자 오성이 이에 일침을 가하고자 일부러 이런 당호를 지어주었다고 한다. 해학이 섞인 세 글자로 한 방에 부패 청산의 정곡을 찔렀다.

현대를 사는 대부분 사람은 시작도 끝도 불분명한 말을 많이 한다. 또 불투명한 걱정도 많다. 무식하면서도 유식한 척하는 자칭 지도자라 으스대는 사람들이 이런 경향이 심하다. 동서고금 역사 속에 격동기를 겪을 때는 신분의 고하를 막론하고 도덕과 윤리가 없어지고, 자기모순과 정신 분열 증상이 왔다. 그런 맥락으로 보면 내가 복잡한 사색을 한다는 것도 자기모순의 일면이 아닐까 싶다. 하지만 어려운 시대일수록 어려운 숙제를 풀어 갈 사람이, 다시 말하면, 한방에 정곡을 찌르는 존재가 나타나기 마련이다. 이런 경우를 난세 영웅(亂世英雄)이라 했다.

우린 지금 황금빛 날개를 단 그런 존재를 기다리고 있다. 해 저무는 한강 바람이 시원하다. 자연의 숭고함을 안으며 나만의 자유스러운 사색을 하는 것도 얼마나 좋으냐. 그래서 지금 이 시간에도 자전거를 탄다.

가을빛을 마중하며

　　북악 꼭지 백운대로부터 성큼 다가온 가을이 어느새 내 초라한 글방 창문 앞에 앉았다. 글방이래야 두어 평 남짓한 좁은 공간이다. 사방에 허름한 책이 빽빽이 꽂혀 있고, 오래된 컴퓨터와 동강 연필 서너 자루가 담긴 필통, 원고지 몇 장이 지저분하게 널려 있는 책상이 북악을 향하고 있다.

　　이따금 북한산을 조망하고 싶을 때면 눈만 치켜들면 요철 간선을 선명하게 볼 수 있는 통유리창이 있어, 마음 놓고 의자에 앉아 무사심(無私心)으로 돌아가는 곳이다. 어쩌다 종이 곰삭는 지향(?)이 서리고, 따끈한 커피 내음이라도 코끝에 닿으면 밀폐된 어느 호사스런 궁방(宮房)보다 평화롭고 자유롭다. 도심 속의 이 아침, 난 글방 창가에서 소치의 산수화를 보듯 북악의 선한 가을빛을 본다.

　　며칠 전만 해도 지겹게 끈적이던 먹구름이 서울 하늘을 잿빛으로 덮었다. 서너 밤이 지난 오늘 아침엔 바람도 제법 선들거리고, 바다 색깔보다 더 짙은 가을빛이 누리를 품었다. 저만큼 멀리 보이는 북악 인수봉마저 갓 치댄 옥양목을 펴 놓은 듯 뽀얀 햇살을 탄다. 오늘따라 북악이 내성외왕(內聖外王)같이 다가선다.

언제부터인가 내 마음 깊이 무겁게 자리한 북악은 내가 사는 집에서 가까워 정이 들기도 했다. 하지만 그의 육중한 자태가 중생의 도를 가르치는 장엄함이 있어 나를 부동(不動)으로 만들었다. 인구 천만 대 도시 하늘이 오늘같이 본색을 드러내기가 그리 조련(操鍊)치 않은데, 가을은 이리도 찬란한 전위대를 앞세우고 때를 맞춰 다가오는 것인가? 아니면 탐욕스런 권 부자에게 권선징악의 위세를 떨지러 미리 윙림하는 것인가? 유리창에 걸러진 푸른빛마저 떨어질까 안쓰러워 창문을 활짝 열어젖혔다. 우전 녹차 향보다 더 진한 가을의 숨결이 허파 속의 묵은 때를 훔쳐낸다.

이 청초한 숨결, 이 짙은 향내….

가산 이효석은 가을을 작은 뜰에 떨어진 낙엽을 태우며 갓 볶아낸 진한 커피 냄새라 표현했다. 가을에야 삶과 생활의 보람이 생긴다고 했다, 또 새로운 삶의 의욕과 의미를 발견한다고 했다.

아직은 가을 낙엽을 운운할 때는 이르지만 가을빛을 저만큼 마중하는 이 무렵에 난 무엇으로 어떤 몸짓으로 이를 표현하면 좋을까? 사랑하다가 사랑을 잃고, 혼절하면서도 또 사랑하는 사람들…. 하지만 누구도 탓하지 않는 어느 여인의 관용 시간 앞에서 내 살아온 탑보다 더 긴 고뇌를 용해 시키는 투명함으로 이 가을을 명명해도 좋을까?

투명하다는 것은 '맑다, 순박하다, 순진하다, 청빈하다' 등의 뜻을 내포하고 있다. 이는 인간이 갈망하는 궁극적인 행복이다. 젊었을 때는 열광 같은 햇빛이 좋았다. 샹들리에 불빛같이 찬란함이 좋았다. 활활 타는 불이 좋았다. 그랬기에 프로메테우스를 찬미하기도 했다. 그러나 언제부터인가! 너무 뜨겁지도 않고 그렇다고 너무 차갑지 않은 투명하고 선한 빛이 편해졌다. 너무 달지도 않고 너무 쓰지도 않은 담백한 맛이 좋아졌다. 불편, 부정, 불안은 불투명에서 온다는 것도 알아차렸다. 그렇다고 이것도 아니고 저것도 아닌 무정체주의는 싫었다. 사계는 다 그들만의 존재가치가 있지 않은가. 봄의 화려함, 여름의 정열, 그리고 겨울의 냉철함이 그것이다. 가을은 어느 한편으로 치우치지 않고, 온 힘을 기울인 열과 냉이 결합한 결과물을 낳는다.

가을을 말하는 사람 중 더러는 이별, 서글픔, 황혼, 늙음, 추억 등 서운한 계절로 분류하기도 한다. 그러기에 가을을 느끼고 표현하는 데는 그리 수월치 않다. 우리 삶에 화려한 목표는 아니지만, 존재만큼의 목표와 결과를 주는 스승 같은 계절임에는 분명하다. 이것이 가을이란 계절의 가치다.

난 이때가 되면 수고한 만큼의 결실을 가르치는 가을 존재에 머리 숙여진다. 이날 이때까지 살아오면서 켜켜이 쌓인 부조화의 경험 때문이다. 멀지 않아 들판은 황금빛으로 변하고 결실이 지천일 때, 무딘 감성에 지워지고 또 그려지지 않았던 모두에게 관용하고 싶어지는 것이 이 시간 나의 솔직한 가을 소고(小考)다. 그렇다고 구시렁거리고 앉아 내 일상을 멀리할 위인이 되고자 하는 것은 아니다.

아침 해가 북한산 위에 제법 올랐다. 모시 빨 같은 가을 향을 마시며 책상 모퉁이에 앉아 편지를 쓰고 싶다. 앞만 보고 살아온 내 삶에 늘 같이 있어 소중함을 망각한 잔주름 깊어진 아내랑, 사춘기 시절 바다가 보이는 화실에서 아그리파 데생에 몰두하든 연상의 단발머리 소녀에게도, 또 사대부와 마당쇠, 좌파와 우파, 강자와 약자, 배운 자와 배우지 못한 지, 가긴 자와 못 가진 자, 이 세상에서 한 번도 보지 못한 아련한 그대들 모두에게 가을의 존재 가치를 알리는 편지를 쓰고 싶다. 이것이 굳이 나이 탓이라고 한다면 얼마 남지 않은 나의 시간 더욱 분주히 편지를 써야 하지 않을까. 이 선한 아침 투명한 가을 존재를 생각하며 말이다.

카톡이 된 까치

깍·깍·깍·깍…

까치 소리에 눈을 떴다. 창밖을 보니 여명이 시퍼런 허공에 까치 세 마리가 지붕 위를 날고 있다. 한 놈은 앞집 옥상에 세워진 녹슨 안테나에 앉았다. 또 한 놈은 옆집 지붕 위 용마루에, 나머지 한 놈은 우리 집 옥상에 처진 빨랫줄에 앉는다.

흰 선을 두른 남색 날개를 폈다 오므렸다 하더니 꼬리를 치켜들며 까딱까딱 까분다. 그들끼리 서로 말이나 건네듯 고개를 까딱이며 깍깍 소리를 낸다. 그 꼴이 마치 어린아이들이 술래잡기하는 것 같아 귀엽기도 하다.

까치는 까마귓과에 속하는 새로 학명은 '피카 세리카'다. 우리 조상들은 같은 과인 까치와 까마귀를 두고 생각이 달랐다. 까치는 반가운 손님이나 기별을 알리는 길조로 어겼고, 까마귀는 몸체 색깔부터 저승사자를 닮았다며 죽음이나 실패 등 불길한 징조에 등장시켰다. 이웃 나라인 일본은 이와 반대다.

지금의 초등학교 격인 국민학교 교과서에 「보은의 까치」라는 글이 실려 있었다. 과거 보러 가는 선비가 수구렁이에게 잡혀 먹히는 까치를 보고 구렁이를 죽이고 까치를 구해 주었다. 나중에 선비가 주막집에서 잠을 자고 있는데 암구렁이가 나타나 수구렁이의 보복으로 선비의 몸을 감고 독을 뿜어 죽이려 했다. 그때 까치가 머리로 봉헌사의 종을 세 번 울려 선비를 구하고 까치는 죽는다. 구렁이는 종소리를 듣고 승천했고, 까치는 목숨을 건져 준 선비에게 은혜를 갚았다.

까치의 선행 얘기는 이것만이 아니었다.

칠식이 다가온 여름밤이었다. 할머니는 모깃불을 피워 놓고 어린 손주와 멍석에 앉아 이야기를 들려준다.

"옛날 옛적에…"

손주는 할머니 말에 귀를 쫑긋하며

"응~"

할머니는 손주의 머리를 쓰다듬으며 이야기를 이어 간다.

"견우라는 총각과 직녀라는 처녀가 있었는데 둘은 서로 이거만큼 사랑하고 있었다. 그러나 서로 다른 별에 살고 있었기 때문에 1년에 한 번씩 만났단다."

할머니는 이거만큼이라고 말할 때는 두 팔을 활처럼 휘어 크게 원을 만들었다.

"우와! 그래서요…"

손주는 할머니에게 이야기를 재촉한다.

"둘이 만나는 날이 칠월 칠석날인데 견우별과 직녀별 사이에는 은하수라는 강이 흐르고 있었다. 은하수를 건너려면 다리가 있어야 했는데, 까치들이 돌을 날라 다리를 놓았다. 다리 이름은 오작교라 했지. 그러나 오작교는 한번 밖에 쓰지 못하는 다리야. 칠석이 되면 까치들이 다리를 만들려고 별에 올라간단다. 그래서 그날은 까치를 볼 수 없어. 칠석이 지난 후 까치는 다시 돌아왔는데 머리가 홀딱 벗겨져 있었다. 머리에 다리를 만들 돌을 이고 날랐기 때문이란다."

그때 할머니는 하늘에 강물처럼 흘러가는 은하수를 가리키며, 저것은 견우별, 저것은 직녀별이라고 알려주었다.

이처럼, 어린 시절, 보은의 새로 기억되었던 까치가 나에게도 깊은 사연을 안겨 주었다. 6·25 한국전쟁이 끝난 후, 날 더운 어느 날 이른 아침, 까치 두 마리가 우리 가족이 살던 초가지붕을 날며 깍깍거리다가 마당 앞에 키 큰 미루나무에 앉아 깍깍 소리 내어 울었다. 까치 소리를 들은 어머니는 아침밥을 짓다 행주치마에 손을 치며 부엌에서 나오더니

"너의 아버지가 보낸 반가운 기별이 오려고 그러나~"

어머니는 지난겨울 먼 객지로 돈 벌러 간 아버지의 얼굴을 떠올리며 기별을 기다리고 있었던 거다. 그때는 편지 왕래도 잘되지 않았다. 일주일에 한 번씩 다녀가는 배달부 오기만을 기다렸다. 어머니는 말은 안 했지만, 객지에 계신 아버지의 안부가 늘 걱정이었다.

기적은 그날 오후에 나타났다. 석양이 필 무렵, 편지 가방을 멘 집배원이 우리 집을 찾아왔다. 아버지가 보낸 편지를 가져온 것이

다. 얼마나 기다렸던 소식인가.

어머니는 우체부 손에 쥐어진 편지를 빼앗듯 받아 쥐고 봉투를 열었다. 편지 안에는 가족들의 안부와 어머니와 아이들이 보고 싶다고 쓰여 있는 아버지의 필체를 본 어머니는 벌써부터 눈시울에 뜨거워졌다. 조금만 기다리면 일을 끝마치고 돌아간다며 오천 원짜리 통상환 증표가 같이 들어 있었다.

어머니는 편지를 들고 읽으면서 눈물을 흘리고 있었다. 쌀 한 가마에 800원 하던 시절, 가난이 흔해 빠진 우리 형편에는 5,000원은 큰돈이었다. 어머니는 부엌으로 들어가 맑은 물 한 사발과 밥 한 그릇을 들고나와 장독 위에 올려놓았다. 그리고 손을 모았다. 물은 집안을 지켜주는 조상님께 아버지의 무탈함을 빌고, 밥은 아버지의 소식을 전해준 까치에게 던졌다. 난 그때부터 까치가 좋은 소식을 전해주는 새라고 믿었고, 그 생각은 지금까지도 변함없다.

요즘 자주 이용하는 교통수단은 지하철이다. 까놓고 말하면 서울에서 지하철만큼 좋은 교통수단은 없다. 더운 날씨에 시원하고 편해 좋고, 시간 잘 맞춰 데려다준다. 거기에다 나이 많다고 무료로 태워준다. 차 가지고 나가서 주차장 걱정 안 해도 된다. 그 이상 뭘 바라겠느냐! 그래서 난 외출할 때마다 지하철을 즐겨 탄다. 그런데 요즘 지하철 풍경이 옛날과 다르다. 승객 너나 할 것 없이 핸드폰에 시선을 매달고 있어 주위에는 무관심이다. 심지어 핸드폰에 정신이 팔려 내려야 할 역을 놓치기도 한다. 사람과 사람 사이의 인간미가 없어진 것 같다.

가까운 일본에 가면 기차나 지하철에 탄 사람들의 손에 저마다 책이 들려 있는데 우린 핸드폰이 들려 있다. 어느 날 퇴근 시간이었다. 지하철 객실이 숨이 막힐 지경으로 만원이었다. 와중에도 승객 대부분은 핸드폰을 보고 있었다. 내 옆자리에 앉은 아가씨도 그랬다. 그녀의 핸드폰에서 연거푸 카톡, 카톡… 하는 소리가 났다. 누구와 서로 연락을 주고받는 모양이다. 이런 소리는 옆자리 아가씨뿐만 아니었다. 찻간 여기저기서도 들렸다. 이젠 카톡이 지난날 반가운 소식을 알리는 까치 소리와 같이 소식을 받고 전하는 수단이 됐다. 까치가 카톡이 된 셈이다.

그러나 카톡 소리는 반가운 손님과 기별을 갖다주던 그 옛날의 까치 소리와는 너무 다른 삭막함이 묻어 있다. 문명이 인간미를 말살한다는 것이 이런 것을 두고 하는 말이 아닐까? 오늘따라 푸른 여명 속에 들려오는 까치 소리가 한결 정겹게 들린다. 비록 이 소리가 현대인의 생활과 어울리지 않는다고 해도

'오늘 좋은 기별이 있으려나?' 하며 까치 칸타타를 듣고픈 것이 나이 탓만은 아닐 것이리라.

우리 안의 서구우월주의

며칠 전 모 신문에 대서특필된 기사 제목이다.

2016년 맨 부기 인터내셔널 문학상을 수상한 소설 한강의 『채식주의자』에 대한 기사였다. 제목은 '어둠 속 몽상가였던 그녀, 폭력을 시처럼 그려냈다.' 이에 따른 부제로는 '여기에서 아시아 작가로서 첫 수상 쾌거'였다. 나도 글을 쓰는 사람으로 글에 대한 기사에 관심이 많다. 작가 한강 씨에게 박수를 보내고 싶다. 그런데 이 기사의 주 제목은 그런대로 흘러가는데, 부제에는 마치 음식을 먹다가 식도에 걸린 것처럼 깨끗한 기분은 아니었다. 부제의 문장을 곰곰이 생각해 보면 '이제까지 아시아는 턱도 없었는데 이제 겨우 중심에 들어섰다. 아시아는 변방, 그중에서 한국은 변방 중의 변방'이라는 콤플렉스를 은연중에 노출하고 있는 것 같아서다.

물론 기사를 생성한 기자는 작가를 비하하려는 생각은 추호도 없었을 것이고, 작가의 비범함을 자랑하고 싶었을 것이다. 한 작가는 2024년 10일 노벨문학상 수상 작가로 선정됐다. 노벨문학상 121

번째 수상자이며, 아시아 작가로는 인도의 타고르(1913년), 일본의 가와바타 야스나리(1968년)와 오에 겐자부로(1994년), 중국 소설가 모옌(2012년)에 이어 5번째로 수상의 영예를 안았다. 아시아 여성작가로는 최초다.

　　2002년 월드컵, 세계열강들을 제치고 4강에 진출하자 대한민국 국민은 '대한민국 짝짝짝 짝짝' 박수치며 열광했다. '꿈이 이루어진다.'라는 구호도 외쳤다. 그때 언론에 보도되었던 기사들을 살펴보면 '아시아 최초의 4강 진출국 대한민국. 오랜 세계사에서 늘 변방에 있던 우리는 이제 중심국으로 발돋움하는 당당한 대한민국이 되어야 합니다. 분단국 정도만으로 알고 있는 조국은 이제 더 이상 부끄러운 꼬리표가 아닙니다.' 이런 내용의 기사들이 지면을 누볐다.

　　S대학교 K 교수가 저술한 책 『우리에게 서구란 무엇인가?』에는 이를 두고 "'자신이 속한 집단의 부정적 정체성과 같이 공공연한 비밀은 발설하지 않는 것이 사회적인 불문율이지만, 그것을 발설해도 좋을 때가 있다'면 이처럼 '자랑스러운 한국'을 떠들 수 있는 경우다. 그러나 그때 소리치던 바로 그 순간, 우리 내면에 깊이 깔려있는 변방 콤플렉스를 부지불식간에, 그것도 자랑삼아 부끄럼 없이 폭로하고 있었다"라고 썼다. 그렇다고 그 교수의 말이 전적으로 옳다는 얘기는 아니다. 하지만 굳이 신문에 대서특필 제목으로 전 세계에 까발려야 좋은가? 하는 데는 의문이 생긴다.

국내 간 질환의 선구자인 서울대 의대 김정룡 교수는 1973년 세계에서 처음으로 B형간염 바이러스 항원을 혈청에서 분리하는 데 성공 간염 백신을 개발했다. 그러나 상용으로는 세 번째로 인증을 받았다. 왜 첫 번째 개발하고 세 번째 상용화가 되었을까? 김 교수의 말에 의하면 세계 최초로 개발하고 보니까 우리나라 보건사회부에서 인증기준이 없어 인증을 받을 수가 없었다. 그 후 1981년 미국과 프랑스 회사에서 이를 상용화 다음 그걸 기준으로 해서 인증을 받았다. 우리는 왜 세계 최초로 개발한 백신의 인정 기회를 놓쳤을까? 이유는 간단했다. 외부 우월주의로 인한 자기 위축 때문이었다. 한 번도 기준의 생신자 또는 창조자가 되지 못하고, 항상 외부에 있는 기준을 자기 기준으로 삼아서 사는 데 습관이 되어 있기 때문이다. 모든 기준은 처음 만드는 사람 누군가 의해서 만들어졌다. 기준을 외부에 두고 있는 사람과 사회는 항상 기준의 두려움을 가지고 있다고 했다.

우리나라 주거가 집에서 아파트로 옮겨간 지는 오래다. 아파트가 주택으로서 건설되던 초기에 아파트 이름을 그곳 지명을 따서 ○○아파트라던가 아니면 건설회사 이름을 땄다. 또 좋은 단어를 따서 한국식 이름을 지었다. 그 후 맨션, 빌라 등등 외국 이름을 붙이더니, 근래에는 ○○캐슬, 프레지오, 아이파크, 비발디, 힐스테이트 등 서구적인 이름이 아니면 분양이 되지 않는다고 한다. 건설업자들도 일반 구매자들도 이에 대해 전혀 배타적인 반응은 없다. 우리 사고가 현실을 탈피로 서구우월주의에 용해된 유행이다.

우리 의식 속에 잠재된 서구우월주의 사고를 설명하려면 역사, 문명, 문화, 환경 등 여러 방면으로 깊게 분석해야 한다. 하지만 서구 문명을 받아들인 연도가 짧아 이것저것 다양하게 생각할 여지가 없었던 것도 한몫한다. 교육도 그렇다. 청소년들이 많이 읽는 세계 위인전이나, 위대한 영웅, 과학자, 정치가, 예술가, 탐험가 등이 대부분 서구 사람이다. 한국 학계, 교육계의 이름난 학자들도 서구에서 공부한 사람들이 대부분이다. 그들이 대우받은 것도 사실이다. 인문, 교양 면에서도 그렇다. 철학 하면 서양철학을 말하고 한국 철학은 동양철학이라는 꼭지를 달았다. 그 밖에 의사, 한의사 구분 등으로 우리 것에 한정 짓는다. 거기에다 세계어가 된 영어가 우리 생활에도 가파르게 친숙해졌다. 서구권 문명과 문화에 익숙해야, 또는 익숙해진 척해야 지식인 또는 현대인으로 인정받는 것이 현실이다.

사람은 잘못된 것을 고치지 않고 넘어가면 잊어버리는 습성이 있다. 잊어버린 사람은 잘못된 사람으로 낙인된다. 그래서 반성과 사과는 빠를수록 좋다는 성언(聖言)도 있다. 이젠 대한민국도 세계 10대 경제대국이며 OECD 회원국이다. 이쯤 되면 국력에 걸맞은 특유의 긍정적 가치와 위치를 우리 자신이 찾아야 할 때가 된 것이다. 다양하게 보유한 우리만의 것 중에서 세계의 중심이 될 것을 널리 알리고, 그것을 변방의 가치가 아닌 중심의 가치로 보편화시켜야 한다. 거기에는 교육과 언론, 국민 의식을 합쳐야 한다.

제3부

푸른 전쟁

언감생심 焉敢生心

창가에 내려앉은 햇살이 갓난이 손끝같이 곰살맞다. 황사나 매연에 덮여 늘 잿빛이었던 하늘이 오늘따라 문자 그대로 천고마비다. 이 좋은 가을날, 말 잘 통하는 친구와 두런두런 얘기하며 송림이 우뚝우뚝 선 산길을 걷고 싶다. 이왕이면 수더분한 여자 친구라면 더욱 좋겠다. 할 일을 몽땅 제치고 옥죄는 규범을 걷어찬 홀가분한 추심(秋心)을 즐기고 싶다. 가을빛을 찾아가서 음주나 놀이로 타락하면 행락이 되지만, 은은하게 감도는 계절의 아우라를 통해 생명의 원기를 받는다면 그 이상 좋을 것이 어디 있으랴! 하지만 생각은 근사하나 내 현실에는 맞지 않다. 눈도 침침하고 어깨와 종아리에 추를 달아 놓은 듯 무겁고, 무릎도 시큰, 허리도 뻐근해 오래 걷기에 거북해서다.

몇 년 전만 해도 해외 취재를 연거푸 다녀도 거뜬했던 건강이 세월 앞에는 별 재간 없나 보다. 언제인가? 선배와 차 한 잔을 나누며 하던 말이 생각난다. 그는 내 곁에서 나지막한 목소리로 말했다.

"이봐! 나이 일흔 중반을 넘으니까 몸과 맘이 따로 놀더라. 하느님이 준 몸인데 너무 심히 썼나 봐."

건강이란 신체적, 정신적 밸런스가 맞아야 건강하다고 하는데 나이가 들어가면서 몸도 늙고, 정신도 따라가는 것이 자연의 이치가 아닌가. 어디를 가려 해도 엄두가 나지 않아 꼬리를 내리는 것이 한두 번이 아니다. 선배의 말 대로라면 지금 산길을 걸으며 추심을 즐겨 보겠다는 내 생각은 언감생심이다. 그래서 노자가 도덕경에 '도가도 비상도(道可道非常道)'라 하지 않았나.

모든 것이 시작할 때 생각처럼 끝을 맺을 것으로 생각했던 젊은 시절, 젊음 그 자체가 곧 용기요 힘이다. 그 힘이 세월 따라 자신도 모르게 허물어지는 것을 알아차릴 때는 누구나 슬프고 고독해진다.

요즘 우리 사회에 회자되는 말 중에 "나이는 숫자에 불과하다." 그리고 "내 나이가 어때서…" 라는 유행가 가사가 있다. 얼핏 들으면 늙음을 희석하는 말로 들리지만, 이것 다 인생 황혼을 맞은 노인을 위로한답시고 글 모사꾼이 만든 거짓불이다. 이런 거짓에 솔깃해 격에 맞지 않은 언행을 하다 망신을 당하는 일이 얼마나 많은가.

오늘 아침에도 희수를 넘긴 아내는 손녀 손자에게 아침밥 먹여서 학교에 보낸다고 얇은 허벅지를 타박이며 상암동으로 갔다. 아빠 엄마가 아이들 학교 가기 전에 출근하고 없으니 손자들 아침밥 챙겨 먹이겠다는 거다. 세상이 각박해져 어미가 자식 키우는데 정성을 다했던 시대는 지나가고, 머리통 매고 경쟁하는 세상이 되었다. 자식

농사가 힘들지만 수확은 제일 알차다, 했는데 행여 자식보다 돈을 우선하는 엄마는 없는지 걱정스럽다. 그건 여성의 본성인 모성애를 거역하는 것이 아닌가. 아내도 손녀 손자가 자신의 배에서 태어나지 않았지만, 그도 여성만이 가진 위대한(?) 모성애가 있기에 그런 행위에서 소확행을 얻으려는지도 모른다.

식탁 위에 달걀 구운 것 두 알, 사과 반쪽과 복숭아 반쪽, 두유 한 컵, 미역국 한 사발이 빨간 모시 밥상보로 덮혀있다. 온기 없는 음식이 쓸쓸하다. 어제 점심 식사를 함께한 친구가 자신이 만든 아침 식사라며 제법 먹음직한 양식 사진을 보여주었다. 그도 마누라 바위를 맞추려고 웬만큼 노력하는가 보다. 사진에 있는 그대로 만들어 보았지만 무엇이 잘못된 건지 맛이 별로다. 음식 맛보다 반세기를 살붙이고 살아온 아내가 없는 외로움도 포함된 거다. 남편을 두고 손녀 손자에게 가 버린 아내에게 가진 내 옹졸한 섭섭함, 어찌 보면 이것 모두가 아내를 향한 어설픈 사랑의 표현이 아닐까!

인간의 생명은 태어날 때부터 하늘이 준 권리가 있다. 그것이 자유와 사랑이며, 이는 인간의 근원적인 욕구다. 그 거리나 면적은 어디서부터, 어디까지인지, 깊이나 높이가 얼마만큼 되는지는 헤아릴 수는 없지만, 일단 공간 차원에 놓고 본다면, 헤아릴 수 있는 가까운 작은 점에서 헤아릴 수 없는 영원까지 무한대다. 그래서 자유와 사랑은 고귀한 존재다.

손자 손녀 아침 챙긴다고 간 아내가 돌아오면 가을 햇살이 노란 서오릉 노송 길을 걸어야겠다. 말 잘 통하는(?) 여자 친구가 된 그와 같이 언감생심이 아닌 실제 데이트를 하고 싶다. 아내를 좋은 친구로 만들어 늙음의 시간을 잘 보낼 줄 알면 이보다 든든한 즐거움이 없을 것이기에 말이다.

혼살(혼자 살기) 연습

쉼은 행복이다. 쉼은 인간의 가치를 잉태하는 터전이다. 쉬어가며 살아기야 한다. 이런 말들은 흔히 듣는 말이다. 말은 쉽게 하지만 금방 이해되고 실행되는 말은 아니다. 심리학에서 우연적 사고를 필연적으로 해석하는 것을 '해석학적 순환'이라 하는데, 이 말은 불안과 불편 같은 부정적인 요소들을 축제나 휴식에서 행복으로 전환시키는 긍정적인 순환을 설명할 때 사용된다. 학자들의 논리이지만, 내 삶의 경험을 통해서도 타당성을 인정한다. 굵지 않은 대나무가 큰 태풍에 꺾이지 않는 것은 대나무가 가진 유연성과 마디의 견고함이 겹쳐있기 때문이다. 대나무 마디를 쉼이라고 한다면 사람도 마디를 가지면 그렇게 되지 않을까?

심리학자인 K 교수는 사람에게 마디는 축제와 휴식이라고 했다. 지난날 노동만이 하늘의 뜻이라 여겼던 농본 사회 때도 우리 조상은 정월 초하루, 2월 영등, 3월 삼진, 4월 초파일, 5월 단오, 6월 유두, 7월 칠석, 8월 보름, 구월 중구 등 매달 축제 날이 정해 노동에서 벗어나는 쉼이 있었다.

유대교에서는 1주일 가운데 금요일 해 질 무렵부터 토요일 해 질 무렵까지 6일의 노동을 끝내고 민족신 야훼에게 기도하는 안식일을 두었다. 또 7년마다 1년씩을 쉬게 하여 재충전의 기회를 갖도록 했다. 그런데 한국인의 일상은 어떨까? 세계 어느 국민보다 열심히 일하고 노력한다. 심지어는 죽는 날까지도 일하고 벌어야 한다는 압박을 받고 있다. 잘하고 많이 하며 오래 일하다 보면, 퇴근 후에도 먼저 잠자려 하고, 쉬는 날에도 잔다. 이는 노동에서 행복을 찾으려 하고, 쉼은 행복을 파괴하는 요소로 여긴다. 이런 사회적 분위기로 한국은 단기간에 세계 경제 10위권으로 발전했다. 반면에 개인이 가져야 할 쉼의 행복은 무시됐다.

요즘 세상에서 돈 없으면 살아갈 수 없다는 것도 분명하다. 치료비가 없어 병원에 가지 못하는 경우도 있고, 교육비를 충당하지 못해 자녀를 학교에 보내지 못하는 수도 있다. 이런 경우는 분명 불행하다. 그러나 여기서 말하고 싶은 것은 돈의 소유는 일정한 한계를 넘어서면 행복과는 별로 관련이 없다는 점이다. 예를 들어 월급쟁이가 한 달 수입이 300만 원에서 500만 원으로 늘었다면 행복 지수는 상승할 것이다. 그러나 한 달에 5억 원을 계속해서 번다고 해서 행복 지수가 100배 높아질까?

인간에게 즐거움을 느끼게 하는 생리적인 요건은 세로토닌과 같은 호르몬의 작용이다. 행복하다는 것과 불행하다는 것은 곧 이 같은 호르몬 분비가 많고 적음에 달려 있다. 그런데 학계에 의하면 인간에게 행복을 느끼는 호르몬 지수는 3(우울)에서 7(행복)까지의 영역이라고 한다. 아무리 즐거운 일이 연거푸 생겨도 7 이상은 오르지 않는다. 반면에 행복에는 쾌락이 포함되어 지나치게 가지면 도덕적 해이나, 심지어는 마약, 섹스 중독으로 나락으로 떨어지기도 한다. 이것이 행복의 한계 영역이다.

프랑스의 철학가 장 폴 사르트르(1905~1980)는 "아무리 권력, 재물, 지식을 많이 가진 사람이라도 죽음 앞에선 자신의 살아온 삶을 두고 '이득 없는 수난(受難)'"이라고 했다. 그렇다면 어떻게 살아야 우리는 행복해질까?

이제 우리 사회는 백수(百壽)의 시대를 맞이했다. 정년 이후에도 30년 이상을 더 살아가야 하는 것이 현실이다. 늙고 병들어 기력이 없으면 인생의 새로운 재미가 생기지 않는다. 돈은 있어도 쓸데가 없다. 건강과 함께 새로운 즐거움을 찾는 것이 중요하다. 그렇다면 우선 일과 휴식 사이의 균형을 찾아야 한다. 자신만의 재능과 취미를 발견하고, 이를 통해 혼자서도 즐거움을 찾을 수 있는 연습을 미리 해야 한다. 그것이 휴식이다. 휴식은 모두에게 주어지는 빈 그릇과 같지만, 그 안에 어떤 내용을 채우느냐는 각자의 몫이다. 어차피 인간은 심리적으로 즐거운 시간이 행복이라 했는데, 새로운 재미와 문화적 가치를 창조 축적하는 기회가 바로 '쉼'이기 때문이다.

도시 카멜레온

버스 서너 대와 승용차 여남은 대가 신호가 떨어지자 한꺼번에 출발한다. 파도처럼 밀려오는 그 모습이 압도적이다. 마포구 동교동 205의 6번지. 동교동 간선도로, 10층이 넘어 보이는 고층 빌딩, 1층 전면은 웬만한 사람 두 키를 넘는 대형 유리 벽으로 가로막혔다. 영어로 쓰인 카페 베네(Caffe Bene) 글자가 눈에 띈다. 10여 년 전만 해도 이곳은 서울 변두리 지역이었다. 과자를 파는 구멍가게와 설탕을 듬뿍 친 커피 한잔을 마실 수 있는 순박한 거리였다. 근래에 들어와 자동차의 물결이 이 거리를 지나면서 사람들이 북적이고, 고층 건물과 상점들이 솟아나면서 옛 정취는 하루가 다르게 변해갔다.

행인들이 힐끔 유리 벽 안을 본다. 커피잔을 앞에 둔 사람들을 보고 커피점인 줄 안다. 그러나 길을 걷는 사람은 카페 안에 있는 사람들에겐 무관심이다. 무관심은 카페 안의 사람도 마찬가지다. 짧은 바지에 다리맵시 예쁜 젊은 여성이 걸어가고, 검은색 선글라스로 얼굴을 가린 여인은 키가 목 하나는 더 없은 훤칠한 남자와 팔짱을 꼈다. 말쑥이 차린 중년 부부가 바쁜 걸음으로 지나간다. 이것들이 유리 벽 밖의 풍경이다. 모두가 시선 하나 주지 않는다. 꼭 추수가 지난 메밀밭에 밀짚모자 삐뚤게 쓴 허수아비 같다.

100평이 넘을 듯 넓은 카페 실내. 구석진 곳에 책이 가득한 책장이 삼면을 막았다. 마치 어느 선비 집 별채 같다. 커피잔을 앞에 놓고 책장을 넘기는 사람, 홀로 컴퓨터 작업을 하는 남녀학생, 노트북을 앞에 놓고 자판을 두드리는 젊은 여성은 근처 대학교 학생인가 보다. 아이패드나 스마트폰으로 열심히 무언가를 탐색하는 중년의 신사. 그들은 모두 자기만의 것에 몰두하고 주위는 아예 없다. 문명이 나은 컴퓨터 좀비들. 그들은 현대 사회의 소외와 고립이라는 문제를 상징하는 존재다.

열 살짜리, 일곱 살짜리 아이들을 데리고 온 부부는 숍 중앙 테이블에 앉아 바가지만 한 빙수통을 앞에 놓고 다투듯 먹고 있다. 담배연기 자욱한 흡연실에 다리를 꼬고 앉아 희뿌연 연기를 내뿜는 젊은 여성 두 명과 머리를 길게 기른 중년의 남성이 보인다. 남성은 머리를 길게 기른 것이 한눈에 음악이나 미술을 하는 인상이다. 알고 보니 차분한 동요 연주로 유명한 '피아노와 이빨'의 아무개 대표란다. 마침 그가 연주하는 〈엄마야 누나야 강변 살자〉의 실 같은 아쟁 현음이 실내에 퍼져 갔다.

누구의 간섭도 허락지 않는 공간, 커피 한 잔을 두고 긴 시간 작업을 해도 아무도 말리지 않는 자유로움, 커피와 아쟁 가락의 밸런

218

스가 있는 공간이지만, 사람과 사람 사이의 관심은 찾아볼 수 없다.

　칠순이 훌쩍 넘어 보이는 노신사 한 분이 검은 라스포사 가방을 메고 카페 유리문을 연다. 그는 서슴없이 카운터로 걸어가 아메리카노 커피 한 잔과 초콜릿 쿠키를 주문하고 신용 카드를 내민다. 전자 버저를 받아 밖이 잘 보이는 창가에 앉았다. 점심에 토종 삼계탕을 먹었더니 입안이 텁텁해 커피를 마시러 왔다고 한다. 그는 일주일에 두어 번 이곳에 오지만, 영감이라고 눈치받아 본 일이 없어 좋다고 한다. 창밖에 보이는 세상사를 보며 시간 흐르기를 기다린다. 토종 삼계탕과 커피, 칠순 노인과 초미니 바지를 입은 젊은 여인, 어울리지 않을 것 같은 어울림의 존재, 저것을 두고 동질감 없는 제작된 자유라 하지 않을까.

　카페베네 매니저 C 씨는 "신촌, 홍대 앞이 만원이 되어 넘친 사람들이 이젠 이곳을 찾아옵니다. 그들은 이런 분위기를 원합니다."라고 말하며 싱긋 웃더니 "젊은이들이 원하면 모든 것이 변해요. 그곳엔 돈이 있거든요. 사람과 사람 사이는 단절이 있지만, 돈을 따라 뛰는 사람들은 이를 굳이 신경을 쓰지 않아요. 현대인에게는 변화가 주는 충족감이 존재하니까요."

　오래전 어느 신문 기사에 이런 공간을 커피스텔(커피+오피스텔)이라고 했고, 빠른 속도로 일상화됐다고 했다. 통계에 의하면 국내 커피스텔 같은 전문 커피점 숫자는 기하급수로 증가하고 있다고 한다. 커피값은 일반 커피집보다 비싸지만, 도시풍의 무관심이라는 불평에도 커피스텔은 공간으로부터 얻는 감성적·실용적 체험이 또 다른 더 많은 효용가치를 느끼기 때문에 번창한다.

　도시는 변한다. 환경에 따라 변신하는 카멜레온처럼 쉼 없이 변해간다. 사람과 사람 사이를 연결하는 사람 냄새를 배척하고, 기계와 사람 사이의 언발란스(unbalance)적인 융합을 모색하며 끊임없이 변해간다. 사람이 만든 돈의 문명 속에서….

무의 巫衣

양주 송추골을 들머리 잡아 오봉을 지난다. 덧칠하지 않은 신록을 잉태하는 5월, 산을 덮은 연둣빛 푸른 하늘, 꽁꽁 언 땅에서 신록을 올리는 저 함성, 천지와 인간, 우주 만물이 태어나는 생명의 근원, 온 전신에 용트림치는 조용하면서도 쿵쾅거리는 저 율려(律呂), 개선장군의 말발굽같이 우주의 생명을 일깨우는 웅장한 전율. 그의 시작은 신록이었다. 신록은 생명의 박동이다. 지난겨울 불덩이 같은 함몰을 딛고 마침내 기대고 싶은 내 아버지의 넓은 등짝으로 순화시키는 모태다. 난 이 계절이 되면 배생이 굿 무당이 입은 붉은 무의를 기억해 낸다.

무의(巫衣)!

무당이 굿을 할 때 입는 옷. 억울하게 죽은 수많은 백골을 수습 매장해 놓고, 아니꼽고 더러운 이 세상 미련일랑 잊고, 좋은 곳에 가서 영화롭게 쉬기를 바라는 늙은 무당의 염원. 둥덩거리는 북소리에 맞춰 하얀 꽃 달린 고깔 위로 이어지는 무의(巫衣)의 긴 소매 따라 허공에 그려지는 곡선, 그 대가로 모든 이에게 병마를 없애주기를 비는 배생이 굿 무당이 입은 붉은 무의.

충남 은산에 동신을, 부산 구포에 산신과 장승을, 안동 하회에 국사당과 삼신당을, 무신·산신·삼신의 수호신에게 엎드려 제사했다. 특수한 신이 아니라 어떤 대상의 신이든 만인의 안녕을 위해 굿장을 편 배생이굿 무당. 신과 혼교하는 그는 붉은 무의를 펄럭이며 신을 맞이했다. 무의는 신과 접하는 징검다리이기에 이를 찾고 무의를 입은 무당의 흉내를 내고 싶은 거다.

언제부터인가는 뚜렷한 기억은 없다. 해가 바뀌는 이맘때쯤이면 늘 색채 바이러스에 의한 몸살을 흥건히 앓는 것이 오래됐다. 그저 막연히 아무것도 없는 푸른 허공을 보고도 밤 항해에 구세주 같은 등댓불 미련에 빠져들곤 하는 것이 그 증거였다. 그래서 이때가 되면 홀린 듯 산을 찾고 계곡 물소리에 방황한다.

참 빠르기도 해라. 엊그제까지만 해도 생명의 박동을 멈추고 미련마저 고갈된 낙엽이란 이름으로 비산되더니, 이제 또다시 우주의 원성(原聲)으로 돌아와 절구짓 하는구나. 그래서 난 아무렇게나 구겨지고, 처박힌 붉은 무의를 서둘러 찾는다.

"내가 이러면 안 되지!"

자라목을 하고 사방을 둘러본다. 반역자처럼 무겁지도 않고 가랑잎처럼 경쾌하지도 않은 발걸음은 저 무하(無瑕)한 신록 탓인가? 아니면 요즘 세상의 시끄러운 치부를 가리고 싶은 염치 때문인가?

동무해 준 H 박사도 된장 듬뿍 찍은 풋고추를 씹으며, 자신도 그것에는 자유로울 수가 없다 한다. 동질의 동료가 있어 위로는 됐지만, 모르핀이 섞인 진통제라도 맞고 속히 나아야 할 터인데 말이다. 사실은 쉬 낫지 않으려 발뺌하는 징벌적 유혹도 있지 않을까 싶다. 끝내 고치지 못할 병이니까. 같이 살아도 괜찮을 것이라는 믿는 구멍도 있는 것이 아닌가.

미국 작가 '오 헨리'의 단편 「마지막 잎새」를 생각한다.

실루엣처럼 보이는 창 너머 담쟁이 잎을 헤아리며, 마지막 잎이 지면 내 생명의 빗장도 떨어진다고 믿는 환자 '존시'의 생명을 구하는 무명화가의 헌신. 무명화가는 신에게 환자의 쾌유를 비는 배생이 굿의 무당이고, 그림은 신과 혼교할 때 입는 무의였다. 마지막 잎이 그림이라는 것을 번연히 알면서도 속아주기를 바라는 순진하고 절박한 모순. 철없게도 그 도구가 무의라는 마력을 가진 허위임을 알면서, 속이는 자와 속는 자의 동질성 속에 녹아든다. 하기야 저 높은 이데아의 세계를 터부시 한다는 돈의 이중성을 지닌 도심 속 십자가도 있지 않은가. 세상은 겨울 이슬비 같은 냉정함이 때로는 호롱불처럼 이율배반적 따뜻함이 될 수 있다는 거다.

산을 돌아 집에 막 들어와 컴퓨터 자판을 두드린다.

요 며칠은 글을 쓰고 싶어 푸른 여명이 올 때까지 자판을 두드렸다. 종이 위에 한 자 한 자 내려앉는 글자를 수확으로 여겼다. 그런데 그것 모두가 뜻대로 되지 않았다. 자판 위에 손끝이 쉴 새 없이 움직인 기억은 있는데, 아무짝에도 쓸 것 없는 철자만 널뿌려 놓았다.

허이~ 허이~ 허무야~ 허무. 속상해!

갈기갈기 찢어 던져버렸다. 산도, 하늘도, 컴퓨터의 메일도. 아들 며느리가 준 카네이션 같은 것 모두가 허상이야. 그저 지나가는 시간의 장난질이야.

만인을 위해 배생이 굿을 하는 무당의 붉은 무의가 되고 싶다. 한 생명을 위해 폭풍우와 싸우며 담장의 마지막 잎새를 그리는 무명 화가가 되고 싶다. 그리고 노 씨, 이 씨, 박 씨, 김 회장, 아무개, 군림하고 세금 떼 처먹는 지체 높은 아무개에게도 이 세상 모든 생명을 위해 세사 지내는 배생이 굿 무당이 되어 달라고 애원하고 싶다.

장가간 아들이 빨간 카네이션 네 그루가 피어 있는 푸르고 앙증스러운 작은 바구니를 들고 내 옥탑 글방에다 두고 갔다. 며느리가 드리는 거라고 말까지 전해주었다. 장가가고 아이 낳더니 지 처 입장을 생색낸다. 줄려면 본인이 줄 것이지, 웬 심부름이냐? 가슴을 팔딱이며 잠에 폭 빠진 생후 1개월 3일 된 손녀 현서, 이따금 배 안에 짓 같은 꼴진 웃음을 웃는 얼굴이 떠오른다. 어린것의 별명을 '쭈구리'라고 지었다. 천한 별명이 건강하게 크게 만든다고 어미에게 속설을 들려주었지만, 그보다도 기지개 펼 땐 온몸이 쭈그렸다 폈다 핏기 오른 얼굴, 생명으로서 가장 투명한 모습을 짓는 내 핏줄의 귀여움을 두고 역설한 거다. 어쩌면 저 쭈그러진 얼굴이 생명의 시작하는 신록이 아닌가. 우리 삶으로 환생시키는 생의 태동, 무의가 그린 곡선이다. 이젠 내 삶으로 돌아가야지. 격조했던 주위를 추슬러야지.

그것도 빨리 굿이 끝나 차곡차곡 접어 다음을 위해 궤짝에 넣어 놓았던 배생이굿 무당이 입은 붉은 무의처럼 말이다.

할아버지 이야기

"할아버지. 스마트폰 좀 빌려주면 안 돼요?"

"뭐 하려고? 네 것은 어쩌고?"

할아버지의 탁한 목소리다.

"게임 하고 싶어요. 내 것은 아빠가 막아 놨어요."

초등학교 3학년 열 살짜리 손자 현재가 할아버지에게 무슨 말을 할듯 망설이더니 결심이나 한 듯 불쑥하는 말이다. 아빠, 엄마 둘다 직장에 나가기에 세 살 위인 제 누나 현서와 같이 낮에는 할머니 집에서, 밤에는 아빠 엄마와 함께다. 요즘 젊은 부부 중에 아이를 할머니나 외할머니에게 맡기고 맞벌이하는 부부가 많다. 하기야 과거보다 많이 배운 젊은 남녀가 결혼하고 나서 아이 양육에만 전념하기에는 그들의 배움이 아까운 면도 있다. 어린것들을 맡길 곳은 부모 집이 가장 안심이다. 자식을 엄마 품에 안고 키우던 시절보다 그들간의 정이 덜 할 수도 있다. 할머니 할아버지가 아무리 잘해준다 해도 어린것들에게는 제 부모만큼 좋을 수 있으랴.

두어 달 전에 아들네 식구가 손자 녀석들이 다니는 학교에서 멀리 떨어진 상암동으로 이사를 했다. 그 바람에 할미 할비는 갓난이 때부터 똥오줌을 받아가면서 키워온 손자 손녀와 떨어져야 했다. 처음에는 어린것들이 할미와 헤어지기 싫다고 울기도 했지만, 한번 그곳을 다녀온 후로는 집이 넓고 지들 방도 있어 좋다며 간다고 했다.

아이들은 아빠 엄마를 따라가는 것이 당연하다. 하지만 할미 할비는 그들과 헤어짐이 한쪽 가슴이 텅 빈 허공처럼 섭섭했다. 그만큼 어린것들과 정이 들었다는 얘기다.

전학 허가 통지가 나올 때까지 한 달 동안 월요일에서 목요일까지는 할머니 집에 있다가 금요일 학교 공부가 끝나고부터 일요일까지 상암동 집으로 간다. 칼로 무 자르듯 단번에 떨어지는 것보다 당분간 같이 있으며 시나브로 떨어지는 것이 허전함의 완충작용을 했다. 그런데 여기에 문제가 생겼다. 어린것들 특히 막내 손자인 현재가 할아비 할미 집에 있을 때 심한 장난을 해도 귀엽다고 그냥 둔다는 이유였다. 특히 아빠 엄마의 간섭으로부터 해방된 틈을 타 스마트폰 게임을 너무 많이 한다는 거다. 이를 억제키 위해 일정 시간 게임을 할 수 없도록 스마트폰에 기능을 막아 놓았다. 요즘 아이들 누구누구 할 것 없이 그것이 제일 친한 친구가 된 지가 오래다. 다른 아이들은 다 하는데 자기만 못 하면 죽을 맛을 보는 것과 같겠지. 오죽하면 할아버지에게 스마트폰을 빌려 달라고 했을까. 제 부모의 마음을 이해 못 하는 것은 아니지만, 그래도 할비로서는 어린것 맘을 헤아리고 싶었다.

"옜다, 여기 있다. 너무 오래 하지 말아라!"

계면쩍은 표정으로 스마트폰을 받아 든 손자는 작은 책상이 있는 방 구석진 곳에 앉아 게임에 열중한다. 그 손놀림이 마치 전쟁터의 속사포 사수의 손이다. 할아버지 눈에는 그런 손자가 눈 안에 넣어도 아프지 않을 귀여운 존재였다.

며칠 전, 할미가 대장암 수술을 받고 나서 병상에 누워 있을 때다. 현재가 할머니 곁에서 병시중 든다고 할머니와 같이 병원에서 잔다고 고집을 피웠다.

"할머니. 아프지 말아요. 아프면 안 돼요~"

할미의 수술 부위를 만지며 눈물을 글썽이기에, 할미는 수술 후유증으로 오는 통증도 잊어버린 채, 그 어린것을 꼭 껴안았다.

"우매~ 내 새끼~, 고마워라. 고마워라~"

할미도 그때가 가장 행복했다며 눈물이 돌았단다. 할미에겐 현재가 한시라도 없으면 보고 싶고, 모든 것을 주어도 아깝지 않은 연인이 된 지가 오래다. 이 말을 들은 할아버지도 코끝도 시큰했다.

아이들은 대개 한두 살이면 '아빠와 엄마에게도 부모가 있다.'라는 것을 알게 되고, 5세 정도가 되면 자신이 누구의 자손인지 알게 된다고 한다. 특히 할아버지 할머니 집에서 찾아낸 아빠의 어렸을 적 장난감이나 옷가지, 옛날 사진 같은 해묵은 잡동사니들은 아이에게 새로운 자극을 준다. 대가족 속에서 자란 아이들이 예의 바르고 사회성이 뛰어난 이유가 여기에 있다. 할머니, 할아버지는 아이의 놀이 친구도 되고, 훌륭한 이야기꾼도 되고, 그들의 멘토가 되기도 한다. 할아버지는 이런 것에 동의하고 또 그것을 믿었다.

그러던 이틀날 2월 18일. 빌딩 사이로 함박눈이 흩날렸다. 겨울눈을 기다렸는데 봄이 뜰 앞에 온 지금에야 찾아왔다. 눈은 땅에 앉자마자 기력이 부치는 듯 형태마저 스르르 사라졌다. 이 세상 모든 사물이 적시적소에 있어야 존재로서 가치가 있다고 했는데, 때 지난 함박눈은 본분을 지키기에는 너무 짧은 생명이었다.

할머니는 창밖을 흩날리다 사라지는 눈을 바라보더니 약간은 공포에 지친 표정으로 작은 가방을 꾸렸다. 치약, 칫솔, 얼굴에 찍어 바를 로션 샘플 몇 개와 허드레옷을 챙겼다. 두어 달 전에 수술한 대장암처럼 폐에도 의심쩍은 흔적이 있어 의사로서는 그냥 넘어갈 수가 없다는 소견과 함께 수술을 권유했다. 할머니는 의사의 소견에 따라 이를 수술키 위해 입원 준비를 했다. 말이 쉬워 수술이지 얼마나 어렵고 힘든 수술이겠느냐.

장기 수술이라는 것이 어쩜 생과 사의 결정을 짓는 사건인데, 두어 달 만에 두 번의 수술대에 올라야 하는 할머니는 오직 걱정이 많으랴. 땅에 내리자마자 사라지는 눈의 습기 같은 공포가 할머니의 가슴을 무겁게 눌렀다. 할머니는 이럴 땐 손자가 옆에 있었으면 위로가 될 것 같았다. 가방을 꾸린 할머니는 시간 맞추어 세브란스 병원으로 향했다.

2월 19일

세브란스 병원 본관 15층 151동 04호실. 커튼으로 햇빛을 가린 병실에 간간이 아픔을 참는 환자들의 신음이 뭉크의 실체 없는 그림 같이 스산했다. 병원 그것도 외과 병동이란 으레 통증을 참는 신음이 들리는 곳이다. 입원 하룻밤을 보낸 아침 7시 30분경, 간호사와 함께 푸른 옷을 입은 건장한 청년이 환자 이송용 베드를 몰고 왔다. 할머니를 수술실로 이송키 위해서다. 베드에 실려 수술실로 가는 할머니를 보는 할아버지는 지난밤에 꾼 꿈을 생각했다. 대통령이 할아버지 집에 들어와 같이 얘기하는 꿈이었다. 나라님을 보는 꿈은 길몽이라 했는네, 해몽처럼 할머니의 수술이 잘 되기를 할아버지는 맘 속으로 빌었다.

수술 후 환자가 151병동에 이동된 것이 수술실로 이동된 3시간 30분 후인 11시가 갓 넘었다. 이송 베드에 실린 체 초주검이 된 할머니의 창백한 얼굴엔 지독한 고통이 땀방울같이 흘렀다. 몸과 팔엔 링거 줄이 거미줄처럼 주렁주렁 걸려 있었고, 겨드랑이를 찢어 가슴에 꽂힌 투명 호수에는 선홍색 피가 뚝뚝 떨어졌다.

할아버지는 그런 할머니의 모습에 힘없이 살아지는 눈처럼 온몸에 중심을 잃었다. 왈칵 울음이 쏟아졌다. 숨 가쁘게 울먹였다. 삽시간에 초라해진 할머니가 불쌍하고 가여웠다. 간호사가 마약성 진통제를 주사하곤 했으나 겨드랑이에 네 곳이나 뚫어 폐를 절개한 통증을 견디기에는 턱없이 부족했다. 밤새도록 이어지는 통증을 참다 뱉어내는 신음,

"아야~ 아야~ 음~"

그럴 때마다 병간호하는 할아버지에게도 아픔이 전해 왔다. 인생이 가야 하는 생로병사의 과정이 이렇게도 힘든 것인가? 언젠가 청승스럽게 흘려듣던 가락이 생각났다. 엷고 느린 피아노 음률에 맞춘 여인의 한스러운 가락.

-나비야 청산 가자. 범나비 너도 가자.

가다가 날 저물면 꽃 속에서 자고 가자.

꽃에서 푸대접거든 잎 속에서 자고 가자-

젊은 시절 아내와 함께 이런 꿈을 꾸었다. 오만과 허영, 질병과 고통이 없는 곳에서 건강하게 살고 싶었다. 비록 내세울 것이 없이 인품 없고, 권부(權富)가 없을지라도 홀가분히 살고 싶었다. 그래서 할아버지는 시인이 되고 싶었다. 할미는 모진 통증을 참으면서 "할머니 아프지 말아요." 하며 울던 손자를 생각했다. 꼭 안아주던 손자의 따뜻한 체온이 떠올랐다. 그래야만 통증을 조금이라도 잊을 것 같아서다. 할아버지도 손자가 할머니 곁에서 스마트폰 게임을 하고 있었으면 좋겠다고 생각했다. 속사포 같은 어린것 손놀림을 봤으면 아픔이 없어질 것 같아서였다. 그렇게 병동의 하룻밤은 고통과 신음으로 지나갔다.

코로나가 급속도로 확산됐다. 온 세상이 비상이었다. 할머니가 입원한 병원도 방역은 물론, 문병하러 오는 친지들의 출입도 통제됐다. 간병인 1인만 허용됐다. 통증이 좀 가시면 손자가 문병을 올 것을 기다리던 할머니는 몹시 허탈했다. 수술한 지 5일째 되던 날 아침, 회진을 마친 담당 의사로부터 퇴원 허락이 떨어졌다. 그러나 환자의 수술 부위 통증과 겨드랑이에 뚫은 상처는 완쾌되진 않았다. 하루 이틀 더 입원을 원했으나 병원 측은 코로나 창궐로 병실 확보를 위한 조기 퇴원 권유했다.

"폐 수술은 상당 기간 통증이 있을 겁니다."

의사는 통증이 심할 때마다 복용하라며 마약성 진통제를 처방했다. 그날 오후 할머니는 퇴원해 집으로 돌아와도 손자는 보이지 않았다. 코로나 전염 때문에 가족 간 방문도 자제하라고 한 정부의 방침에 따라서다. 할머니는 손자를 못 본 탓인지 이날 밤잠을 못 잘 정도로 가슴 통증에 시달렸다. '닭 모가지를 비틀어도 봄은 온다.'라는 속담같이 지루했던 겨울 끝에 봄 햇살이 도타워지고 있었다. 할머니 집 가까이에 있는 불광천 도보 길에 겨우내 추위에 움츠렸던 사람들과 역병으로 본의 아닌 가택연금을 당한 사람들이 봄 햇살을 받으며 걸었다.

할머니가 퇴원한 후 사흘이 지났지만, 손자는 할머니 집에 오지 못했다.

"이놈의 역병, 코로난지 시발택시인지? 누굴 죽이려고 이러나?"

할머니는 병상에 누워 있으면서 전쟁 전후에 창궐한 천연두나 콜레라를 생각했다. 그 역병이 숱한 생명을 앗아갔다. 정부의 조치는 무능하다기보다 별 조치가 없었다. 국민들은 지금 창궐하는 코로나도 초동조치를 잘못한 정부 정책을 탓했다. 며칠이 지나갔다. 정부의 통제도 다소 완화되었다. 할머니 방에서 할미와 손자 간의 전화 소리가 들렸다. 지금 엄마 아빠, 누나와 함께 할머니 집으로 간다고 한다.

통증으로 신음하던 할머니가 갑자기 자리에서 일어났다. 화색이 달라진 얼굴로 행색을 다듬었다. 그들이 오면 먹일 것을 만들겠다고 부엌으로 나간다. 손자가 좋아하는 고기를 구워야겠다고 냉장고를 연다. 프라이팬에 식용유를 떨어트리고 인덕션에 전원을 켰다.

얼마 후 그들이 도착했다.

"할머니~" 하는 손자의 목소리에 할머니는 현관 앞으로 가더니

"현재야~ 내 강아지야~"

하며 들어오는 손자를 덥석 끌어안았다. 할머니는 수술 부위의 통증을 잊어버렸다.

할머니와 손자는 눈에는 눈물이 돌았다. 그로부터 집안에 웃음소리가 피어올랐다. 참 오랜만에 듣는 웃음소리였다, 이런 걸 두고 소확행이라 하는 걸까.

"옜다! 여기 있다."

할아버지도 손자에게 스마트폰을 큰 소리 내며 던져 주었다.

(여기서 할아버지 할머니는 손자의 입장에서 부르는 호칭이다.)

술, 별밤 그리고 할머니

"술은 이 세상에서 어느 음식보다 가치가 있고, 마음을 즐겁게 해주는 음식이다."라는 말이 있다. 이는 2700여 년 전 그리스의 의성 히포크라테스의 말이다. 그도 어지간히 술을 좋아했던 모양인지 술을 두고 극찬했다. 그가 말한 술은 포도주였다. 히포크라테스가 사망한 지 400여 년 후에 플루타르크가 저술한 『영웅전』에도 이 말이 인용된다.

2000여 년 전, 중국의 한 나라 시대에 왕망이 저술한 『식화지』에는 '소금은 식효(食肴)의 장(蔣)이며, 술은 백약의 장'이라고 기록됐다. 이처럼 동, 서양을 막론하고 옛날부터 술은 보양약으로 기록되어 있다. 위에 적은 술 예찬 문구를 잘 음미해 보면 애주가들에게 사랑받는 문구로도 좋지만, 반면에 술을 마시는 핑계로도 좋다.

술의 역사는 상당히 오래된 것 같다. 기원전 5000년 전부터 메소포타미아나 이집트에서 포도주를 빚었다고 한다. 고대 중국의 서경에는 누룩으로 빚은 술을 국얼(麴蘗)이라 적혀 있고, 한(漢) 나라에서는 밀로 누룩을 만들었다. 우리나라에서 술이 처음 나오는 문헌은 제왕운기(帝王韻紀)로 고구려의 주몽 신화에 천제의 아들 해모수가 하백의 세 딸을 초대하여 취하도록 술을 마시게 하니, 모두 놀라 달아났으나 큰딸 유화가 해모수에게 잡혀 인연을 맺어 주몽을 낳았다고 한다. 또 삼국 시대 때 입안에서 곡물을 씹어서 만든 술을 일러서 미인주(美人酒)라 했다는 기록이 지봉유설(之峰類說)에 남아 있다.

이런 술은 적당히 마시면 약이 되지만 과음하면 술이 사람을 지배하는 못된 습성이 있다. 술에 지배당한 사람은 이성을 잃고, 지각없는 행동으로 직장 또는 사회로부터 손가락질을 받기도 한다. 개중에는 술의 주성분인 알코올에 중독되어 건강마저 잃고, 일생을 불행하게 보내기도 한다. 술은 인간에게는 오래된 문화이지만, 몸과 인생을 망치는 상반된 가치가 같이 존재하는 음식이다.

술을 제각기 처음 마셨을 때의 기분은 어떠했을까?

사람마다 경우가 다르겠지만, 여기에서는 나의 그때 추억을 찾아보려 한다. 내가 처음 술을 마신 때가 6·25 한국전쟁 무렵인 것으로 기억된다. 국민학교의 저학년이었으니 여덟아홉 살은 됐을 성싶다. 학교가 집에서 십여 리나 떨어진 면 소재지에 있었다. 등 하굣길엔 동네 또래 아이들이 모여 줄을 서서 오가곤 했다. 학교가 있는 면 소재지에 술도가(양조장)가 있었다. 그 양조장에서 만든 술이 주로 탁주(막걸리)였다. 그 시절엔 아무나 술을 만들지도 못했고 팔지도 못했다. 술도가에서 배달되는 술이 전부라고 해도 과언이 아니었다. 우리 동네를 비롯해 면 전체 여러 마을을 돌며 하루에 두 번씩 배달

하는 우마차가 있었다.

어느 햇볕이 따끈한 늦은 봄날이었다. 학교를 마친 또래 아이 두어 명과 같이 집으로 돌아가고 있었다. 책 보를 허리에 찔 끈 농여 매고 토닥토닥 재잘거리며 걷고 있었는데, 마침 나무로 만든 두말들이 술통을 잔뜩 실은 술 배달 우마차가 우리 동네로 가고 있었다. 마차를 모는 아저씨는 마차 앞걸이에 걸터앉아 반 눈을 감은 채 끄떡 끄떡 봄 잠을 즐겼다. 아이들은 의논이나 한 듯 보릿짚 상대를 뽑아 대롱을 만들어 아저씨 몰래 마차 위로 올랐다. 술통엔 나무로 깎은 굵은 팽이 모양의 뚜껑이 꽂혀 있었다. 아이들은 그 뚜껑을 흔들어 뽑고 보릿짚 대롱을 꽂아 빨기 시작했다. 생전 처음 맛보는 시큼털털한 맛이 입안에 고였다. 감주 같이 달지는 않았으나 싫지는 않았다. 얼마나 빨았을까. 온몸에 열이 오르고 정신이 어질어질한 것 같아 머리를 흔들어 보기도 하고 눈을 비비기도 했다. 아이들은 서로의 얼굴을 보며 킥킥거리며 숨죽여 웃기도 했다. 그래도 마차 아저씨에게 들키지 않으려고 술통에 바짝 붙어 계속 빨았다. 삐걱거리는 마차의 바퀴는 두터운 자갈길에 출렁거리며 가고 있었다.

얼마큼 시간이 지났을까! 마차가 우리 동네 입구에 들어섰다. 마차에서 내려야 한다는 생각이 들어 아이들에게 내리자는 신호로 고개를 흔들었다. 내리긴 내려야겠는데 아저씨에게 들킬까 봐 조바심을 하고 있을 때,

"워 워" 하며 고삐를 치는 소리가 났다. 마차를 세우는 아저씨의 목소리였다.

마차는 두어 발짝 가더니 삐걱삐걱 소리를 내며 그 자리에 멈췄다. 그때 깜짝 놀랄 일이 생겼다. 아저씨의 목소리가 들린 것이다.

"야! 이놈들아! 자빠질라, 조심해 내리래이(내려라). 비틀거리지 말고 곧장 집으로 가래이(가라)." 하시며 싱긋 웃으시던 아저씨 이마에선 주름이 놋대접 소리처럼 부드러웠다.

노곤한 봄 햇살이 하늘에서 참빗 살이 되어 마구 쏟아지고 있었다. 웬일인지 노래가 나오고 기분이 좋았다. 집에 들어서는 나를 할머니가 맞으며,

"아이고 더버라(더워라), 우리 강세이(강아지) 핵고(학교) 갔다 오는구나. 얼굴이 익어 새빨갔대이." 하시며 내 손을 잡는다. 그리고 나선 내 얼굴을 보더니

"야가 술 배달 달구지를 탔구나." 하시면서 뒤뜰 샘에서 막 떠온 찬물 한 그릇을 마시게 했다.

"야야. 땡볕에 밖으로 쏘다니면 몸에 진 다 빠진다. 한잠 자거라." 하시며 나무 그늘 밑에 밀집 멍석을 깔아 주셨다. 기분 좋게 실컷 자고 눈을 떴을 때, 하늘엔 미리내가 살구꽃처럼 피어 있고, 긴 별똥 꼬리가 하나씩 둘씩 선을 그리며 허공으로 녹아들었다. 할머니는 장죽을 입에 문 채 내 옆에 앉아 태극이 그려진 큼직한 부채로 나를 향해 바람을 내고 계셨다.

작가 성석제는 어릴 적 막걸리 심부름을 하며 홀짝홀짝 마시다 길가에 쓰러져 잠이 들고 말았다. 중장년치고 어린 시절 술도가에서

막걸리를 받아오다 주전자 부리에 입을 대고 시큼털털한 막걸리 맛 한번 안 본 이가 드물 것이다. "막걸리는 고향이다. 한국인의 몸과 마음에 깊이 육화(肉化)한 생명수다."라고 했다.

생각해 보면 그때 마차를 몰던 아저씨는 우리 행동을 처음부터 다 알고 계셨던 거다. 할머니도 동네 형들이 나처럼 그랬다는 것을 알고 계셨던 거다. 그때 처음 맛본 시큼털털한 술맛, 은하수가 강물처럼 흐르고 개밥바라기가 빛나던 기분 좋은 별밤, 할머니의 사랑과 지혜가 함께 녹아 있는 그런 아름다운 순간의 맛이 내 생전에 또 있을까?

기적은 땅에서 걷는 것

걷기가 무섭다. 발걸음을 옮길 때마다 뜨거운 열감과 통증이 밀려왔다. 열감은 느낌이고 통증은 아픔인데 그것이 한꺼번에 발바닥을 괴롭혔다. 좀 더 자세히 말하면 내 체형은 통통한 편으로 고혈압과 고지혈증약은 복용하고 있었으나 일상생활하는 데는 별지장이 없었다. 하지만 의사로부터 당뇨 전 단계라는 진단을 받고 운동을 권유받았다. 운동으로는 하루에 만 보를 걷는 것이 건강에 좋다하여 응암역에서 한강을 잇는 불광천 둑길을 걷기 시작했다. 그렇게 걷기를 1년 정도 지났을 때는 몸도 가벼워지고 다리에 힘이 오르는 느낌도 들었다. 걷기가 내 늙음에 건강 묘방으로 생각하고 체력에 약간 무리가 있다 해도 하루 만 보를 걷기를 맘먹고 실천해 왔다. 또 그것이 내 건강에 긍지를 갖게 했고, 늙음에 대한 반항으로 여겨 눈비 오는 날을 제외하곤 거의 일상화되었다.

그러던 3년이 지난 어느 날부터 걸음을 걸을 때마다 발바닥에 열감과 통증이 생기기 시작했다. 이러다가 낫겠거니 대수롭지 않게 여기고 늘 하던 대로 걷기를 계속했다. 통증은 날이 갈수록 더해갔다.

어느 날 밤, 침대에 누워 잠을 청했는데 발바닥부터 발목 종아리까지 심한 열감과 통증이 올라 잠을 설치게 했다. 아침에 일어나 발을 막 디디자 나도 모르게 털썩 주저앉고 말았다. 무뎌진 발바닥 감각과 발뒤꿈치부터 시작되는 뜨거운 열감과 통증으로 화장실 가기도 어려웠다. 여태 살아오며 발의 문제로 내 생활의 제약을 받는다는 것은 상상조차 하지 못했다.

"아차! 무슨 일이 일어났구나!"

별수 없이 집 근처 정형외과를 찾았다. 젊은 의사는 X-Ray를 찍고 이리저리 아픈 곳을 만지더니,

"이런 증상은 여러 원인에서 올 수 있으나, 체력보다 발을 무리하게 사용한 것도 원인이 될 수 있으니 걷는 것을 줄여야겠습니다." 한다.

한때는 등산에 몰두해 국내 이름 있는 산은 물론, 일본 알프스를 등정한 일도 있고, 몇 날을 두고 강원도 고성 통일 전망대로부터 경북 포항까지 도보 여행도 했는데…

체력만 믿고 만 보 걷기를 매일 한 것이 무리였구나. 분수에 맞지 않는 욕심을 부리며, 젊은 사람 흉내 내는 주인에게 발이 참다못해 반란을 일으킨 거다. 걷기가 건강에 좋다는 것은 분명하지만 체력에 무리한 운동은 오히려 역효과를 불러올 수 있다는 것을 이제야

깨달은 것이다.

　병원에서 몇 가지 처방 약과 물리치료를 받고 돌아와 꼼짝 않고 집 안에 박혀 있었다. 기온이 30도를 오르내리는 찜통더위 여름날, 마루 소파에 앉았다가 침대에 눕기를 번갈아 한다. 그제야 7학년 말 반이 된 내 몸의 소리가 고막을 마구 두드린다. 눈도 침침해지고, 어깨도 저려 팔을 쓰는데 제약을 받고, 대장염으로 눈이 땡그래지도록 살이 내리고. 손목도 아프고, 힘에 겨운 걷기에 발도 힘들었노라, 온몸 구석구석에서 불평의 소리가 거칠게 쏟아졌다. 진작에 몸의 불평을 알아차려서야 했는데. 내 무지한 욕심이 그 소리를 듣지 못했다. 들어도 무시했다. 어리석은 국민이 어리석은 지도자를 뽑으면 불행해지듯 사전 경고를 듣고도 무시했던 내 무지함이 내 몸을 망치고 있었다.

　조물주가 만들기를 사람의 몸은 어느 한 곳이라도 다치고 병들면 아프고 불편하게 만들었다. 그러나 병은 생기기 전에 해당하는 전조증상이 있다. 지금 내 상태가 어려우니 휴식을 취하고 늦기 전에 대비하라는 주인에게 주는 일종의 신호다.

　내 치아도 그랬다. 스물여덟 개 이빨 중, 4개는 충치로 뽑아내고, 두 개는 크라운으로 씌웠고, 4개는 임플란트를 했다. 여태껏 음식을 맛있게 씹어 주인 건강을 유지케 했던 이빨을 주인이 무리하게 쓴 것이 원인이 되어 발치할 지경이 되었다, 아픈 이를 뽑아 쓰레기통에 버리고 뒤도 돌아보지 않는 몰인정한 주인을 이빨 입장에서 보면 현명하고 감성 있는 주인인가? 하는 의문이 생겼을 것이다. 그 지경이 되기 전에 잇몸에 피가 나고, 이가 시린 사전 신호를 보내고 있었다. 그 신호를 묵살(默殺)한 결과 경제적인 손실은 물론, 치료 시 심한 통증과 스트레스로 구강 작열감까지 생겨 4년을 고생 중이다. 이건 자연 순리를 거역한 벌(罰)이다.

족저근막염 때문에 외출을 자제(自制)한 지 4주가 지났다. 발의 열감과 통증은 여전하다. 하도 갑갑해 이른 아침에 조심스럽게 4층 옥상에 올랐다. 출근을 서두르는 사람들, 가방을 들고 뛰는 젊은이, 하이힐을 신고 또박또박 걷는 여성, 모두 다 활기차게 걸어간다. 갑자기 그들이 부러워졌다. 아니 걷는 것 자체가 기적이었다. 난 저들의 대열에서 낙오된 오리가 된 것이다. 이런 나 자신이 후회스럽기도 하고 안타깝기도 했다. 아프기 전에 보이지 않던 것들이 이제 보이는 거다. 아픔이 고통만 주는 것이 아니라, 안 보이던 것을 보이게 하는 순기능도 있었다.

고인이 되신 박완서 작가의 글 '일상의 기적'이 떠오른다. "기적은 하늘을 날거나 바다 위를 걷는 것이 아니라, 땅에서 걸어 다니는 것이다." 예전에 싱겁게 웃어넘겼던 그 말이 다시 생각난 건, 땅 위에서 건강하게 걷는 게 결코 쉬운 일이 아님을 알았기 때문이다. 우리 몸 구석구석은 삶에서 가장 소중하고 필수적인 자산이다. 안구(眼球) 하나에 억이라고 하니, 눈 두 개는 2억 원, 신장 바꾸는 데는 3천만 원, 심장 바꾸는 데는 5억 원, 간 이식하는 데는 7천만 원, 팔다리가 없어 의수와 의족을 끼워 넣으려면 더 많은 돈이 든다고 한다. 두 눈을 뜨고 두 다리로 걸어 다니는 사람은 몸이 51억 원이 넘는 가치를 지녔다는 얘기다.

서울 강남땅에 가장 비싼 아파트보다 더 높으며, 세계 최고급 승용차보다 몇 대의 값보다 비싸다. 이렇게 귀한 몸을 때로는 당연하다는 듯, 그것들보다 무시되기도 한다. 어떤 부문 하나라도 제대로 작동하지 않으면 삶 전체의 영향을 받기도 하고, 심지어 인생 전체를 몰락으로 바꿔 버린다. 이런 우리 몸은 신(神)이다.

건강한 몸을 가지고 걸을 수 있다는 것만으로도 하늘이 준 기적이다. 몸을 지키지 못하면 기쁨이 없고, 기쁨이 없으면 행복할 수 없다. 아무리 복잡한 경쟁 사회라도 몸의 소리를 듣고 건강을 지키는 여유를 갖고 사는 것이 죽음으로 생명의 경계가 그어지는 한계 인간이 보람 있게 사는 비결이 아니겠느냐? 인간에게 기적은 땅에서 걸을 수 있다는 것이다.

(그 후 1년이 지난 지금도 발바닥 통증으로 거동에 제약이 있다)

코로나 잃은 것과 찾은 것

봄은 늘 그랬다. 겨우내 닫혔던 창문을 열었더니 싸리한 봄 향기가 밀려든다. 그것도 물결처럼 코끝에서 춤을 춘다. 창을 마주한 북악의 봄기운은 사람들의 가슴에 봄볕을 뿌렸다. 하지만 올 2020년의 봄엔 여느 해와 달리 내 후각을 잃었다. 행여 봄 향기가 없어진 건가 했더니 그건 아니었다. 코로나가 앗아가 버린 거다. 마스크를 가린 채 가택 은거한 지가 두어 달, 그 통에 노란 들판의 봄 향내를 맡을 겨를도 없었다. 설령 있다손 치더라도 코와 입을 한꺼번에 막았으니 향내를 맡을 수가 없지 않은가. 이러다가 오감 장애자가 될까 두렵다. 거리에는 21대 국회의원 총선 유세 마이크 소리가 봄볕맞이 정감마저 매몰시킨다. 역병에 사람이 죽어 나가도 자기 출세를 위해 서로 헐뜯고 싸우는 저 오지랖 넓은 정치인들 고함에 오늘따라 윤리적 반항이 솟구친다.

사람 모이는 곳이 바이러스와의 전장(戰場)이 되었다. 감염 초기에는 마스크 착용을 명령하더니 엊그제부터 사회적 거리 두기를 권장하는 국무총리의 호소문 같은 경고가 TV에 실렸다. 사회적 거리라고 하지만 사람과 사람 사이 거리를 강제로 띄우게 한다는 의미에서 '물리적 거리 띄우기'란 표현이 옳지 않을까? 그것만도 아니다. 강원도 태백산 어느 곳엔 봄꽃 사랑하는 상춘객을 불러들여 중앙관서에서 지시한 관광수입을 올리려고 1만 6천 평이나 되는 추운 산골 땅에 유채를 심었다. 유채라면 기온이 따뜻한 제주도의 명물이다. 하지만 태백산 산골에 생경한 모양새로 관광객을 맞이할 요량이었다. 추위를 견딘 노란 유채는 봄볕을 안고 물결처럼 살랑댔다. 그런데 이곳이 바이러스 전쟁터로 지목되었으니….

　유채꽃 축제는 취소되었고, 꽃밭은 인상 험한 불도저 발밑에 꼬꾸라졌다. 저 아름다운 꽃과 향기를 어쩌나! 키우고 가꾼 사람들의 마음은 눈물이었다. 눈물은 역병을 올바르게 대처하지 못한 정부를 향한 원망이었다.

　서울은 극약처방을 내렸다. 시내 유흥업소 4백여 곳에 영업장 폐쇄를 명령했다. 강남의 어느 룸살롱에서 확진자가 나와 내린 조치라 했다. 확진자 한 명이 접촉한 사람이 무려 백 명이 넘는단다. 유흥업소를 즐겨 찾던 젊은이들은 일산, 분당, 인천, 대전까지 가서 춤을 추고 놀았다. 서울을 닫았더니 다른 도시로 옮기는 풍선효과인 셈이다. 원래 유흥이라는 것이 근본 바탕에는 자유가 있다. 유흥을 즐긴다는 것은 사람과의 단절을 뛰어넘는 인간의 근본적인 자유를 즐긴다는 것이다.

학교 개학도 무기한 연기됐다. 온라인 교육이 시작됐다. 학생들이 학교 수업을 듣는다는 것은 지식 습득 이외에 더불어 사는 사회 규칙을 연습하는 것인데, 결국 코로나는 국민의 자유와 배움의 권리를 빼앗은 거다.

프랑스 작가 알베르트 카뮈가 1947년에 발표한 소설 『페스트』에 이렇게 쓰여 있다. 소설 페스트는 14세기 초 중앙아시아 평원 지대서 발생한 급성 열성 전염병으로 쥐가 옮기는 역병 페스트를 주제로 한 내용이다.

프랑스의 작은 도시 오랑에 페스트가 창궐해 수많은 인명이 죽어갔다. 정부는 군인을 동원해 도시를 폐쇄했다. 식량도 바닥을 드러냈고, 밤을 밝히는 전기마저 끊었다. 도시는 암흑으로 변했고 돌덩이처럼 차가웠다. 시민들은 극도의 불안 속에 제정신이 아니었다. 술을 마시고 불을 질렀다. 군인들은 법을 위반하는 사람들을 처형했다. 그러나 그들은 처형을 두려워하지 않았다. 두려운 것은 사랑하는 사람과 가족, 친구들과의 단절이었다. 시민들은 단절 아닌 자유를 원했고, 봉쇄로 오는 부자유에 반항했다. 세상일이란 참 아이러니한 것, 이 혼란 속에서도 호황을 누리는 곳이 있었다. 술집도 아니고 운동장도 아니었다. 그곳은 교회였다. 교회 교단에 선 판느루 신부는 설교에서 "당신들, 그리고 또 당신들, 모두 죄인입니다. 여러분이 지은 죄를 심판하기 위해 페스트는 신이 내린 형벌입니다. 우리 모두 회계하고 구원받아야 합니다."라고 그전보다 더욱 정열적으로 설교했다. 그는 매일 같이 죽어 가는 사람을 보면서 주민들이 기독교 말씀, 사랑의 말씀만을 외치기를 원했다. 그 나머지 일은 신이 몫이라 했다. 어느 날 어린아이가 피를 토하며 죽는 것을 본 마을 사람들은 신부를 향해 이렇게 말한다.

"신부님이 말하는 신은 인간의 죄 때문에 어린 생명에게 죽음이라는 형벌을 준다면 우린 당신이 숭배하는 신을 배척하겠소."라고 말한다. 그 말은 들은 신부는 다음 날 자살을 택한다. 오랜 혼란의 시간이 흘렀다. 쥐들이 다시 나오기 시작했다. 사람도 죽지 않았다. 시민 모두의 힘으로 페스트가 퇴치되었다. 그러나 페스트균은 결코 죽거나 소멸하지 않고 꾸준히 살아남았다가 언젠가는 쥐들을 다시 흔들어 깨워서 사람의 생명을 앗아갈 날이 온다는 것을 알고 있었다. 다만 평온하게 사는 인간 세상에 언제 어떤 재앙이 위협할지라도 희망을 잃지 않은 구성원의 연대와 연합의 힘만이 저항을 뛰어넘을 수 있다고 했다.

지금 우리나라 의학자들이나 질병 관리 관계자들도 '바이러스가 유행과 완화를 반복하다가 언젠가 생존하기 좋아지고, 밀폐된 환경으로 접어들면 대유행으로 이어질 수 있다.'고 예측했다. 그것 보면 동서양을 막론하고 그때 나 지금이나 사람 사는 아우라는 마찬가지다.

이런 와중에도 21대 국회의원 선거는 치러졌다. 선거일은 4월 15일이었으나 한꺼번에 투표하는 사람이 모이는 것을 분산시키기 위해 10일, 11일 양일간을 사전 투표 날로 정했다. 암 투병하는 아내와 함께 11일 아침결에 투표소인 신사동 주민 센터 3층으로 나갔다. 투표소엔 생각보다 사람들은 붐비지 않았다. 공무원인 듯한 몸집이 통통한 여인은 투표장 입구에서 마스크 착용과 손 소독 및 비닐장갑을 나누어 주며 감염 주의를 당부한다. 오랫동안 집콕 생활에 짜증도 났지만, 일찍 투표를 마치고 벚꽃 흐드러진 불광천 둑길을 걷고 싶었다.

투표를 마치고 그곳에 나왔을 땐 바람에 실린 벚꽃 잎이 함박눈 날리듯 너울선을 그렸다. 꼭 60년 하고도 반 십 년 지난 초등학교 시절 학교 운동장이 생각났다. 이맘때면 넓고 둥근 운동장엔 벚꽃이 만발했다. 햇볕 따라 바람 따라 꽃잎이 피고 또 낙화 됐다. 6·25 전쟁이 한창이든 그때. 전쟁의 공포 속에서도 벚꽃이 있는 학교 운동장은 평화와 자유였다.

불광천 도보 길은 즐겨 찾는 길이다. 길머리 응암역에서 한 시간 정도를 걸으면 한강 난지공원에 도착한다. 난 여기만 들어서면 유유한 강물을 보며 사색에 잠기곤 한다. 공원 장의자에 앉았다. 서울 젖줄 한강에도, 주변 공원에도 봄빛이 가득했다. 노란 산수유꽃, 연분홍 복사꽃이 피었고, 이름 모를 남빛 아기 꽃도 잔디 속에 웃고 있었다. 예년 같으면 이곳에 텐트를 치고 가족, 연인, 친구와 함께 상춘을 빼곡히 즐길 곳인데, 이 봄은 그런 사람 사는 광경은 보이지 않았다. 다만 작은 텐트 속에서, 또는 돗자리 위에서 마스크를 한 가족들이 드문드문 보일 뿐이다. 이렇게 아름다운 서울의 한강 풍경을 서울 시민들이 찾아보는 보는 자유와 권리를 앗아간 코로나와 이를 적절하게 대처하지 못한 정부, 이것도 시대가 주는 새로운 풍경이랄까?

우린 언제까지 이럴 것인가.

골몰하는 강가에서 새로운 사실을 인식한다. 봄이 가면 여름이 오고, 겨울이 가면 또 봄이 오듯, 현실에서의 새로운 미래가 떠오르고 시간은 새로운 것을 던지며 윤회한다. 우리가 생각하는 것보다 훨씬 큰 어떤 것에 우리 삶이 달려 있다는걸, 여태 살며 누렸던 사치스러움, 풍요로움, 넘칠 만큼 건방진 자유와 권리, 그 속에 진정으로 추구해야 할 육체와 정신의 건강은 무엇인가? 지금 닥친 문제라고 착각한 모든 것들이 사실은 지나가는 과정에 있어야 하는 과제였다는 것도 코로나로 인해 알았다.

개인으로 또는 공동체로서 협조하고 안아주는 아량을 배워야 하는 것도 알았고, 우리는 연결되어 있다는 것도 배웠다. 이런 시간을 모멘트 삼아 모든 부조리를 무너뜨리고 처음부터 새로운 세계를 세울 기회를 만들어야 한다는 것도 터득했다. 어쩜 이 모든 것이 코로나로부터 얻은 소득이 아닌가. 세상의 모든 일엔 좋고 나쁨이 같이 존재하는 것. 화복동문(禍福同門) 이치가 있는 거다.

치매癡呆보다 무서운 병

"이거 아닌가요?" "미안해요." "내가 여기 왜 왔지?"

규모가 그지 않은 어느 식당이다. 저만치 떨어진 구석 자리, 젊은 여자 손님 서너 명과 백발인 할머니 사이에 오가는 대화다. 상황은 손님이 주문한 음식과 실제 나온 음식이 달라서다. 식탁이나 의자 내부 치장은 여느 식당과 다름없다. 음식 메뉴도 간단했다. 가락국수, 닭고기 계란덮밥, 라면 단 3가지뿐이다.

다만 음식을 주문받고 나르는 종업원이 다른 식당보다 특이했다. 모두 3명인데 젊고 미모가 좋은 여성이 둘이고, 나이 든 할머니가 한 분이다. 이 식당에선 주문 음식과 실제 나오는 음식이 틀리는 것이 다반사였다. 왜 이런 현상이 벌어질까? 할머니 종업원이 치매를 앓고 있었기 때문이다. 그래도 손님들은 짜증을 내지 않았다. 할머니 종업원의 말을 관심 있게 들어 준다. 손을 잡고 악수하듯 흔들기도 한다. 노인 인구가 급속도로 늘어난 일본은 정부에서 노인 치매 환자를 채용하여 평범한 사람과 같이 대하며 환자의 삶의 질에 미치는 영향을 어느 식당에서 시험하는 프로젝트였다. 실험 결과 환자 삶의 질 향상에 도움은 물론, 환자 관리의 사회적 비용 면에서도 효과가 있다고 발표했다.

　　1970년대 한국의 은막계를 대표하던 여배우가 있었다. 윤정희 씨다. 그녀는 얼굴도 용모도 예뻤다. 한국 여성으로서 미덕 같은 청순가련미도 있어, 그 시절 남성들에겐 최고의 인기를 누렸다. 오늘 아침 C 신문이었나? 그녀가 10년째 치매를 앓고 있다는 기사가 실렸다. 세계적인 피아니스트인 그녀의 남편이 보살피고 있다 한다. 그녀는 오드리 헵번같이, 잉그리드 버그만 같이 살고 싶다고 했다. 젊을 때도 아름답지만 나이 들어도 근사하게 의연하게 늙어 가고 싶다고 했다. 더러는 100년을 지나도 그녀의 아름다운 용모는 버려지지 않을 것이라 했는데, 이젠 딸에게 "나를 왜 엄마라고 부르느냐?" 또 자신이 있는 곳도 모른다고 하고 "오늘 촬영은 몇 시냐?"라고 묻는단다. 한 시절 용모를 자랑하든 여배우로서, 한국 여성의 아름다움을 대표하는 여성으로서 자신은 물론 가족, 이웃까지 힘들게 하고 있으니, 참 안타까운 일이다. 그것 보면 치매라는 병이 무섭긴 무서운 병이다.

　　지금부터 2, 30년 전만 해도 치매를 노망이나 망령이라 했다. "뒷집 할머니가 망령 끼가 있으신가 봐."라고 전해질 때면 그런가 보다 하고 무덤덤하게 넘기기도 했다. 탄생에서 활기찬 젊음을 거쳐 노인이 되고, 질병에 걸려 죽음으로 가는 단계로 피할 수 없는 일생의 과정이라 생각했던 거다. 그러나 언제부터인가 노망이나 망령이란 말은 슬그머니 없어졌다. 그 자리에 말 중에 가장 고약한 치매(癡: 미치광이 치, 呆: 어리석을 매) 라는 단어가 유행처럼 들어왔다. 뉘 집 노인네가 치매라더라 하면, 아이고 그 집 가족들 특히 자식과 며느리의 고생길이 열렸다며 동정한다. 며느리가 '우리 시어머님이 치매에 걸렸지 뭐니'라고 풍기고 나면, 노인을 뒷방으로 내몰고 윗사람의 권위나 품위를 묵살해도 아무도 뭐라 들지 않는다. 한국 사람들이 가장 무서워하는 암은 환자 혼자의 고통으로 끝난다. 물론 형용할 수 없는 고통이다. 하지만 치매는 본인의 고통과 함께 주위의 삶도 황폐해지기 때문이다. 그래서 치매가 무섭다.

요즘 우리 사회에 치매보다 더 무서운 병이 생겼다. 멀쩡한 육체와 정신을 가진 노인들이 앓는 노추(老醜)라는 병이다. 나이가 들수록 더 확실해지는 과거에 대한 집착과 아집, 물욕과 허영, 지칠 줄 모르는 욕정, 과거에는 내가 이런 사람이어서 돈을 얼마를 벌었다. 자신의 말이 곧 '법령처럼 정의롭다'라고 역설, 군림하는 것이 이 병의 증세다.

지난 시절 자칭 출세한 자라 하는 자들의 사그라들지 않는 욕망과 군림기가 험한 짐승처럼 어지럽고, 그가 열심히 살아온 인생 후반을 한꺼번에 망치기도 한다. 동시에 시대의 주역인 젊은이들의 사회로부터 배척당하고 사회 혼란을 부추기는 후유증이 크다. 사실

인간을 포함한 생명체는 과거나 미래는 없다. 다만 호모사피엔스의 과거, 현재를 존재시키려는 믿음의 착각일 뿐이다. 그런 의미로 보면 세상에서 가장 무서운 병은 정신과 육체는 멀쩡하면서 과거, 미래를 빙자한 비인륜적 언행을 일삼는 노추라는 병이 아닐까! 그래서 노추는 치매보다 더 무섭다.

소년등과少年登科의 모순

"똑똑한 사람이 좋을까?"

"노력하는 사람이 좋을까?"

미국의 뉴욕타임스에 인정 뒤에 가려진 모순을 지적하는 기사가 실렸다. 컬럼비아 대학 연구팀이 뉴욕 지역 초등학교 400명을 '똑똑한 그룹'과 '노력하는 그룹'으로 분리, 여러 단계 실험 연구한 결과다.

결과부터 말하자면 똑똑그룹은 어려운 과제일수록 쉽게 포기하며 학습에도 자만하여 능력도 떨어졌다. '특히 똑똑하지 않다.'라는 평가를 받게 되는 것이 두려워 긴장했다. 노력 그룹은 힘들어했지만, 상황 대처를 할 수 있는 심적 여유를 가졌고, 성공과 실패를 스스로 통제할 수 있는 능력이 있었으며, 그것도 낙관적으로 풀이했다. 반 이름만 다를 뿐인데 동일한 과제에 대해 상반된 태도를 보였고 그 결과도 달랐다. 위에서 말한 조기 출세는 출세를 하려는 본인이나 또는 이를 시키려는 부모를 탓하려는 것만은 아니다. 그렇다고 무관하지는 않지만 여기서는 똑똑함이 마치 장래를 보장하는 보험 증권으로 착각하는 관념 속에 숨겨진 모순을 지적한다.

요사이 한국 청소년들에게 인기 있는 직업을 꼽으라면 0순위가 연예인이라고 한다. 연예인은 인기가 곧 등과이니까 운만 좋으면 20대 전후에 대중의 인기를 한 몸에 받고, 돈도 벌고, 대중에게 화려하게 어필될 수 있어 직업 중엔 최고의 직업이라는 거다. 특히 얼굴과 몸매를 밑천으로 삼는 여자 연예인은 팽팽한 피부가 있을 때 한껏 이름도 날리고 돈도 벌 수 있다.

몇 년 전 언제인가?
20대 초반인 미모의 젊은 여자 탤런트가 자살했다는 기사가 매스컴에 한 면을 크게 차지했다. 왜 죽었는지? 그것도 자살이냐? 타살이냐? 는 정확히는 알 수 없으나 수사기관은 자살로 단정했다. 말하기 좋아하는 사람들은 연예인은 잘나갈 때는 좋지만 인기가 떨어지고 대중에서 멀어지면 좌절한다. J 씨도 이런 연유로 세상을 비관하고 목숨을 끊었다고 했다. 소문이야 어찌 됐든, 젊고 미모를 가진 여인이 꼭 죽기까지 해야 했을까? 생각하면 가슴이 답답하다.
그런데 그들이 누리고 싶어 하는 인기라는 것이 고무풍선 같아 바람이 있는 날이면 올라가고 없는 날이면 떨어진다. 인생 기복이 심하다는 얘기다. 이런 그들에게는 꼭 해야 할 명제가 있다. 타의에 의한 오르내림에 교만 떨지 말고, 좌절하지 않는 내공이다. 우리네 삶이 계속 잘나가기만 한다든가 못나가기만 한다면 잘나가는 사람은 교만하게 군림하고, 못나가는 사람은 평생을 곤고하여 세상 살맛이 없다. 돈만 있으면 못 할 것 없는 이 시대에 젊음과 돈이 있고, 성신적 수양이 없으면 남녀 모두 쾌락으로 빠질 것이 뻔하다. 그러다가 나락으로 추락할 땐 역경을 극복할 힘이 없어 귀중한 생명을 버리는 모순을 저지른다.

　우리 고전에 '소년등과 부득호사(少年登科 不得好死)'라는 말이 있다. 우리 조상들은 새파랗게 젊은 나이에 권부를 잡는 것을 경계했나. 밸린드 모 씨도 나락으로 떨어질 때를 대비해 내공을 쌓아왔는지? 그의 부모를 위시한 측근들이 내공 교육을 시켰는지? 또 경쟁만 부르짖는 이 사회가 그런 함정을 만들지 않았는지? 진단할 필요가 있다. 그렇지 않고는 세상을 떠난 그녀만을 탓할 수 있을까?
　어쩌면 소년등과를 지향했던 본인과 그의 주위 모든 사람, 그리고 경쟁으로 몰아가는 사회가 그를 죽음으로 몰아넣은 공범이 아닐까? 그녀의 죽음은 자살이 아니라 타살인지도 모른다.

그리그는 살아 있다

　　노르웨이 작은 거인 '에드바르드 하게루프 그리그(Edvard, Hagerup Grieg 1843~1907)' 베르겐 출신인 세계적인 음악가 그의 생가를 방문하기 위해 서둘러 짐을 꾸렸다. 취재용 수첩과 다소 굵은 필기구, 카메라를 어깨에 걸었다. 사실 그리그의 생가를 방문하는 것은 나에겐 이번 여행에 가장 중요한 테마였다. 그건 내 어린 시절 추억 때문이었다. 한참 이성에 관심을 가질 고등학교 시절이었다. 단발머리 여학생을 좋아했었다. 그 여학생이 생각날 땐 그리그의 페르퀸트 조곡 〈아침 기분〉을 듣곤 했다. 이 곡의 조용한 선율은 누구를 그리워한다거나 다가가고 싶은 충동을 자아낸다고 생각했다.

　　버스에 올랐다. 베르겐 시가지에서 40분 정도의 거리였다. 그의 생가를 가는 길은 버스에서 내려 5월의 신록이 찾아든 아름드리 나무들이 빽빽이 들어선 언덕길이었다. 신록 사이로 어디선가 그리그의 조곡 〈오제의 죽음〉이 얇은 바이올린 선율로 다가왔다. 얼마만큼 걸었을까. 굴곡진 피오르드가 유난히 맑게 보이는 언덕에 올라섰다. 거기에 그리 크지 않은 빅토리아풍의 희고 작은 목조건물이 있었다. '트롤하우젠(Troldhaugen: 요정이 사는 언덕)'이라 불리는 그리그의 생가였다. 사방이 확 트인 바다 위에 원근이 뚜렷한 작은 섬들이 오밀조밀 모여 있는 피오르드. 먼 하늘에 황혼이 깃들면 눈에 보이는 모든 것이 황금으로 변한다는 이곳은 그리그와 그의 사촌 누이자 아내이며 소프라노 가수인 '니나 하게루프'와 함께 여생을 보낸 곳이다.

바다 쪽으로 삐죽이 나간 바위 위에 조용히 앉아 있는 작은 오두막을 찾았다. 생전의 그리그가 작곡에 여념 없었던 작업실이었다. 창문 너머로 조국이 자랑하는 피오르드가 열려 있고, 그 뒤로 하늘 높이 치솟은 억센 설산 줄기가 때로는 무겁게 때로는 장엄하게 다가오는 음률처럼 휘감았다. 작업실에는 그가 애용하던 피아노 한 대가 주인 없는 방을 지키고 있었고, 금방이라도 아름다운 선율이 흘러나올 것만 같았다.

작업실 주변에 작은 오솔길이 있었다. 생전의 그리그는 이 길을 아내와 같이 걸으며 음악 이야기를 했다 한다. 길가에 노란 수선화가 줄을 지어 있었다. 아직 추위가 덜 가신 바닷바람에 바들바들 떠는 모양새가 먼 이국땅에서 온 이방인에게 인사라도 하는 것인가?

"아직 바람은 찬데 수선화가 피었구나!"

수선화는 한기가 덜 가신 찬 바람 속에 피는 꽃이다. 그래서 우린 더 아름답게 느낀다. 인간의 사랑도 역경 속에 이룬 사랑이 더욱 아름다운 것처럼, 생전의 그는 이 오솔길을 걸으며 조국 노르웨이를 생각했다. 그가 사랑하는 조국의 피오르드를 가슴에 새겼다. 사랑하는 아내 니나와 함께 그의 대표작 〈오제의 죽음〉을 생각했다. 나는 그가 걷던 오솔길을 걸으며 그의 서사시 『페르퀸트 모음곡』이 어떻게 작곡됐는지를 조금은 이해할 것 같았다.

청마 유치환은 "통영 앞바다의 아름다움이 없었다면 시인이 될 수 없었다."라고 했다. "인간은 환경이 만들어 낸다."라고 한 어느 철학자의 말을 빌면 이곳의 아름답고 낭만적인 환경이 그에게 불후의 악상을 떠오르게 했는지도 모른다.

오솔길을 돌아 그리그와 니나의 생전 유품들이 전시된 박물관에 들어섰다. 그와 니나가 함께 있는 흑백사진 한 장이 벽에 걸려 있었다. 작은 미소를 입술에 담은 니나의 표정에서 그들의 행복했던 젊은 시절을 읽히게 한다.

박물관을 나와 콘서트홀로 가는 길에 그리그의 실물 크기의 동상이 서 있었다. 헝클어진 머리에 평상복을 입었고, 시선은 저 멀리 펼쳐진 바다에 올려놓았다. 실제로 그리그의 키는 153cm로 단신이었다. 체격도 서양인치고 나약하리만치 왜소했다. 그는 자신의 신체적 약점이 늘 콤플렉스로 작용했다. 키가 크고 잘생긴 남성상을 동경했다. 그의 대표 작품 〈페르퀸트〉에서 남자 주인공 페르퀸트는 훤칠 나게 잘생긴 젊은 남자로 많은 여성에게 남자로서의 매력을 가진 인물로 등장시켰다.

노르웨이의 작은 거인 그리그, 그는 조국 노르웨이와 피오르드를 지독히 사랑한 음악가며 애국자였다. 죽음을 앞에 두고 조국의 아름다운 피오르드가 훤히 보이는 곳에 묻어 달라는 유언을 했다. 생가가 있는 해안가 절벽에 그와 그의 아내 니나의 무덤이 매달리듯 누워 있다. 그들은 죽어서도 조국의 아름다움을 보고 있는 것이다. 그 무덤을 보기 위해 해안가로 갔다. 백발인 할머니 두 분이 장의자에 앉아 있었다. 조용한 먼바다에 막 드리워질 황혼을 기다리는 듯 시선을 바다 끝 멀리 두고 있었다. 어쩌면 그들은 황혼을 기다리는 것이 아니라 이 세상의 긴 시간과 이별 연습을 하고 있을지도 모른다.

그리그는 살아 있었다.

인류 역사상에 이름난 예술가들의 생애를 보면 환희와 낙담의 시간이 여러 번 반복한다. 그리그에게도 낙담과 무력감으로 괴로웠던 시절이 있었다. 고향인 베르겐을 떠나 멘델 존스가 설립한 라이프치히 음악 학원에서 공부할 때였다. 엄격한 규칙과 어려운 화성법을 공부하는 것이 싫어졌다. 그뿐만 아니라 향수병에 시달려 건강까지 악화됐다. 친구에게 보낸 편지에 건강과 노스텔지어에 시달리듯한 하소연이 가득 차 있었다.

"나는 살고 또 살아간다네, 나의 조국 노르웨이를 그리며, 나는 이전 어느 때보다 더 내 고향의 풍경에서 구원을 얻고 싶다네. 누구도 이해 못 하는 뭔가가 내 마음속에 간직되어 있기 때문이지."

그럼에도 불구하고 바흐와 모차르트에 심취하여 열심히 공부한 끝에 우수한 성적으로 졸업했다. 그러나 라이프치히 음악학학원에서 얻은 폐 질환의 악화로 고향으로 돌아오고 만다. 고향에 돌아와서도 그가 좋아하는 조국의 피오르드를 여행하며 창조적인 영감으로 새로운 작품을 홍수처럼 쏟아 내곤 했다.

그의 작품으로는 1867년에서 1901년 사이에 쓰인 서정적인 작품집 Lynic Pices 10권 외에도 수많은 피아노곡, 오케스트라곡, 합창곡, 앙상블 곡, 성악곡 등이 많다. 대작 중에는 〈피아노 관현악을 위한 협주곡〉, 〈가을에〉, 〈노르웨이 무곡〉 등이 있고 특히 그가 31세 때 작곡한 〈페르퀸트 모음곡〉은 그의 대표작으로 세상에 널리 알려져 있다. 그중 〈솔베이지의 노래〉는 세월이 흘러도 언제인가는 당신이 돌아올 것이라는 이 시극의 아리아다.

그 겨울이 지나
또 봄은 가고
또 봄은 가고
그 여름이 가면
더 세월이 간다.
아!
그러나 그대는 내 사랑
내 님일세.
내 정성을 다하여

늘 기다리노라.

늘 기다리노라.

아!

그 풍성한 복을

참 많이 받고

참 많이 받고

오!

우리 하느님

늘 보호하소서.

늘 보호히소서.

쓸쓸하게 홀로 늘

기다린 지 그 몇 해인가.

아!

나는 그리워라.

너를 찾아가노라.

너를 찾아가노라.

　　이 노래는 페르퀸트 5막에 나오는 사랑의 노래로 우리네 가슴에 애절하면서도 인상적으로 남아 있는 곡이다. 내용은 부와 향락만을 추구하는 현대인들의 정신적 황폐와 인간의 욕망의 부질없음을 지적한다. 또 한 인간의 아름다운 사랑과 인간애 등 인간 본연의 자세에 중요한 메타포를 던져 준다. 페르퀸트는 1867년 발표된 시극의 주인공이다.

　제1막: 주인공 페르퀸트가 어려서 아버지를 잃고 편모 ‘오제’의 외아들로 자랐다. 그는 자식으로서 몰락한 가세를 세우려 하지 않고 허황된 공상에 사로잡혀 있었다. 어느 날 마을 결혼식에 간 그는 아내 ‘솔베이지’가 있으면서도 다른 남자의 신부 ‘잉그리드’를 빼앗아 산속으로 도망친다.

　제2막: 그는 자기를 사랑하는 아내 ‘솔베이지’를 버리고 ‘잉그리드’와 도망쳤지만, 그들은 곧 실증을 느껴 헤어진다. 그 후 산속을 헤매다가 마왕의 딸을 만나 향락의 시간을 보낸다. 딸과 페르퀸트 사이를 눈치챈 마왕은 둘의 결혼을 강요하자 ‘페르’는 그곳을 빠져나오려고 꾀를 쓴다. 이를 안 마왕은 요괴를 시켜 페르를 죽이려 한다. 그때 아침을 알리는 교회의 종소리가 들리고 마왕의 궁전은 순식간에 무너진다. 페르퀸트는 간신히 살아남는다.

　제3막: 산에서 돌아온 페르는 잠깐 솔베이지와 같이 산다. 어느 날 어머니 오제가 살고 있는 오두막을 찾아간다. 오제는 중병으로 신음하다가 아들의 얼굴을 보고 쓸쓸한 미소를 남기며 숨을 거둔다. 어머니를 잃은 페르는 다시 모험을 찾아 방랑자가 된다.

제4막: 세계를 돌아다니다 큰 부자가 된 그는 어느 날 모로코 해안에 도착한다. 그러나 사기꾼에게 걸려 또다시 무일푼 신세가 된다. 그 후 예언자 행세로 짧은 시간에 거부가 되어 아라비아로 들어가 베두인족 추장이 베푼 연회에 초대된다. 여기서도 그는 끼가 발동하여 추장의 딸 '아니트라'의 관능적인 미모와 춤에 현혹되어 방탕한 생활을 하다 전 재산을 탕진하고 만다.

제5막: 파란만장한 생활이 여전한 페르퀸트는 신대륙 미국으로 건너가 캘리포니아에서 금광으로 큰 부자가 된다. 그러나 세월을 이기지 못하고 그에게도 늙음이 찾아온다 그는 그제야 축적한 재물을 싣고 조국 노르웨이를 찾아 귀국길에 오른다. 그러나 하느님이 노했는지 조국을 눈앞에 두고 거센 풍랑에 휩쓸린다. 배는 침몰하고 또다시 무일푼 거지가 된다.

어느 황혼이 드리운 날, 그는 늙고 병든 몸으로 지난날 그가 살던 오두막을 찾는다. 오두막에는 이미 백발이 된 솔베이지가 멀리 보이는 피오르드를 보며 돌아오지 않은 '페르퀸트'를 기다리고 있다. 페르퀸트는 "그대의 사랑이 나를 구해 주었소." 참회의 말과 함께 늙어 가는 그녀에게 인간의 참사랑을 느낀다. 그리고 그녀의 무릎에 머리를 얹는다.

"당신은 너무 피곤해 보이는군요. 이제 푹 쉬세요."

한 손으로 물레를 돌리는 솔베이지의 애절한 노래를 들으며 페르퀸트는 파란만장한 인생을 마감한다.

노르웨이에서는 그리그만 한 음악가는 없다. 또 그의 작품만큼 인간의 혼을 깨우는 작품도 없다. 게다가 섬세하고 개성이 넘치며 연주하기도 쉽다고 평이 나 있다.

그는 성 올라브대십자 훈장, 프랑스 레지옹 도뇌르 훈장, 그리고 두 개의 네덜란드 훈장과 프랑스 명예 회원, 레이던과 베를린 아카데미 회원으로 위촉받았다. 캠브리지와 옥스퍼드에서는 음악 박사 학위를 받는 등 수많은 영예를 누렸다.

그리그의 생가와 박물관을 뒤로하고 프로이엔 언덕으로 가기 위해 버스에 올랐다. 버스 창가로 흘러가는 고목 사이로 그리그의 음악이 스피커를 통해 흘러나왔다. 그리그는 이 세상을 떠나 영민의 세계로 떠났지만, 그의 영혼은 영원히 살아 있었다. 이렇듯 살아 있는 그리그를 만나기 위해 세계 각지에서 많은 관광객이 이곳을 방문한다. 방문객이 쓰고 간 돈으로 베르겐시의 경제를 활성화시키고, 그가 사랑한 조국의 위상을 높이고 있는 것도 분명했다. 그러기에 노르웨이의 작은 거인 그리그는 죽지 않고 영원히 살아 있는 것이다.

문학이란 거울에 비친 우리들

　미국 TV 토크쇼 중 가장 인기가 있는 프로인 '오프라 윈프리 쇼'였나. 아동문학가 마리아 슈라이버(Maria Schreiber)가 쓴 『티미는 왜 저래(What's Wrong with Timmy?)』라는 책을 소개했다.

　여덟 살짜리 소녀 '케이트'는 이웃에 새로 이사 온 소년 티미가 혼자 공놀이하는 것을 보고 있더니, 그 소년을 가리키며 엄마에게 이렇게 묻는다.

　"엄마! 저 애는 왜 저래?"

　다운 증후군으로 지적장애인이 된 티미의 공놀이 모습이나, 부정확한 발음으로 말하는 어눌한 모습이 여느 아이와는 달랐기 때문이다. 엄마는 케이트를 티미에게 데리고 가서 소개하고,

　"티미도 너와 하나도 다를 게 없는 아이다. 네가 산수 문제

를 풀 때 어려워하듯 티미도 무엇인가 배우는 데 조금 더 시간이 걸릴 뿐이란다."

엄마 말을 이해한 케이트는 티미와 인사를 나누고 '함께 놀자'를 제안한다. 자연스럽게 다른 친구도 함께 어울리게 된다.

—장영희의 수필집 『문학의 숲을 거닐다』 중에서
「티미는 왜 저래」

며칠 전, 지인이 짧은 동영상 하나를 보내왔다. 내용은 초등학교 1학년 또는 2학년 정도 어린 학생들이 앉아 있는 교실이었다. 선생님이 또래의 여자 학생을 데리고 들어왔다.

"오늘부터 같이 공부해야 할 학생이니 서로 인사하고 지내라."

그런데 책상에 앉아 있던 아이들이 새로 온 아이를 보고 모두 놀라는 기색이다. 모든 시선은 그 아이에게 집중됐고, 교실 안 공기마저 냉랭했다. 그 아이가 얼굴 전체를 가리는 가면을 했기 때문이다. 선생님이 배정해 준 자리에 앉은 그 아이는 여러 아이를 보며 두리번거리더니 그제야 천천히 가면을 벗기 시작했다. 가면이 벗겨진 그의 얼굴 한쪽 뺨에는 크고 검은 흉터가 있었다. 새로 온 아이는 보기 싫은 얼굴 흉터 때문에 친구와 어울리지도 않았고 늘 혼자였다.

이를 본 옆자리 아이가 검은 크레용을 들더니 자신의 얼굴 뺨에 마치 흉터처럼 크게 검은 칠을 했다. 이를 본 반 아이들 하나씩 둘씩 모두 뺨에 색을 칠했다. 어떤 아이는 파란색, 어떤 아이는 노란색, 어떤 아이는 주황색으로 흉터처럼 칠했다. 아이들이 우르르 몰려가 흉터를 가진 아이를 안으며 '같이 놀자'를 제안했다.

『티미는 왜 저래?』와 '카톡의 동영상' 내용은 따지고 보면 재미있는 이야기는 아니다. 그러나 영향력 있는 미국 토크쇼에 다룬다거나, 카톡으로 수백만 시청자 가슴에 순박한 인간애를 숨 쉬게 하는 글이라는 것은 틀림없다. 그것도 자라나는 아이들에게 올바른 생각, 즉 장애가 있는 친구에게 공포나 놀림, 동정의 대상이 아니라 자신과 똑같은 인간임을 가르치기 위한 문학작품이기 때문이다.

요즘 매스컴에 으뜸으로 국민의 눈살을 찌푸리게 하는 정치인들의 모습을 이것과 견주어 본다. 어린아이가 아닌 어른으로 국민의 지도자라 으스대는 정치인들, 그들이 과연 무엇을 배우고 어떻게 살았느냐를 물어보고 싶다. '무엇이 옳으냐? 어느 것이 그르냐?'의 기준에 따라 판단하기보다, 정파에 따라 '네가 죽지 않으면 내가 죽는다'는 이전투구식의 언행을 보면 괴롭다. 저런 인격을 가진 자가 국민의 대표자로 군림하는 것이 과연 정의로운 것인가. 그들은 왜 '같이 놀자'가 되지 않을까. 그들을 이해하려 할수록 고민하게 되고 정신적 혼란이 심해진다. (프랑스의 작가이며 철학자인 장 드 라브뤼예르 (Jean de La Bruyere 1645~1696)가 1688년에 발표한 작품 『성격론(Les Caractére)』에서)

"세상에는 이름 말고 아무 가치도 없는 인간이 많다."라고 했다.

다른 사람의 슬픔과 고뇌를 이해하지 못한 사람, 그에게 동정을 느끼고 "같이 놀자" 하며 손을 뻗칠 줄 모르는 사람은 대중을 위해 아무 가치가 없는 사람이다. 지도자의 자격이 없다. 문학작품을 읽는다는 것은 너와 내가 같고, 다른 사람도 나와 똑같은 인간이기에 느낄 수 있는 고뇌와 상처를 이해하는 능력을 기르는 길이다. 추위가 잦아드는 겨울 아침 문학이라는 거울에 비친 우리를 본다. 입만 벌리면 거짓을 말하는 사람은 지도자가 될 수 없다. 정직하고 긍정적이며 미래를 내다보는 안목을 가진 사람만이 국민의 지도자가 될 수 있다.

내 이 골목을 걸으며
하늘나라로 가련다

이 골목을 걸으며 하늘나라로 가리라,
서울 서북쪽 은평구 신사동 1-82번지
등기상 집터로는 되어 있으나 집터로는 쓸모없고
길이라 말하기도 애매모호한
올챙이 꼬리처럼 붙은 쓸모없는 땅.
언제부터인가, 사람들은 이곳을 골목이라 했다.
내 청춘이 여기서 지나가고 여기서 반백 년을 살며
날마다 드나드는 좁고 막힌 골목길.

이른 아침 이슬 털며 이 골목을 나서고
직장 일 끝마치고 흥얼흥얼 돌아올 때면
통통하고 짤막한 아내와 사랑하는 아들딸
그리고 백구(白狗) 한 마리가 좋아라 반기던 곳.

어머니께서 이 골목을 따라 저 하늘로 가셨고
아들딸 성장해 제짝 찾아
매몰차게 떠난 비틀거리든 이 골목에
세월이 흑백사진 속으로 멈춰버린 듯
IMF가 목을 죄던 그때인가 보다.
흰 수건 눌러쓴 할머니가 골판지 줍고
앞집 수리하던 인부가 슬쩍 와서 담배 한 대 피우고
늙고 야윈 노인들이 지나가다가
목을 빼고 힐끗 바라보는 외로운 골목이 되었네.

부자들이 사는 강남땅 마천루에
넓은 길만이 있다 으스대지만
거긴
'사람 사는 곳에 인정이 있어야지!'
그곳에 살지 못함을 애써 감추려
맘 달래가며 걸었던 이곳에
그때나 이때나
서럽지도 즐겁지도 않은 하늘이 홑이불처럼 덮는다.

양지바른 곳에 혼자 앉은 노인과
오래된 다세대 주택과 고층 아파트와의

상대성 가난이

주렁주렁 소리 내며 흔들리는 이 골목을

그저 그렇게 얕보일지 모르지만

어머니가 걸으셨고

아내와 자식이 학목을 하고 기다리던 골목이기에

미운 정 고운 정 모두 담아

가슴 깊이 스며든 그리움이 되었다.

누가 뭐라 해도 나 여기서 살리라.

어머니처럼

이 골목길을 따라 하늘나라루 가리라.

거북이 등을 탄 뻐꾸기시계
—수필집 제목 이야기

거실 흰 벽에 박제된 거북이 한 마리와 낡은 뻐꾸기시계 하나가 걸려 있다. 거북이는 결혼할 때 아내의 지참물로 53년을, 시계는 친지가 선물한 것으로 30년을 함께한다. 지난 오랜 시간 뻐꾸기 소리에 출근하고, 머리를 들고 기어오르는 거북이를 보며 마음 다잡기도 했다. 어쩌다 뻐꾸기 소리를 듣지 못하면 소중한 무언가를 잃어버린 것처럼 허전했고, 거북이를 보지 못할 때는 참고 천천히 할 것을 마음속으로 되새기기도 했다. 그러는 동안 나와 그들 사이에 정이 깊어 갔다. 거북이로부터 인내의 삶을, 시계로부터 시간의 흔적을 느끼고 배웠다.

계절이 바뀌면서 그들도 늙어 갔다. 윤기 나던 거북이 등은 거칠게 갈라지고, 시계도 고장이 나 뻐꾹 소리가 나지 않았다. 좌우로 흔들던 추가 멈췄을 때는 서투른 솜씨로 고치기도 했다. 사람이 나이 들어가며 다치고 병이 들어 병원에 다니는 것처럼 그들도 여태껏 살아온 내 인생을 닮았다. 어쩌면 오랜 세월 감성의 이야기를 공유

하는 내 분신 같았다. 이제 뻐꾸기시계와 박제 거북이는 나와 함께 하며 미래를 향한 동거는 끝나지 않을 것이다. 더 나은 내일을 꿈꾸는 나의 분신이 되었기에 말이다.

세월의 무게를 감당하는 낡은 뻐꾸기시계와
차근차근 끊임없이 노력하며 오르는 박제 거북이.
이 둘의 이미지는 한 몸이 되어 나 자신의 인생과 동일시되었다.
이 책의 제목 『거북이 등을 탄 뻐꾸기시계』는 그렇게 지어졌다.